ERRANTES

REŠOKETŠWE MANENZHE

ERRANTES

Tradução de
Stephanie Borges

1ª edição

EDITORA RECORD
RIO DE JANEIRO • SÃO PAULO
2025

CIP-BRASIL. CATALOGAÇÃO NA PUBLICAÇÃO
SINDICATO NACIONAL DOS EDITORES DE LIVROS, RJ

M24e   Manenzhe, Rešoketšwe
            Errantes / Rešoketšwe Manenzhe ; tradução Stephanie Borges. - 1. ed. - Rio de Janeiro : Record, 2025.

            Tradução de: Scatterlings
            ISBN 978-85-01-92350-9

            1. Ficção sul-africana. I. Borges, Stephanie. II. Título.

                                    CDD: 823.0968
25-96145   CDU: 82-3(680)

Meri Gleice Rodrigues de Souza - Bibliotecária - CRB-7/6439

Título original:
Scatterlings

Copyright © by Rešoketšwe Martha Manenzhe, 2020.
Publicado mediante acordo com Pontas Literary & Film Agency

Texto revisado segundo o Acordo Ortográfico da Língua Portuguesa de 1990.

Todos os direitos reservados. Proibida a reprodução, no todo ou em parte, através de quaisquer meios. Os direitos morais da autora foram assegurados.

Direitos exclusivos de publicação em língua portuguesa somente para o Brasil adquiridos pela
EDITORA RECORD LTDA.
Rua Argentina, 171 – Rio de Janeiro, RJ – 20921-380 – Tel.: (21) 2585-2000, que se reserva a propriedade literária desta tradução.

Impresso no Brasil

ISBN 978-85-01-92350-9

Seja um leitor preferencial Record.
Cadastre-se no site www.record.com.br e receba informações sobre nossos lançamentos e nossas promoções.

Atendimento e venda direta ao leitor:
sac@record.com.br

Querida Selina,

Queria que você estivesse viva, mas, como não está, gosto de pensar que o sol nunca se põe onde você está. Envio estas palavras para que você saiba onde a história parou por algum tempo; ainda não terminou, mas penso que o sol também esteja nascendo para mim.

Acho que preciso agradecer a você agora e deixar que volte ao seu descanso. Em breve, o sol estará acima do horizonte, então preciso voltar e terminar a história.

errante
/er.ran.te/
Adjetivo (plural: errantes)
1. Uma pessoa sem morada fixa; um andarilho

"Errantes e fugitivos, olhos encapuzados e rostos exaustos, buscam refúgio na noite"
"Scatterlings of Africa", Jonathan Paul Clegg

PARTE UM

FILHOS DOS PRIMEIROS DEUSES

As estrelas da Via Láctea

O POVO SAN FOI O PRIMEIRO a contar que, na escuridão da noite, uma menina recolheu raízes incandescentes e cinzas de uma fogueira e as lançou ao céu. Assim nasceram as estrelas. Um caminho foi aberto no céu, e os caçadores, que estavam perdidos, o seguiram de volta para casa.

Os san eram um povo antigo. Podem ter sido o primeiro povo. Por isso, quando o vento carregou a lenda deles ao longo dos verões, seus sussurros exalaram novos fatos na história. Os basotho diziam que os filhos dos primeiros Deuses tinham percorrido uma trilha no céu para alcançar o lugar do sol nascente, onde Molalatladi, o Pássaro do Raio, repousava pela eternidade.

Isso foi há muito tempo. Quando as pessoas se sentavam ao redor de fogueiras para recordar juntas o passado do mundo. Não há mais tempo para isso. Hoje as pessoas contam suas histórias enquanto passam umas pelas outras.

Quanto à menina que criou as estrelas, as pessoas tinham se esquecido dela. Além disso, desde então o céu foi dividido: onde os san e os basotho caminharam agora ficava o hemisfério sul. Era um lugar seco por muitos quilômetros, pois, quando não se clamava às estrelas da colheita, o sol era uma coisa mortal. Era um lugar vasto; diferente de Amsterdã, onde os barcos cortavam os rios e os navios eram forjados a marteladas; nem como o burburinho apressado de Londres, imersa em todas as suas cacofonias.

Os san eram um povo nômade, sempre coletando da terra apenas o que ela estava disposta a oferecer e então seguiam adiante para outras planícies e vales, e, antes que os sedentários os impelissem totalmente para o interior dos desertos e quase desertos, facções de seu povo passaram a vagar perto do mar. Lá uma luz prateada estrangeira tingiu o mundo, misturando sua infinitude com aquele mar, parecendo mais azulada que o normal. Os basotho se estabeleceram mais para o interior da África e, portanto, viram as planícies sob a luz dourada do sol, pois o sol brilhava ainda mais lá.

As estações eram tediosas. Elas mudavam dentro de si mesmas como uma melodia, dançando languidamente entre o Carru e a savana, e o verão era quase igual ao inverno. Talvez essa tenha sido a razão de os colonizadores acreditarem que eles poderiam ser donos do lugar, pois ele era quente e seco e parecia morto. Sem saber que nenhum lugar está morto, eles plantaram uma bandeira em alguma colina, declararam que ela pertencia ao seu rei e seguiram em frente esquecendo os antigos nomes que ressoavam nos penhascos.

A África, por ser rica, generosa e despretensiosa, cedeu com facilidade à partilha de seu rosto; a transformação de Ngola em Angola; a cesariana da Costa Dourada e de Johannesburgo de seu útero; a extinção da quaga, o enterro de seus Deuses, entre outros. Talvez seja outra razão para os colonizadores acreditarem possuí-la. A África se curvou com facilidade. A Etiópia, com sua revolta contra a anexação pela Itália, era uma exceção. A África era, em geral, bem maleável.

Por volta de 1927, possivelmente em favor da própria sobrevivência, a África tinha começado a se curvar à ironia. Ao menos foi isso que me foi contado por Alisa van Zijl, que antes de se curvar a esse nome se chamava Alisa Miller, que tinha se curvado ao único nome Alisa; isto foi contado por Alisa às filhas dela, que um dia uma criança de peito foi arrancada do seio de uma deusa. O leite que jorrou do seio da deusa espirrou no céu. Assim nasceram as estrelas da Via Láctea.

É assim que a história termina.

Agora, foi assim que ela começou.

Um interlúdio silencioso

HAVIA UM HOMEM LOUCO QUE, SEGUNDO contam, tinha guerra no sangue. Seu avô tinha lutado na Primeira Guerra dos Bôeres, o pai dele lutou na Segunda e ele, numa trajetória ascendente da tragédia, ou da glória, tinha os superado na Primeira Grande Guerra da Europa. Era esperado que o filho do homem fosse eficiente ao dar continuidade ao legado sangrento que herdou dos antepassados, assim como se imaginava a renovação da liberdade das minas de ouro Witwatersrand do Império Britânico, ou que a Europa começaria outro conflito.

Mas era 29 de março de 1927, um dia nublado cheio de presságios, e o homem ainda não tinha tido um filho. Era esperado que o mundo e a África do Sul atrasassem qualquer revolução pendente para que o homem tivesse tempo suficiente para criar aquele filho predestinado e assim completasse seu papel terreno.

O nome dele era John Ashby, e na maior parte do tempo ele podia ser encontrado na cidade, perto da casa de leilões na esquina da rua Burg, anunciando os jornais do dia para os passantes. Abram van Zijl o encontrou lá.

— O que o governador-geral disse hoje? — indagou Abram.

— Bom dia, Sr. van Zijl.

Lembrando-se das boas maneiras, Abram devolveu o cumprimento e o homem leu a manchete do impresso que brandia:

— Lei da Imoralidade aprovada. Câmara dos Deputados proíbe intercurso carnal ilícito entre europeus e nativos.

Um automóvel levantou poeira ao fazer uma curva brusca na esquina e vários pedestres ficaram criticando a imprudência do motorista e ponderando sobre a decadência moral generalizada que a cidade vinha sofrendo. Abram tinha pousado a mão sobre o peito, mas se recuperou.

— Deixe-me ver — pediu ele, procurando moedas no bolso. Em troca, John lhe entregou o jornal, e Abram imediatamente passou os olhos até finalmente chegar à página 14, onde a chamada dizia: LEI Nº 5 DE 1927. PROIBIDO INTERCURSO CARNAL ILÍCITO ENTRE EUROPEUS E NATIVOS, ASSIM COMO OUTROS ATOS RELACIONADOS A ESSA NATUREZA.

Com essas palavras, a vida de Abram despencou no caos. Os maus pressentimentos crescentes associados a muito do que tinha acontecido até então pareciam chegar ao ápice rapidamente, como se a profecia tivesse ficado impaciente. Então lá estava Abram ao lado de um louco que lhe dizia:

— Ouvi dizer que o governador-geral vai encomendar uma guilhotina.

A voz do homem era um eco para Abram. Ele a ouvia como se se recordasse de um sonho ruim, de um pesadelo. Do qual ele precisava acordar.

— Obrigado, John — respondeu ele, balançando a cabeça, então inclinando o chapéu numa despedida. — Estou indo para casa.

— Foi um prazer, senhor — despediu-se John, também inclinando o chapéu.

Abram atravessou a rua. Do outro lado, Farouk, um de seus empregados, o aguardava dentro do carro.

— Para onde, senhor?

Ainda era de manhã, e Abram tinha a intenção de ir ao Parlamento. Mas seu coração fraquejou. Agora que estava partido, ele não era capaz de encarar o mundo. Sentia que não deveria se retrair num lugar onde olhares observadores poderiam ser insensíveis. Concluiu:

— Para casa.

Farouk acenou com a cabeça e deu a partida.

A cidade se desdobrava como um livro de história. Os edifícios eram como capítulos, cada um contava de um período diferente da imigração ou da moda. O Velho Mundo se derramava na Cidade do Cabo sob a forma de igrejas góticas, hotéis cujas fachadas imitavam a Londres vitoriana, pálidas paródias holandesas que rapidamente se tornaram características da capital — elas se enfileiravam pelas ruas como maquetes em um museu, como sugestões de como reconciliar culturas conflitantes. Em resumo, a cidade se espalhava como uma exposição de um processo evolutivo.

A Estrada Principal seria mais suave, com poucas curvas e menos motivos para preocupações mundanas. Mas o caminho até o Castelo da Boa Esperança, em direção ao sopé do pico do Diabo — onde a Universidade da Cidade do Cabo seria replantada —, passando pelo Moinho de Mostert e seguindo adiante os deixaria no vale de Constantia, seria mais tranquilo, com menos conhecidos e menos motivos para preocupações existenciais.

— Sem pegar a Estrada Principal, Farouk — orientou Abram.

Sem discutir, Farouk seguiu mantendo a montanha da Mesa à direita e subiu as colinas pequenas e íngremes. A montanha se erguia impressionante em direção ao céu, anunciando a própria grandeza.

Um vento soprava do sudeste, e com ele um tecido de nuvens ondulava acima do platô. No crepúsculo, quando a luz do sol poente era soprada para longe da montanha, ela escurecia contra o céu. Seus declives cobertos de pinheiros se escondiam atrás de uma névoa de coisas familiares apenas para os cientistas. A montanha esmaecia parecendo uma silhueta quando, como se por algum destino imutável, ela se rendia à decadência do dia. Abram morava na Cidade do Cabo havia mais de vinte anos e essa simples maravilha ainda o impressionava.

Naquele instante um solavanco na estrada despertou Abram de seu devaneio. Em alguns momentos o carro parecia estar vivo, irritado e protestando, embora eles avançassem em um ritmo constante. Durante todo aquele tempo, Abram formulava e desfazia e reformulava o que diria à esposa. Alisa tinha se tornado uma mulher difícil. Qualquer coisa que ele dissesse seria um ato de vilania aos olhos dela. O mais importante era o que ele não dizia, ou ainda, aquilo que ela queria que ele dissesse. Então ele formulava e desfazia e reformulava as palavras.

Eles seguiam lentamente em meio à extensão arborizada ao pé de Constantiaberg. Ali, o mundo mergulhava do topo da montanha se espraiando em fazendas com uma convergência de várias vegetações únicas, uma imitação de trópico que ganhou vida com lavouras que não eram encontradas em nenhum outro lugar do mundo. Mas uma imitação é uma imitação, é óbvio, e tem deficiências que a distinguem de algo original ou definitivo. Era o caso desse vale; as chuvas prefeririam cair no inverno e os verões eram quentes e secos: em resumo, as vegetações esplêndidas que se difundiam naquele estranho canto do mundo eram obrigadas a ser resistentes. Os fynbos, mais resilientes que o restante, tinham se espalhado em inúmeras variações de arbustos e urze.

Virando à direita de Constantiaberg, eles passaram pela série de vinícolas que se amontoavam nas encostas. A estrada que levava ao casarão era ladeada de carvalhos imponentes, as sombras de suas copas se encontravam no meio da pista para amenizar a força do sol. Enquanto o casarão surgia diante dele, com suas paredes impecáveis pintadas de branco, sem fazer a menor ideia de qual seria o seu destino, Abram ainda não tinha decidido o que dizer à esposa.

Como ele esperava, Alisa estava sentada embaixo do salgueiro-chorão. Inesperadamente, ela não escrevia no diário. Diante dos vinhedos, com a cabeça apoiada no tronco da árvore, os olhos fechados, as mãos apertadas no colo. Ela poderia estar dormindo, mas, sentindo a presença dele, olhou em volta e os dois se encararam.

Quando se viram pela primeira vez, aqueles olhos tinham um tom castanho mais escuro, que brilhava quando ela sorria. Ao longo dos anos, as lágrimas incessantes pareciam ter lavado os olhos dela, diluindo a cor. Restou um marrom esmaecido, pálido e desgastado, que expunha a dor com rapidez. Abram engoliu em seco e avançou na direção dela.

Alisa se levantou e, quase sorrindo, disse:

— Aprovaram a lei, é isso?

Abram concordou com um aceno de cabeça. Ela deslizou de volta ao chão. Sentou-se de joelhos, e as lágrimas logo brotaram de seus olhos. Abram também ficou de joelhos e segurou as mãos dela.

— Olha aqui. — Ele abriu o jornal pela segunda vez, na página 14. — A cláusula cinco diz que, se pudermos provar que somos casados, não vamos ter problemas.

Alisa leu o que ele apontava. Então, balançando a cabeça, ela apontou para a cláusula que chamou sua atenção.

— Mas aqui diz que, se não pudermos provar que somos casados, podemos ser acusados de concubinato. A pena seria de cinco anos de prisão para você, quatro para mim, e as crianças...

As palavras a abandonaram. Ela afundou sobre si mesma e só conseguia pronunciar sentimentos disformes. "Ai, as meninas, Bram. As meninas..." Seu lamento era cada vez mais incompreensível, seu choro intermitente. No entanto, o mais importante foi o abraço que ela deu em Abram. Ela se entregou totalmente, repousou a cabeça no ombro dele, chorou e chorou.

Fazia muito tempo desde a última vez que ela o tocou. A pele dela, que um dia havia sido tão familiar para ele, agora parecia estranha, volúvel, frágil. Ela estremecia toda. E, como se temesse que eles se desintegrassem ali onde estavam, ela se agarrava a ele.

— Ai, Bram — repetia ela.

Desnorteado pela abundância de afeto demonstrada pela esposa, Abram se viu ecoando as emoções dela.

— Vai ficar tudo bem, Alisa.

Quando isso não parecia ser suficiente, pois ela estremecia com ainda mais força, ele acrescentava:

— Eles não vão tirar nossas filhas de nós. A lei não diz nada sobre crianças. Não vão levá-las, meu amor. As meninas estão seguras.

Talvez por não saber muito bem o que mais poderia fazer, ele se rendeu à memória, aos gestos que um dia foram comuns. Repousou o queixo na cabeça dela e sussurrou promessas, proteções que podia dar a ela e às meninas. E, com imprudência, Abram começou a sonhar com uma reconciliação. Começou a ter esperança.

UMA VEZ QUE O SOL SE pôs e se levantou mais uma vez sem atraso, parecia que a vida rotineira não seria abalada tão facilmente por algo tão abstrato quanto a Lei da Imoralidade. Abram começou a se permitir outros tipos de tolice.

Ele e Alisa passeavam pelo vinhedo pela trilha que levava ao salgueiro-chorão. A intimidade do dia anterior tinha se dissipado.

Eles seguiam afastados um do outro, e Abram tinha a impressão de que Alisa desejava estar mais perto dele. Contudo, o orgulho não permitia que ela lhe fizesse um carinho, não sem uma desculpa.

Alisa tinha os braços cruzados atrás do corpo. De vez em quando, Abram a espiava e sorria para si mesmo. Mas ela mantinha os olhos no chão. O chapéu de aba larga que ela usava para se proteger do sol impedia também que ele tivesse uma visão completa de seu rosto. Talvez ela o usasse por causa da moda, concluiu ele; afinal, o efeito era notável. O rosa pálido do chapéu e as flores brancas costuradas na copa faziam com que ela parecesse gentil, domesticada.

Eles suportaram esse interlúdio silencioso por quase um minuto. Então, como de costume, Alisa perturbou a paz.

— Não existe uma chance de o Parlamento vetar essa lei, existe?

— Não — respondeu ele, balançando a cabeça. — Mas não precisamos nos preocupar. A lei é para pessoas que não são casadas. Não é o nosso caso. Não temos nada a temer, de verdade, Alisa.

Eles adentraram noutro interlúdio, e Abram aproveitou a oportunidade para admirar o tom dourado das encostas que se alongavam diante dele.

— Não podemos confiar nisso. — Ela parou e o encarou. Ele se sentiu compelido a parar também. A expressão dela era suplicante, e, sob a sombra do chapéu, ele percebeu um vislumbre do medo nos olhos dela. — Temos que tomar uma atitude, Bram. Como é possível, esperar e não fazer nada? Não podemos apenas esperar que tudo fique bem, você sabe disso.

Então esse era o motivo de ela ter surgido no quarto dele. Ela não queria apenas aproveitar uma caminhada. Ela queria discutir as implicações da tal Lei da Imoralidade, infectá-lo com o pânico que ela parecia tão disposta a carregar. Bem, pelo menos ele tinha apreciado o passeio matinal com ela, um passeio para o qual *ela* o convidou, ainda que as intenções dela estivessem longe de ser puras. Ele havia saboreado até os momentos silenciosos, pois pareciam preenchidos com uma espécie de solidariedade gentil.

Mas, assim como os vinhedos espiralando infinitamente dentro e fora da propriedade, perto e longe deles, Abram e Alisa tinham pisado numa trilha carregada de amenidades incansáveis. Naquele momento, ele conseguia prever todos os argumentos que ela apresentaria, pois ela havia recitado aquelas desgraças várias vezes. Ele se entregava aos ventos da esperança e da tolice que sopravam na sua direção desde ontem. Ele fez a proposta antes dela.

— Precisamos ir embora da Cidade do Cabo, da África do Sul. Se você está com medo, Alisa, temos que partir.

— Para onde?

— Para onde você quiser — respondeu ele com simplicidade.

— Para a União Soviética — disse ela sem pensar na resposta, ou pelo menos assim pareceu a Abram.

Então ela voltou a dedicar a atenção ao chão. Ela não ergueu os olhos, por isso não viu a sombra passando pelo rosto dele. Tal era o descuido de Alisa com essas coisas: ela sequer perguntou para onde ele gostaria de ir.

Para a União Soviética, respondeu ela com tanta facilidade, como se a cabeça dela já estivesse lá, as palavras à espreita, esperando para serem ditas, e tudo o que ele tinha que fazer era perguntar e elas se derramariam dos lábios dela feito uma chuva há muito esperada. Ah, como era descuidada. E, talvez porque ela houvesse confessado o desejo de seu coração com tanta facilidade, Abram decidiu naquele instante que, se havia um lugar onde ele nunca colocaria os pés, era a União Soviética.

A existência das coisas como elas são

O CAOS DE TER A VIDA virada de ponta-cabeça nunca termina por completo. Abram conheceu a aflição de descobrir isso nos dias seguintes. Os eventos se sucediam numa sequência veloz. Era desconcertante. Primeiro, tiveram que tirar as filhas da escola. Essa decisão infeliz foi totalmente inspirada no pânico de Alisa. Mas, depois que todas as providências foram tomadas, Abram nem podia se ressentir mesmo dela. Na verdade, ele sentiu que talvez precisasse ficar do lado dela.

Foi assim que as coisas começaram: as filhas deles frequentavam uma escola para meninas que lhes oferecia a educação inglesa. Desde o princípio Alisa nunca se mostrou feliz com isso. Mas Abram tinha insistido e ela havia cedido só porque desejava que as meninas tivessem círculos de amizade distintos. No entanto, ela reclamava do baixo padrão da escola, que as freiras tinham um pensamento limitado, pois a escola para meninos ensinava matemática avançada e ciências, apresentava as línguas clássicas e dissecava obras literárias minuciosamente, de forma mais confiável e por aí vai.

Como Alisa sabia o que era ensinado na escola para meninos, ela nunca contou a Abram, e ele nunca desperdiçou seu tempo perguntando. A questão principal era: a necessidade de fazer mais pelas filhas deles. Pelo que Abram entendia, ele deveria estar fazendo esse "mais" que ela queria.

— Sim, sim — dizia ele, acenando com a cabeça. — As coisas poderiam ser melhores.

— Dido é uma criança precoce — comentava Alisa. Dido era a filha mais velha. — Ela fala umas coisas às vezes, Bram, ela é muito inteligente para aquele lugar. A escola não é boa o suficiente para ela.

Contudo, esse suplício não tinha solução. Dido *era* muito inteligente, mas ela não podia frequentar a escola dos meninos. E assim, ao longo dos anos Abram era obrigado a ouvir Alisa se queixar do estado lamentável das coisas na escola, da inutilidade de tudo aquilo e, por extensão e o mais importante, da inutilidade dele diante daquele assunto.

Abram sentia falta das antigas reclamações de Alisa, pois agora ele percebia que elas costumavam ser bem mais banais. O desdém dela havia evoluído. No entanto, mais uma vez, ele era obrigado a estar do lado dela.

Ontem as filhas deles voltaram para casa mais cedo. Com elas veio uma carta que convocava Abram a ir até a escola. Quando chegou lá, foi avisado pela irmã Elizabeth, a diretora, que uma coisa muito estranha havia acontecido. Um homem da Câmara dos Deputados tinha ido até a escola e pedido que lhe mostrassem as meninas van Zijl.

— Pensamos que poderia ser por causa de Dido, pois eu tinha a intenção de lhe contar que pensamos em fazer um experimento com nossos colegas na escola dos meninos, sabe — explicou a irmã Elizabeth. — Como o senhor sabe, a universidade fez uma tentativa e aquelas mulheres se saíram bem. A irmã Alice e eu pensamos em fazer o mesmo pelas nossas meninas. Ah, não se preocupe, não seria nada escandaloso. As meninas ainda teriam aulas aqui. Mas pensamos em contratar um professor de matemática mais avançada... só cinco meninas. Dido é tão inteligente, pensamos em incluí-la, sabe. Pensei que era por causa disso, Sr. van Zijl. Mas não era. Ah, não era.

A irmã Elizabeth suspirou e ajeitou o hábito, puxando-o para mais perto de si. Então relatou o estranho acontecimento: o deputado queria apenas ver as filhas de Abram.

— Foi só isso — concluiu ela. — Não pense que sou uma mulher frívola, Sr. van Zijl. Sou velha e não tenho paciência com coisas triviais, veja bem. Mas isso não foi algo trivial. Não tenho a intenção de alarmá-lo, mas não gostei do olhar daquele homem. Pensei em não mencionar esse evento, por medo de preocupar o senhor sem necessidade. Mas leis estranhas estão sendo aprovadas, eu fiquei sabendo, e em tempos como esses as pequenas coisas não são tão pequenas.

— Mandaram um homem na escola delas, Bram — disse Alisa, com o pânico e a dor da voz interrompendo a lembrança.

Choveu durante a noite, e ainda havia nuvens baixas no céu, que pareciam indecisas entre descarregar o próprio peso ou seguir adiante. Estava escuro e frio e não era um dia para ficar sentada embaixo de uma árvore. Então, naturalmente, foi o que Alisa escolheu fazer.

— Eu sei — respondeu Abram —, mas o ar está gelado. Por favor, vamos para dentro. Não podemos conversar aqui. — Ele não olhou para ela enquanto falava. Em vez disso, tentou se distrair com a insignificância do mundo, a existência das coisas como elas são, o sal e o enxofre no mar lamuriante, o risco reluzente do raio que reparte o céu de repente. O trovão, fiel comparsa do relâmpago, logo chega com seu estrondo ressoante.

Abram era um homem levado pelos ventos com facilidade. Ventos do existencialismo, ventos irreais de certo modo, ventos notórios dos tempos e da mudança e de outros truísmos, essas eram coisas que facilmente o elevavam a casos particulares de revolução e, às vezes, a se enredar em assuntos que não eram da sua conta. Ultimamente ele era levado por aquele vento de esperança que tinha começado a soprar no dia 29 de março. Era um vendaval, uma ventania constante sem hora para morrer, ou incapaz de morrer, assim como ele era incapaz de desamar Alisa. Só então o rosto dela, suavizado pelo anseio, e a cabeça se inclinaram para acompanhar a brisa.

Abram apontou para onde o raio tinha repartido a penumbra do entardecer; era algo raro naquela parte do mundo. Ele não conseguiu conter um sorriso. Ele não conseguiu deixar de dizer:

— Você quer voltar para as Índias? Podemos ir embora se quiser. Podemos ficar, se é isso que quer. Mas agora, por favor, vamos entrar. — Ele se ajoelhou aos pés dela, tomou suas mãos e as beijou. — Estou cansado de brigar, Alisa, por favor. Eu sou só um homem. Pelo menos por isso você poderia me perdoar?

Ela não olhou nos olhos dele. Ela olhava a distância, como se no tecido do mundo pudesse ver um segredo que era recusado a ele por causa da teimosia. Mergulhada na solenidade como ela estava, era com aquela distância que ela falava. Suspirou. Tão profundamente, como se pudesse soprá-lo para longe dali com seus suspiros. Mas decidiu não fazer isso, então Abram vacilou como se estivesse à beira da tempestade.

Perdendo a paciência, ela imediatamente cavoucou assuntos comuns.

— Não é fácil falar essas coisas, Bram. Você pensa que sou sua inimiga por dizê-las. Não quero sobrecarregar você. E não quero que você me odeie.

A ventania que o embalava era tão forte e constante que Abram beijou as mãos de Alisa outra vez.

— Você não me sobrecarrega. Eu não te odeio. Eu te amo. Você sabe disso. Agora, por favor, Alisa, vamos para dentro. — Enfim ela lhe deu a mão e o seguiu até em casa.

Era meio-dia quando o homem chamado Daniel Ross passou apressado pelo portão. As nuvens tinham se aliviado apenas um pouco de seu peso, desmanchando-se com um pouco de resistência quando o sol decidiu que valeria a pena ocupar o céu com toda a sua potência. Cansadas do esforço, que parecia simples para Abram, mas era aparentemente laborioso para as nuvens, elas logo se espalharam, talvez com vergonha.

Essa era a indecisão do clima naquele lugar. O céu nunca se comprometia muito seriamente com uma condição de um jeito ou de outro. Se o sol estivesse preguiçoso ou indisposto ou tímido demais para brilhar, o céu se rendia; rapidamente convocava coisas melancólicas feito a chuva. Se o sol estivesse egoísta e exigisse total atenção, ainda assim o céu se rendia. Como Abram, o Cabo era um lugar facilmente influenciado pelo vento e por outros truísmos.

E, assim, era um meio-dia quente e reluzente quando o homem chamado Daniel Ross passou apressado pelo portão. Seu automóvel preto levantou poeira suficiente para cobri-lo de mistério por alguns instantes depois que ele desceu do carro. Quando a poeira se assentou, revelou um homem baixo e atarracado, usando um terno de lã marrom com um belo chapéu combinando.

Com um toque de ironia, a poeira grudou nele. Por isso ele estava muito preocupado em bater o pó do terno. Quando a chateação terminou, seguiu a caminho do casarão.

Abram o recebeu na biblioteca, onde o homem de terno marrom insistiu com veemência em permanecer de pé, porque, como fez questão de repetir bem alto:

— Não pretendo demorar. Não, de jeito nenhum.

Eles teceram uma tapeçaria de cumprimentos e amabilidades, durante os quais o homem se apresentou como Daniel Ross, um representante da Câmara dos Deputados.

— Mas o senhor sabe, Sr. van Zijl, que só estamos nos assegurando de que está tudo bem. Eu passo por propriedades, fazendas, vinícolas e tudo mais. Confiro se os negócios vão bem, essas coisas. É só isso. — Ele agitava as mãos para lá e para cá e dava uma piscadela, balançando o dedo como um velho amigo contando uma piada interna. — Só isso.

Sentindo que Daniel esperava um sorriso, Abram o fez.

— Eu entendo — respondeu.

Daniel Ross pôs as mãos sobre o coração, com o rosto expressando solidariedade, e prosseguiu:

— Se a gente não faz esse tipo de coisa, tudo se desfaz, né? Tem acontecido uns problemas no norte, na região do Transvaal. É um lugar problemático, o norte. As pessoas fazem o que bem entendem. O senhor sabia que encontraram um nativo com mais dinheiro guardado do que todos os homens brancos de lá? Isso não faz sentido, Sr. van Zijl. Que loucura! Esse tipo de coisa precisa ser impedida, né?

— É claro. — Abram assentiu com um aceno de cabeça.

— Vou precisar ver o restante da casa, né? O porão, o quintal, não é muita coisa, na verdade. Só preciso ver tudo. Não vou tomar muito do seu tempo, não pretendo demorar e já vou embora. — O homem prosseguiu com mais bobagens e contradições que, no fim das contas, davam a entender uma coisa: a propriedade dos van Zijl estava sendo vigiada, provavelmente para ser apreendida pelo governo. Se não fosse por isso, seria algo pior, e ali Abram permitiu que sua imaginação pairasse ao léu.

— Mas eu sou um cidadão — disse ele por fim, interrompendo o Sr. Ross.

O Sr. Ross concordou balançando a cabeça, como se esperasse por esse tipo de inconveniente, pois já tinha visto isso antes.

— Ah, mas veja bem, senhor, é como eu disse: queremos nos certificar de que está tudo nos conformes. — Antes que Abram pudesse interrompê-lo outra vez, o homem estava imerso em outro solilóquio. Desta vez, ele ergueu a mão espalmada para indicar que não queria ser interrompido. — Presumo que a Sra. van Zijl esteja aqui, né? As crianças também. Quantas são, duas filhas? Nenhum menino ainda, hein, e a Sra. van Zijl não está nos melhores dias? Nenhum herdeiro. Uma pena, de verdade. Uma tragédia.

Daniel Ross corria os olhos pelo cômodo, por vezes se demorando numa cristaleira de antiguidades, na qual, atrás do vidro, um mapa do mundo conhecido no século XVII se destacava acima de um amontoado de relógios de sol, moedas e outros suvenires. Abram os trouxe de lugares que visitou. Perto da cristaleira ficava um armário que abrigava jornais antigos, diários, cartas e outros documentos que ele tinha retirado discretamente da biblioteca do pai. A maioria dos registros mais pessoais pertenceu a marinheiros mortos há muito tempo, a homens que lutaram na Grande Guerra e uns poucos eram dos raros antepassados alfabetizados dos escravizados que um dia estiveram confinados no vale de Constantia.

Abram estava sentado em uma cadeira de carvalho diante da pilha. Acima dele e no seu entorno repousavam todos os clássicos gregos e latinos de Alisa, encadernações de peças e romances sobre a Revolução Haitiana, a Revolução Russa, a história das colônias britânicas, entre outros. Ele percebeu que a biblioteca era sua só no papel. Alisa a tinha preenchido com seus livros e o baniu aos dois meros armários que ele agora encarava.

Seria essa a razão de Daniel correr os olhos ali dentro? O restante da biblioteca era um conjunto de lombadas organizadas que contavam a história do mundo; no entanto, ali, num canto que não recebia a luz da janela, se encolhia uma seleção tão débil que parecia envergonhada de confessar as histórias que poderia conhecer. O afastamento entre ele e Alisa era tão aparente que um estranho sem prática seria capaz de identificar os sintomas com um simples olhar?

Toda essa conversa sobre a falta de um herdeiro... Os antigos rumores estavam vindo à tona outra vez? Bem longe da atual paz taciturna, em algum lugar no passado, coisas duras eram sussurradas a respeito de Alisa. É claro que ela se deixou abalar por tudo aquilo. Por ser seu marido, Abram foi naturalmente arrastado para aquele martírio. Mais precisamente, a masculinidade dele estava sendo colocada na berlinda, e ficou decidido que ela deveria estar em falta. Por qual outra razão a esposa dele — embora tivesse sangue nativo — se desviaria tão apartada da moralidade?

Agora, aqui estava Daniel Ross, um homem aparentemente enviado pelo governo da província para desfraldar esse passado que era melhor ser esquecido — para desdobrar as tragédias de Abram, para contabilizá-las e revendê-las à província, pois, assim como a alma, a paz de um homem também pode ser vendida. Um homem poderia decidir se queria vendê-la a outro ou a si mesmo, mas, ainda assim, ela poderia ser vendida.

A cabeça de Abram se remexia com várias coisas ao mesmo tempo. Primeiro: Daniel Ross tinha feito perguntas retóricas, ou ele queria respostas? Segundo: Abram poderia mentir ou se esconder se quisesse? Isso o levou a um enigma único: quais seriam os detalhes da vida dele que Daniel Ross queria saber precisamente? O que ele sabia sobre Alisa e as meninas? O que ele presumia? E o mais importante: o que poderia ser salvo e o que não poderia?

Abram estava inquieto com o que estava se desenrolando. Estava claro que algo tinha dado terrivelmente errado e coisas piores viriam a seguir. Ele sentiu que perdeu o fôlego por um instante. Sentiu que corria contra algo que não era capaz de compreender muito bem e não conseguia respirar.

NAQUELE INSTANTE, ALISA OUVIA DE GLORIA, a babá das crianças, que um homem da Câmara dos Deputados estava na biblioteca com o marido dela.

— O que ele quer? — indagou ela. Gloria não sabia e deixou isso claro. — O que o homem disse? — prosseguiu Alisa.

— Ele me cumprimentou. Perguntou pelo sinhô. O sinhô o cumprimentou e o levou para a biblioteca.

Alisa estava lendo *Oliver Twist* para as filhas. Elas estavam sentadas perto do lago, onde, como num sintoma do outono, os patos se reuniam para cirandar sob os últimos raios de sol, o que os impedia de se espalharem inutilmente com o sopro do vento. Vozes eram ouvidas ao longe, não era bem um coral, mas estavam lá e eram calmantes. Os trabalhadores da fazenda às vezes cantavam para passar o tempo, para se distraírem um pouco sua labuta, desviando um pouco de seu esforço para o vento que passava.

Quando Gloria veio correndo até a árvore para contar do homem do Parlamento, o quase refrão se desfez numa discórdia efervescente — uma invasão violenta nos sentidos de Alisa.

Ela se levantou rapidamente. Tinha quase chegado ao portal do casarão quando percebeu quanto sua sequência de gestos caóticos tinha sido abrupta e absurda. Ela se voltou para Gloria, que ainda estava petrificada perto do lago.

— Por favor, leve as crianças para o meu quarto e as mantenha lá. — Então ela retomou seu pânico e fugiu para a biblioteca.

GLORIA PEGOU AS MENINAS PELA MÃO e as levou para a ala mais distante da mansão, a leste, o refúgio da mãe delas.

— Aqui — disse ela, conduzindo as duas até a cama da mãe. — Vou na cozinha pegar um bolo para vocês. Dido, querida, cuide da sua irmã. Volto já, já. Fique de olho nela, hein? — Gloria acenou com a cabeça e Dido repetiu o gesto. — Não saiam do quarto, hein? — Mais uma vez, Gloria fez que sim com a cabeça e Dido fez o mesmo.

Assim que Gloria trancou a porta, Emilia, a filha caçula de Abram e Alisa, sucumbiu às lágrimas. Dido era só dois anos mais velha e, ainda assim, coube a ela segurar a mão da irmã e repreendê-la:

— Ai, Emilia, por que você está chorando?

— A mamãe estava chorando.

Dido ainda era uma criança. Era um costume entre as meninas: quando uma chorava, a outra chorava também.

— Não, ela não estava.

— Ela estava chorando, sim. Acho que um homem mau veio aqui, Dido. Se não fosse isso, a mamãe não ia chorar.

— Não tem nenhum homem mau aqui. Vem cá. — Ela abraçou a irmã enquanto elas esperavam que a porta se abrisse e a babá Gloria lhes trouxesse bolo.

QUANDO ELA ENTROU ÀS PRESSAS NA biblioteca, Abram foi obrigado a abandonar seus devaneios, seu chafurdar. A corrida, pelo visto, estava se acelerando, parecia ter entrado numa segunda fase.

— Ah, que bom! — disse o Sr. Ross. — Estou tão contente em conhecê-la, Sra. van Zijl. Ah, me esqueci de dizer, né? Me esqueci de dizer, mas o senhor se lembra, Sr. van Zijl, se lembra da indecência que está acontecendo no Transvaal? Todo tipo de coisa lá no norte. Todo tipo! O senhor sabia que homens e mulheres foram flagrados vivendo em pecado? E homens respeitáveis, hein. Homens bons vivendo em pecado! Não podemos permitir isso. Não, não, não! Não podemos permitir isso. Me esqueci de dizer, mas vou precisar ver a certidão de casamento dos senhores, né? Uma coisa simples, na verdade. Coisa simples. Só para que fique tudo certo, né?

Antes que Abram ou Alisa pudessem falar, Daniel Ross aparentemente tinha se lembrado de mais alguma coisa. Mais uma vez, ele balançava as mãos e abanava o dedo.

— Vocês sabiam que eles encontraram um homem que fazia esse tipo de coisa, né? Ele morava com uma garota. Nativa, é claro, a garota era nativa. Sem vergonha, sem vergonha nenhuma. O magistrado o convocou e bem ali ele se levantou e disse que queria se casar com ela. Mas ah, esse tipo de coisa não está certa, disse o magistrado, né? Um pecado não pode ser apagado. Não, não, não! O crime tinha sido cometido. Esse tipo de coisa não pode ser apagada. O crime foi cometido. O senhor está me acompanhando, Sr. van Zijl?

Abram estava acompanhando muito bem, e, a julgar pelo jeito como os lábios de Alisa tremiam levemente, sem parar, bem ali no canto da boca, ela estava acompanhando também.

— De qualquer maneira — prosseguiu Daniel Ross, batendo palmas —, precisamos terminar a questão do... ah... suponho que o correto seria chamar de levantamento. Não? Sim, sim, vamos chamar de levantamento do Estado. Soa bem assim. Soa bem para mim.

E, simples assim, o novelo de lã de tolices foi arrancado dos olhos de Abram. Ah, como foi rápido. Quando o sol se pôs e se levantou outra vez, toda a esperança dele tinha acabado.

PARTE DOIS

A DÁDIVA DOS LAÇOS PARA ESSAS PESSOAS ÓRFÃS

E às ervas brotadas em desordem

A MÃE DE DIDO NUNCA SORRIA de verdade — não com liberdade nem com alegria. Ela gostava de se sentar embaixo do salgueiro-chorão e escrever no diário. Se não no diário, escrevia cartas intermináveis para a avó e o avô, que viviam do outro lado do oceano Atlântico, lá na Inglaterra. E, se não era assim, então ela simplesmente se sentava embaixo da árvore como se estivesse tomando conta dela.

A pele dela brilhava sob um riacho de raios de sol ao meio-dia, que se espalhavam em um caleidoscópio de cores que dançavam sobre sua tez — se espalhando, se misturando e se dissolvendo mais uma vez, e então logo se dobrando e se desfazendo em sua pele escura. Os raios solares se moviam entre a copa da árvore, tocando aqui, mas não ali, lá, mas não aqui; então os galhos tremulavam e a luz era peneirada entre eles, pintando a mãe dela de luz e escuridão, iluminando o vestido pálido, o chapéu e até mesmo os olhos solenes dela — suavemente e sem rumo como uma onda.

Ela repousava a cabeça no tronco da árvore, esticava as pernas e fechava os olhos como se estivesse rezando. Parecia em paz naqueles momentos, quase sorrindo. As folhas que caíam pairavam ao redor dela com reverência, como ajudantes — flutuando na brisa até que enfim elas tocavam o chão em obediência. Algumas pousavam nos ombros dela, outras sobre sua cabeça, todas elas com gentileza, vagarosamente, como pássaros num transe.

O verão tinha acabado de partir, foi embora com a lua. A virada do outono tinha deixado as folhas douradas e o tom delas fazia com que a mãe parecesse uma rainha.

Dido gostava de se sentar atrás da canforeira e observar a mãe, tomando cuidado para não ser vista. Quando Emilia, a onipresente, prometia ficar quieta, Dido permitia que a caçula se juntasse a ela sob a árvore nessa estranha vigília. Era uma coisa enfadonha, e com frequência Emilia não cumpria sua palavra e reclamava de tédio.

— Isso não é divertido — concluiu ela. — Vamos brincar.

A interrupção na concentração de Dido era como cair durante um sonho; fazia com que despertasse repentinamente.

— Daqui a pouco — respondeu ela.

— O sol já vai se pôr — protestou Emilia.

— Ainda temos amanhã para brincar.

— Mas eu não quero brincar amanhã — insistiu Emilia. — Por favooooor. — Ela alongou a palavra, curvando-a com o ceceio assoviado entre as janelas deixadas pela queda de dentes de leite, terminando numa inflexão aguda que, desde que ela perdeu aqueles dentes, tinha se tornado característica de seu jeito de falar. — Prometo que não vou querer brincar amanhã. Vamos fazer o que você quiser.

— Qualquer coisa?

— Bom, deixa eu ver...

— Porque esse é único jeito de me fazer sair daqui para brincar com você.

— Tá bem, tá bem — aceitou Emilia. — Mas da última vez você quis que a gente pegasse um pássaro. Aquilo só foi divertido no começo. Dessa vez temos que fazer alguma coisa que eu também possa fazer. — Ela apertava os olhos enquanto enfatizava as palavras e batia o pé esquerdo no chão acompanhando o ritmo. — Você tem que me prometer.

— Mas a gente não sabe o que você não consegue fazer a não ser que a gente tente.

— Eu sei que não consigo pegar um pássaro, nem nadar o rio Breede inteiro, nem escalar nossa casa até lá em cima no telhado. Então a gente não pode fazer isso.

— Eu prometo.

— Obrigada — respondeu Emilia, ajoelhando-se ao lado de Dido para beijar o rosto da irmã. Então, ela baixou a voz num sussurro, como se fosse a coisa a ser feita quando seus joelhos tocam o chão. — O que você acha se a gente tentasse chegar até o topo da montanha da Mesa para ver se o capitão van Hunks e o Diabo estão mesmo lá?

— Você ficou cansada só de tentar escalar a casa...

— Só porque eu sabia que a babá Gloria estava de olho na gente!

— Ela não estava. Você não conseguia respirar e a gente teve que descer — rebateu Dido.

— Se ela não viu naquela hora, ia ver depois. Meus sapatos estavam cheios de lama...

— E foi por isso que eu tirei os meus. Escuta, isso não importa agora. Acho que a gente não consegue nem colocar o pé na montanha. A gente ia arrumar um problema pior do que quando nadou no rio.

— Só pensei que... — As palavras de Emilia se perderam no silêncio. Sem ser capaz de pensar numa aventura única, ousada e viável, ela se entocou em si mesma, com seu belo e pequeno rosto se encolhendo de tristeza. Ela se parecia demais com a mãe naquele momento: sombria, silenciosa e aparentemente de guarda aos pés de uma árvore murchando.

Para acalmá-la, Dido disse:

— Acho que, quando for grande, quando eu tiver uns treze anos, a gente pode pedir permissão ao pai.

— Isso é daqui a...

Emilia tentou fazer a conta de cabeça, mas Dido completou a soma para ela.

— Quatro anos, faltam quatro anos.

— Você promete se lembrar?

— Ã-hã, prometo me lembrar.

— Tá bom — concordou Emilia, balançando a cabeça de cima para baixo.

— E do que você quer brincar agora?

Emilia deu de ombros.

— Não sei. Só quero brincar com você.

Dido sorriu. Ela deu um pulo de baixo da árvore e gritou:

— Aposto que você não me pega. Nunca! Nem hoje nem em mil anos!

Emilia deu um salto e foi atrás da irmã. Sobrou para a babá Gloria, como sempre, lembrar as duas de terem cuidado.

— Olha por onde vocês correm! — gritou balançando o dedo em riste.

A mãe despertou de seu devaneio para ver as meninas correndo uma atrás da outra como duas pessoas sem juízo. Ela também balançou a cabeça, mas numa leve reprovação. Ao ver que a babá Gloria continuou olhando as meninas, ela sussurrou algo que Dido não conseguiu entender e fechou os olhos outra vez. Alheia à atenção efêmera da mãe, Emilia continuou dando gritinhos de alegria. Para manter a irmã distraída, Dido correu para oeste, afastando-se do carvalho e em direção à adega e aos lagos. As parreiras recuavam atrás delas e lentamente o casarão surgia no campo de visão; ao leste, uma nuvem de neblina dançava em torno das montanhas Boland.

Dido saltitava em torno de Emilia como as folhas que caíam sobre a mãe delas. Ela desviava para a direita e a irmã a seguia; virava para a esquerda e a caçula ia atrás, se mexendo rapidamente, erguendo as pernas incansavelmente, mas ainda assim deixando a saia da irmã escapar por um triz.

— Você está trapaceando! — reclamou Emilia. — Você não devia fingir que vai para um lado e ir para o outro.

— Você devia correr mais rápido. — Dido riu.

— Sim, mas você está me enganando.

— Quer dizer que você admite que eu ganhei?

— Não!

— Então vem me pegar!

— Eu vou!

Elas retomaram a dança com uma graça renovada; girando ao redor das falsas oliveiras, em direção aos arbustos cinzentos de alfineteiras atordoadas perto do casarão. No verão, flores imensas se abriam e os beija-flores piavam em agradecimento. O outono tinha murchado isso também.

Conforme Dido corria e Emilia seguia, seus pés afofavam o solo e as sementes eram jogadas na brisa intermitente soprada do mar, então pairavam em alguma simplicidade estrangeira, lentamente, em somas infinitas. A brisa erodia as pegadas delas. Elas pisavam em novos lugares, misturavam mais areias. Elas davam voltas e mais voltas até que a dança delas as levava até onde a empena leste do casarão se erguia em direção ao céu. Então, com rapidez, pois o caminho de volta era uma descida, elas retornavam para dançar perto da canforeira.

Era ali que terminava.

— Peguei você! — declarou Emilia puxando o braço de Dido. — E nem levou mil anos, nem um dia!

— Eu deixei você me pegar.

— Você sempre diz isso — respondeu Emilia —, mas eu sei que não é verdade. Se você corresse atrás de mim, aposto que ia precisar de mais de mil anos para me pegar! — E assim ela saltitou em direção ao salgueiro da mãe. Enquanto corria, Emilia dava um sorriso since-ro, e Dido resolveu que não era a hora de acabar com a brincadeira.

Emilia parou perto do amieiro-vermelho e disse:

— Olha, se você não me pegar no próximo minuto, eu ganhei. Tem que ter uma recompensa para a vencedora.

Dido viu que a mãe, longe de encontrar sossego enquanto as meninas brincavam, estava desperta outra vez. Ela reabriu o diário e retomou a escrita. Dido a observava atentamente, esquecendo a irmã que esperava uma resposta. Naquele instante, uma rajada de vento mais forte do que a brisa passou pelas encostas, agitando as folhas do diário incontrolavelmente e fazendo o rosto da mãe se contorcer de irritação.

— Dido — chamou Emilia. — Dido, você está me ouvindo?

— Estou — respondeu Dido, afastando o olhar da mãe —, mas acho que a gente não precisa decidir a recompensa agora. Acho que a gente pode escolher depois que você perder.

— Eu não vou perder.

— Vamos ver.

Emilia riu, então a mãe disse para as duas:

— Quem ganhar pode escolher a história de hoje à noite. Eu ia contar uma de canibais num mundo que existe embaixo desse, de gigantes que devoram crianças, de bruxas e golens e todas as criaturas malvadas. É assombrosa, vou contar para vocês e vocês não vão dormir nem um minuto depois de ouvir. O medo vai devorar vocês, como os gigantes fariam. — Ela fez uma pausa e deu de ombros. — Posso resolver não contar essa história até que vocês cresçam um pouco mais e não se assustem com tanta facilidade. Enquanto isso, a vencedora pode escolher as histórias por uma semana. — Então, para a surpresa de Dido, a mãe sorriu com muita doçura. — Vocês aceitam?

Emilia concordou empolgada.

— Você vai deixar a gente tomar suco de laranja também? E comer doce e qualquer coisa que a gente quiser mais tarde?

— Combinado — respondeu a mãe. — Dido, você também concorda?

— Concordo.

— Antes de a gente começar, posso perguntar o que você vai escolher se ganhar, Dido? — disse Emilia.

— A história dos gigantes e das bruxas e dos golens e de todas as criaturas malvadas, é claro.

Emilia olhou para o céu, com as mãos cruzadas atrás das costas e a testa franzida numa profunda reflexão. Satisfeita com a decisão, disse:

— Eu ia deixar você ganhar. Mas agora acho que não vou mais fazer isso. Não quero ouvir sobre gigantes canibais.

— Não é canibalismo quando os gigantes comem crianças — retrucou Dido.

— Gigantes são pessoas. Pessoas enormes. Mas são pessoas.

— Não, não são. Eles são gigantes.

— Mamãe — Emilia se voltou para a mãe —, gigantes não são pessoas?

Ela deu de ombros.

— Quem sabe? Tudo o que eu posso dizer é isso: se Dido ganhar, talvez eu tenha uma resposta. Mas, se ela perder — balançou os ombros outra vez —, bom, aí talvez a gente nunca vá saber.

— Estou curiosa, mas com medo — admitiu Emilia.

— Então vai ser assim, você vai *me deixar* ganhar?

— Vamos ver — replicou Emilia retomando a corrida. Como antes, ela ria enquanto corria. Ela acelerava desviando entre as árvores, ágil como um esquilo, sibilando do assegai ao salgueiro, até o amieiro-vermelho, então em direção às próteas, aos fynbos, às virgílias e às ervas brotadas em desordem; então passando por tudo isso e a caminho dos vinhedos, onde as encostas se elevavam e desciam suaves, e os amarelos e castanhos e dourados do outono pintavam os campos interminavelmente.

As fitas no cabelo de Emilia se afrouxaram e partiram com o vento, seus cachos fluindo selvagens atrás dela. Sua risada ficava mais estridente. Então, por um breve instante, Dido ouviu a mãe rir também. Foi quando ela parou a perseguição e olhou para trás em direção ao salgueiro, onde a mãe dela estava de pé, rindo e se divertindo.

— Você está perdendo, Dido, o tempo está acabando — provocou Emilia.

— Eu sei, não ligo — sussurrou ela para si mesma.

Agora a parte difícil consistia em se esquivar de Emilia pelo maior tempo possível, mas sem deixá-la perceber o truque. E assim, enquanto seguia a irmã, Dido seguia no seu tempo ziguezagueando entre as vinhas. De vez em quando elas se afastavam encosta abaixo, de volta em direção ao salgueiro, e Dido dava uma espiada na árvore para ter certeza de que a alegria da mãe não era uma fantasia. O coração dela dava um salto cada vez que descobria que não era. Ah, como era bom ver isso, como o pai dela ficaria feliz quando Dido contasse a ele. Como ele ficaria feliz de saber que a tristeza da mãe estava passando outra vez.

Dido sabia que isso podia acabar abruptamente, como aconteceu todas as vezes no passado. A tristeza rondava e rondava até que o silêncio amargo retornava, como sempre. Era um silêncio que consumia a mãe dela, mergulhando-a numa nuvem de solidão. Tudo isso ia acontecer outra vez, talvez com mais força, Dido sabia. Mas, naquele momento, não importava; naquele momento, a mãe dela estava feliz.

A lenda da Princesa Cisne

Com a cabeça encostada na cabeceira e as pernas embaixo das cobertas, a mãe folheava o diário carinhosamente. Ela contava a lenda da Princesa Cisne e suas aventuras pelas nações míticas da lua.

Emilia se sentava à direita da mãe, com a cabeça repousada nos seios dela e as pernas sobre seu colo. Com o polegar na boca e o braço enroscado ao da mãe, ela parecia o retrato da serenidade. Dido tinha escolhido a ponta da cama para si. Ela se apoiou nos joelhos e nos cotovelos, amparando a cabeça com as mãos fechadas. Ela observava a mãe com a alegria pisando forte nas profundezas do coração; escutando, mas sem ouvir de fato. A luz das velas, com a dança suave das chamas, pintava o rosto da mãe com um brilho dourado que nadava sobre ela, iluminando ainda mais seu humor melhorado. Essa era a décima terceira vez que Dido aguentava aquela lenda ser repetida.

A mãe contava:

— Quando encontrou os povos dos desertos escuros, ela viu que eles eram um povo gentil. Eles disseram à Princesa Cisne: "Você trouxe mais guerra para nosso povo, nova viajante? Você trouxe mais ladrões para roubar nossos tesouros?" A princesa se ajoelhou diante do chefe em penitência. Ela respondeu: "Eu não trago guerras, grande chefe, nem ladrões, nenhuma calamidade para assolar seu povo. Sou alguém em busca da vida. Busco o perdão pelos crimes dos que vieram antes de mim. Imploro que o senhor preste atenção às minhas marés. Imploro que o senhor me deixe atravessar o rio." Foi assim que...

Ao ver que Emilia, que havia tomado três copos de suco de laranja, tinha caído no sono de tanta satisfação, a mãe interrompeu a narração.

— Sua irmã se rendeu ao cansaço — disse ela. — Tem certeza de que você não quer mais suco, Dido? — Enquanto falava, ela bocejava com o próprio cansaço.

— Não, obrigada — recusou Dido.

— Tudo bem — disse a mãe. Então ela olhou para Dido de um jeito esquisito, com preocupação, parecia. Dido ficou envergonhada sob aquele olhar e virou o rosto para o lado. A mãe se inclinou para a frente e com delicadeza ergueu o queixo da menina para que a encarasse. — Você se parece mais comigo, mais do que a sua irmã. Você herdou a minha melancolia. Nada escapa aos seus olhos. Você passa muito tempo entre as suas memórias, sejam elas boas ou não. Eu tinha a esperança de que fosse diferente. Eu tinha a esperança de que você pertencesse a este lugar. No entanto, aqui estamos nós.

Dido olhou para a mãe e viu que a alegria de pouco antes tinha se dissipado. Em seu lugar, havia se estabelecido a desolação familiar que afligia a mãe consistentemente. Dido chorou, o pai não tinha visto a alegria da mãe com os próprios olhos. Ele não acreditaria nela mesmo que Emilia e Gloria dissessem que também viram. Ah, a maré virou rápido demais e por completo.

Ela sentiu as lágrimas caírem espontâneas, os olhos latejarem ardendo e o coração acelerar com a própria melancolia.

— Sinto muito, mamãe. Eu não queria aborrecer você. Vou beber mais suco de laranja. Não quis ser mal-educada. Nunca quis...

A mãe balançou a cabeça e deu um tapinha no colo para Dido vir se sentar ali. Então ela secou as lágrimas de Dido e a abraçou.

— Você me trouxe alegria, Dido. Você tem me amado. Eu tenho amado você. E, por enquanto, tenho sido digna de você. Não queria que as coisas fossem assim. Por favor, acredite em mim.

Dido não conseguiria falar ainda que tentasse. Sua garganta agora só era capaz de respirar e produzir um leve gemido, mal conseguia ser confiável para dizer à mãe: "Por favor, não fique triste outra vez." No fim, tudo o que ela podia fazer, e tudo o que ela fez, foi se aconchegar no peito da mãe e tentar recuperar o fôlego.

— Pronto, minha querida. Vá descansar agora.

Dido concordou balançando a cabeça e tentou se livrar das lágrimas piscando os olhos.

Havia uma pintura na parede. Mostrava uma cabana grande separada do mundo por uma cerca desigual feita de madeira, um *kraal*. Perto da cabana havia uma dúzia de rapazes enfileirados que, a não ser pelos fios de contas cruzando seus corpos e o couro de vaca cobrindo suas partes, estavam totalmente nus. Suas peles estavam vermelhas por terem sido enfeitados por um unguento ritual que a babá Gloria chamava de *leszoghu*. Eles estavam de cabeça curvada e com as mãos apertadas como se estivessem segurando os couros de vaca para ajudar a manter a dignidade, pois a pele que cobria suas vergonhas podia cair. Outro jovem, com mais roupas que os companheiros vermelhos, liderava a fila com um tacape adornado erguido para o céu, desafiando quem ousasse confrontar suas ordens.

Aquele líder poderia estar cantando, pensou Dido. Seus olhos vazios pareciam indiferentes ao que estava diante dele, e em vez disso ele simplesmente olhava para além da tela em um eterno estoicismo — seus pensamentos enigmáticos capturados para sempre pelo pincel do pintor. Guardando o fim da fila estava outro homem, vestido de modo semelhante ao primeiro jovem. Ele também estava envolvido com uma canção que não podia ser ouvida.

Uma vez, Dido perguntou à mãe sobre aqueles jovens vermelhos. Eles eram o povo da babá Gloria. Tinham retornado recentemente das montanhas, onde, no coração do inverno mais frio daqueles anos, receberam a sabedoria dos homens. De acordo com o que a babá Gloria contava, a canção cantada pelos guardiões era um tipo de feitiço secreto. Um rito sagrado no qual se herdava a virtude da hombridade, uma promessa de coragem e amor, lançada no tempo e no espaço e em todas as coisas do mundo.

As lágrimas de Dido secaram enquanto ela admirava a arte. Os olhos dela se fecharam lentamente e seus pensamentos teceram histórias sobre aqueles guerreiros vermelhos. Se fosse a pintora, ela teria levantado a cabeça dos homens para mostrar o rosto deles. Poderia ter pintado a felicidade nos olhos deles, a esperança e o orgulho também; pois o que mais eles teriam sentido ao alcançar o valoroso presente da vida adulta?

Os rapazes *dela* conheceriam cada mistério do seu povo e de qualquer povo que vivesse. Um dia, anos e anos depois, outra criança olharia para aqueles rostos alegres e pensaria: "Só uma pintora sábia poderia libertar as crianças de seu pincel." Os pensamentos dela divagaram em direção ao esquecimento. Ela viu os rapazes vermelhos ou sonhou com eles?

A fantasia da criança — ela anos e anos depois — nadava dentro e fora da cabeça dela, de novo e outra vez, transformando-se num sonho que embalava Dido no conforto das mãos de sua mãe. Aos poucos, Dido engolia os soluços que emergiam de dentro dela.

— Tudo bem, mamãe — sussurrou ela. E logo depois, mesmo sem ter a intenção, caiu num sono profundo.

Foi a fumaça que acordou Dido. O cheiro fez os pulmões e os olhos arderem mais do que hera venenosa. O calor das chamas fez a pele transpirar, e, por mais que ela tentasse, não conseguia chamar a mãe e Emilia. Ela tossia e tossia até pensar que tinha morrido de todas as queimaduras e de tanto tossir.

Parecia que o sangue tinha deixado o corpo, e a cabeça dela parecia não lhe pertencer mais. Pesava nos ombros, do mesmo jeito que o corpo parecia pesado demais para que o levantasse da cama. Ela tentou gritar, mas sua boca só produziu outra crise violenta de tosse. Abriu os olhos procurando pela mãe e pela irmã, para despertá-las com as mãos.

Tudo no quarto estava em chamas. Até mesmo os rapazes vermelhos tinham virado cinzas. O que sobrou foi a moldura dourada que um dia os manteve ali. Por um instante interminável de pesadelo, parecia que Emilia e a mãe também estavam em chamas. Dido piscou e abriu os olhos outra vez. O coração deu um pulo ao perceber que sua imaginação a enganou. Lá estavam as duas, inteiras e sem terem sido queimadas.

Embora as duas parecessem tão imóveis quanto o gato morto que ela e Emilia encontraram uma vez perto do rio, elas não estavam tão vermelhas quanto as chamas e as brasas e a palha no telhado e a cabeceira e as cortinas e as cinzas caindo e tudo mais queimando.

Foi então que a mãe tossiu e Dido viu o sangue nos lábios dela. Ela abriu os olhos, breve e dolorosamente, e neles Dido viu uma súplica pavorosa que a assustou. Não restava a menor dúvida, vendo a imobilidade daqueles olhos, que a mãe dela era afligida por uma dor mais severa que a aflição habitual. Ela estava morrendo.

— Estamos queimando — disse Dido, na esperança de assustar a mãe arrancando-a daquele estupor que a aprisionava impiedosamente. Em resposta, a mãe fechou os olhos outra vez. Por mais que tentasse, Dido não conseguia acordá-la novamente. Com um temor intenso, Dido se virou para Emilia. Tentou desesperadamente sacudir a irmã de volta à vida. — Por favor, acorda, Emilia. A gente está queimando — repetiu ela entre tosses e chiados e torrentes de lágrimas que encharcavam o rosto. — Por favor, acorda — implorou ela. Emilia nem se mexeu.

Era outro sonho, Dido conseguia sentir. Era tudo um sonho medonho, e aquela sensação apática era a prova disso. Tinha a esperança de contar isso à mãe, quando as três acordassem.

Os olhos dela se fecharam mais uma vez. Ela tentou mantê-los abertos, mas não importava. Era um sonho, e então a manhã chegaria e todas elas voltariam à vida. Parecia que os pulmões dela estavam parando de respirar.

O sonho se tornou mais turvo... desbotando nas profundezas da cabeça dela... os lábios da mãe não sangravam mais. Emilia não estava deitada imóvel e o sonho o sonho o sonho... era um sonho...

ALGUÉM... DIDO NÃO TINHA CERTEZA, MAS alguém em algum lugar estava derrubando a porta do quarto da mãe com alguma coisa. Um machado, sim. Alguém também gritou e chamou por outro alguém que estava em algum lugar, algum lugar fazendo alguma coisa que ele não deveria ter feito naquele momento. A voz do pai dela também estava lá. Ele gritava o mais alto que podia para dizer a muitos alguéns que fizessem como *ele* ordenava.

Havia muitas vozes, muitas línguas e rangidos e quebras e crepitares e nada disso fazia sentido para Dido. E alguém em algum lugar... soava como a babá Gloria, mas Dido não tinha certeza nem disso. Mas lá estava a babá Gloria entre os homens fazendo o que ela não deveria fazer. Ela gritava ordens por conta própria, chorando, certificando ao pai alguma coisa, alguma coisa que Dido não conseguia entender, e gritando mais ainda, acrescentando mais confusão à cacofonia.

Deve ter sido o pai dela que a tirou da cama, ela se deu conta mais tarde. Tentou contar a ele sobre os lábios sangrentos da mãe e o silêncio sepulcral de Emilia. Mas a cabeça dela estava pesada e sentiu como se estivesse sonhando outra vez.

A ardência enfim parou. Isso era bom, pensou ela. Não tinha mais cinzas caindo e cegando os olhos dela, e o ácido nos pulmões tinha ficado mais fraco enquanto ela dormia. Mas em algum lugar, na periferia da consciência, ela percebia que alguém tinha acendido uma vela cujas chamas dançavam nas sombras assim como a vela que a mãe tinha acendido.

A visão fez com que ela desejasse esquecer os momentos anteriores. Pelo menos ali, no silêncio e na escuridão, ela não tinha medo de que o fogo se espalhasse e do rugido das chamas.

Pensou ter ouvido o pai dela chorar, gritar, chorar outra vez, xingar, gritar e chorar mais ainda. Era infinito e grotesco. Era uma alma tão gentil o pai dela. Vê-lo tão triste era quase tão assustador quanto presenciar a súplica silenciosa da mãe. Ah, como queria implorar que ele parasse. Ela também queria amenizar aquela tristeza. Mas era um sonho, e Dido ainda não conseguia abrir a boca. Havia algo preso na garganta dela, não era uma coisa, exatamente... um sentimento, um sentimento. Ela não conseguia abrir a boca, e o sentimento fazia com que ela quisesse chorar outra vez.

Por fim, perto do fim da vigília dela, o pai sussurrou algo.

— Por favor, acorde — ela ouviu, ela pensou. Em resposta, e assim como tinha feito com a mãe, Dido se aconchegou nele e se deixou levar para o esquecimento.

Cinzas e lama

HAVIA UMA HORA PRÓXIMA DO AMANHECER que era mais fria do que todas as outras. O céu estava escuro com a noite, e a noite silenciosa como um túmulo. Se um homem encontrasse a paciência de enfrentar essa hora e contemplasse o majestoso nascer do sol, ele seria recompensado com outros esplendores também. A agitação da vida enquanto ela preenchia o mundo como uma orquestra. Os galos comandando a sinfonia, anunciando o despertar das coisas enquanto a escuridão da noite se dissipava.

Outros pássaros atendiam ao chamado e abriam suas asas. O frio do ar se espalhava com as névoas. No verão, as cores das montanhas e dos campos e das pessoas floresciam renovadas; e, no inverno, era a vez das cores dos mares e dos desertos. Eles renasciam como o sol, presenteando generosamente aquele homem paciente que suportou a hora mais fria da madrugada.

Quando Abram ainda era um homem embriagado pelo amor e apaixonado pela juventude, ele viajou a todos os lugares que a esposa quis conhecer. Eles foram para o norte cumprimentar os povos perto da fronteira com a Rodésia do Sul; então mais ao norte além dos limites do Saara, onde o povo do deserto dirigia suas caravanas para pastos mais verdes eternamente ilusórios. Eles viajaram até para a colônia da Índia, para todo lugar que ela desejava e onde ela seria recebida. Aquela hora fria, quando um homem pode ponderar, enlutado, os fracassos e as realizações de sua vida, era, pelo que Abram podia concluir, comum em todos os lugares. Era a segunda vez naquela semana que, exatamente naquela hora, ele se sentava na cama e fazia um cálculo de tudo o que tinha alcançado. Pelas suas contas, seus erros tinham superado de longe suas vitórias.

O fogo ainda era intenso lá fora. Os homens corriam da barragem com baldes para extinguir as chamas, e assim as labaredas ardiam com uma paixão moribunda. Um vento soprava vindo do noroeste. Abram temia que ele reavivasse o fogo e o espalhasse da ala de sua esposa para o lado mais distante da casa, onde ele atualmente se sentava enlutado e em vigília. Mas isso não aconteceu. Em vez disso, a rajada derrubou as labaredas crescentes mantendo-as perto do chão, ou assim pareceu a Abram. O vento tinha alimentado as chamas em excesso e matado cada uma daquelas que, em sua dança agitada, tentaram escapar de seu berço e espalhar a destruição.

O vento partiu, convocando a garoa de nuvens esparsas que pairavam nas alturas. Gloria tinha ousado chamar isso de uma intervenção dos ancestrais, pois não se tinha conhecimento de vento que abrandasse o fogo, trouxesse chuva de nuvens afastadas e deixasse apenas chamas frágeis, dos primórdios do fogo. Alguns homens balançaram a cabeça concordando com ela. Abram, por sua vez, discordou.

— Os papéis que o senhor queria não foram encontrados — avisou Gloria ao entrar no quarto e retirar Abram de seus devaneios. — Todos os documentos na ala oeste foram queimados. O fogo parecia faminto nos lugares onde dona Alisa guardava os papéis dela.

Ele percebeu que os olhos dela, em geral brilhantes de alegria, estavam vermelhos de tristeza e cansaço. A fumaça a tinha coberto com uma manta de fuligem. O suor do trabalho tinha feito o vestido colar no corpo dela, e onde o vestido não a protegia — os braços, o pescoço e o rosto — aquele suor brilhava como um bálsamo de tempos mais felizes. Ela havia retirado o lenço que cobria sua cabeça e deixado seus cabelos crespos serem salpicados pelas cinzas, pela poeira e por todos os sintomas do incêndio.

— Nada foi salvo? — perguntou ele, do jeito como sempre falava com ela, num africânder hesitante, misturado ao holandês em alguns momentos. Isso fazia com que o discurso soasse rígido e muito formal para o gosto dele, mas era o melhor que conseguia fazer. E essa não era a hora de se preocupar com a linguagem.

— O que não queimou foi destruído pela água. — Gloria meneou a cabeça, voltando ao seu africânder fluente, com o qual ela se sentia mais confortável do que com o inglês. Talvez porque fosse um idioma da cozinha que tinha surgido conforme os escravizados e os empregados se adaptavam à servidão. Da inovação, da necessidade e de uma dúzia de culturas, ou até mais, inventaram uma língua. Reconheciam partes de si mesmos nela. Eram leais a ela. — Tudo se acabou, sinhô. Tudo virou cinzas e lama. — As palavras dela soavam como uma memória, como o eco de um pesadelo. Por mais que Abram tentasse, ele não conseguia acordar.

— O fogo vai se espalhar? — perguntou ele.

— Não, sinhô — tranquilizou Gloria. — A garoa está virando chuva, vai esfriar as cinzas e impedir que elas se espalhem também. Mas, se a chuva não vier, os homens estão preparados de outro jeito. Tem água na barragem. Farouk e o turno dele vão vigiar até o amanhecer. Tariq e os homens dele vão assumir amanhã de manhã.

— Muito obrigado, Gloria.

— Não tem problema nenhum.

— Nenhum problema — repetiu Abram para si mesmo, balançando a cabeça numa tentativa fútil de limpar os pensamentos. — Gloria, você acha que eu sou o vilão dessa tragédia?

Gloria olhou para ele como se esperasse por algo mais a ser dito. Como isso não aconteceu, ela deu dois passos, parou a uma distância que julgou apropriada e disse:

— Não tenho certeza de que entendi o que o senhor disse.

— Aqui estou eu, com uma filha e sem a outra. Guardando a que está viva e não a outra. É uma coisa simples. No entanto, uma declaração muito séria. Posso garantir a você que a minha esposa não era de perder esse tipo de sutileza. Ela chafurdava em todo crime cometido contra ela, fosse trivial ou não. Ela via todas as ofensas e as imaginava como algo tão importante quanto o nascer do sol ou a mudança das estações. Ela me via como o autor do sofrimento dela. Essa, a meu ver, é a conclusão da história dela. Eu era o vilão enquanto ela estava viva. Deve-se entender, então, que sou o vilão até agora. Então estou te perguntando: o que é que você acha?

— Sinhô — respondeu Gloria —, não acho que o senhor seja um homem ruim. Em tempos como esses, todos os homens estão de mãos atadas. Mas, onde outro poderia ser destruído pela dor, o senhor encontrou coragem de tirar a sua filha das chamas. Lá está ela agora, viva. Um homem capaz disso não pode ser acusado de vilão.

— Tirá-la das chamas foi uma coisa comum. Não diz nada a respeito da minha vilania ou da falta dela.

Quando Gloria falou, gesticulou em direção a Dido. Os olhos da babá estavam cheios de amor e saudade, como se *ela* fosse a mãe das filhas dele. Abram sabia que a dor que ele sentia também estava no coração de Gloria — pulsando, pulsando, até que só restasse dor e remorso, remorso por crimes que ele tinha medo de não compreender completamente até o dia em que estivesse morto. Ela disse:

— Quando a menina acordar, ela vai perguntar: "Quem me salvou do incêndio que quase me levou deste mundo? Quem soprou a vida outra vez nos meus pulmões?"; e nós diremos para a criança: "Foi o seu pai. Ele ama você mais do que a própria vida." Essas palavras vão deixá-la cheia de alegria. Vai ter tristeza quando contarem a história toda para ela. Mas a alegria estará ali, gravada no coração dela. Se essa não é uma verdade que o senhor queira, então pense nisso: Que bem faria velar uma filha que não está viva, ao mesmo tempo que outra filha está levemente ligada ao mundo dos vivos, mas por outro lado também está ligada ao mundo dos mortos? Bem nenhum, eu acho. Bem nenhum — concluiu ela, fazendo que não com a cabeça.

— É nisso que você acredita?

Gloria concordou balançando a cabeça.

— É nisso que acredito. O senhor não confia nas minhas palavras?

— Confio que você acredita que essas palavras são verdadeiras. Se elas são, de fato, a verdade é algo que preciso resolver por minha conta.

Dido tossiu de leve. Ela estava esparramada na cama dela, barganhando pela vida com qualquer anjo que tentasse levá-la embora. Abram sentiu a bile subir dentro dele. Ela o despertou com o amargor e o fez confirmar por completo a crueldade de Alisa. Depois de incansavelmente ameaçar abandoná-lo e voltar para as Índias Ocidentais, ela por fim tinha chegado a uma decisão irreversível. Não se podia dizer que ela era uma mulher determinada. Não. Ela começava projetos com a mesma facilidade com que os abandonava. Ela havia feito de um tudo na vida sem entusiasmo. Mas, na morte, tinha sido minuciosa, alcançando o estilo e o drama.

Primeiro, ela se envenenou, ou assim parecia. O sangue que cobria os lábios dela sugeria isso. Então, inspirada pela tragédia de um incêndio que tinha dizimado um casarão próximo a Groot Constantia dois anos antes, ela pôs fogo na ala leste da casa, que tinha ocupado desde o afastamento dos dois, garantindo que a morte dela estaria além de qualquer tentativa de ressuscitação. No entanto, como tudo mais na vida dela, não foi bem-sucedida no que tinha se proposto a fazer, parece que o veneno a matou antes que o fogo tivesse a chance de atingir o corpo dela.

Um dia Abram seria capaz de contar todas essas coisas a Dido para que ela pudesse compreender melhor as circunstâncias da experiência de quase morte. No entanto, talvez ela não compreenda. Em vez disso, talvez ela perceba as motivações dele e pense nele como aquilo que ele mais temia: o responsável pela infelicidade de Alisa. Alisa nunca foi amada por ninguém, ao menos na cabeça dela. Para ela, o mundo era cheio de inimigos, criado por alguma deidade malévola que buscava somente atormentá-la. No fim, ela acreditava que ele era esse demônio. A tristeza dela nasceu e foi acalentada até que, enfim, ela estendesse a covardia dela sobre as filhas. Dido pode ter herdado a natureza da mãe. Ela pode se considerar não amada. Ela pode odiar Abram, tal qual Alisa o odiou no fim.

Ele hesitou antes de dizer as palavras seguintes, pois temia que o luto o levasse por territórios que seria melhor não mapear. Mas, se um homem não se permitir uns momentos de inconveniência enquanto se sustenta com as muletas frias do luto, quando poderá? Então, garantindo para si aquela bênção proibida, que possibilitaria a ele seguir adiante, no seu desespero, ele disse a Gloria:

— Dido vai saber que a amo, não vai?

Gloria precipitou os dois um pouco mais rumo à indecência ao colocar a mão no ombro dele. Abram sentiu que balançava a cabeça. Sentiu que secava uma lágrima que correu do olho direito. E ele desejou, naquele instante, ter ouvido a própria voz pronunciar a palavra, mas descobriu que não era capaz; então meneou a resposta na esperança de que isso fosse o suficiente.

— Ela vai — disse Gloria. Abram foi confortado por isso. Ele queria submergir naquela trégua fugaz que Gloria lhe oferecia, pois era efêmera e desapareceria no instante seguinte. Ele se afundou ainda mais no desamparo.

— Emilia... — Quando pronunciou o nome, as lágrimas caíram dos olhos dele. A voz falou antes que ele se permitisse concluir o pensamento. Deixou que sua cabeça pendesse e secou aquelas lágrimas miseráveis.

Àquela altura, Gloria já tinha sucumbido às próprias lágrimas. Abram fechou os olhos, esquivando-se. Ele também poderia ter ouvido uma oração, não havia como ter certeza. Ele só tinha rezado uma vez na vida, quando a mãe dele estava próxima da morte. No fim, ela se foi no que o médico considerou um sono pacífico. Parecia adequado que a morte sem sentido de sua filha caçula, sua doce, gentil e querida Emilia, fosse marcada por algo tão insignificante.

Gloria, que tinha se recuperado de seu desamparo com mais rapidez, agora elaborava gentilmente a extensão da tragédia. Abram tentou escutar, recordar fielmente, mas cada fiapo de força que ele empregou, seu coração partido e a dor latejante retornaram para subjugá-lo. Se ao menos ele pudesse reverter tudo isso. Se ao menos pudesse provar que tudo não passava de uma fantasia grotesca, ele seria capaz de respirar com facilidade outra vez.

— Tariq ainda está vigiando Emilia? — Assim que Gloria balançou a cabeça afirmativamente, ele acrescentou: — Por favor, fique aqui com Dido. Preciso ficar com Emilia agora. Sinto... sinto que preciso vê-la.

— Emilia precisa ser limpa primeiro, patrão — explicou Gloria. — As suas mãos devem ser esfregadas com sal. O senhor não deve tocar em Emilia agora, senão um agouro de morte o acompanhará até o fim dos seus dias.

— Ela é minha filha...

— E não faz mais parte desse mundo, sinhô. Por favor, tenha em conta que falo com respeito. O senhor não deve fazer a vigília da filha morta e voltar para a filha viva desprotegido. Se fizer isso, então a sua filha viva também vai cair em desgraça.

— Então me traga o maldito sal! — gritou ele.

Gloria se afastou dele. No entanto, sendo uma mulher profissional, ela rapidamente mascarou a reação. Com estoicismo, ela se curvou para ele, como se essa provação ainda fosse respeitável, e deixou a sala graciosamente.

— E traga o médico na volta! — gritou ele para as costas dela, mas logo se arrependeu da impaciência. Os fracassos dele não tinham que ser carregados por ela. E ela amava Emilia. Os rastros das lágrimas ainda marcavam a dor que ela sentia. — Gloria — chamou ele, na esperança de que ela ainda estivesse por perto. — Por favor, volte.

— Sim, sinhô? — disse ela entrando no quarto outra vez.

— Muito obrigado. Você tem sido... — Ele procurou por uma palavra adequada, mas sentia como se sua cabeça fosse perfurada por milhares de facas. Suspirou profundamente e tentou mais uma vez: — Você tem sido... dizer útil seria diminuir o seu valor. Mas, nestes tempos desafiadores, é a única palavra que permanece na minha cabeça atordoada. Sei que só digo isso por causa da exaustão. Se fossem tempos mais simples, eu poderia ser mais gentil com você, talvez tão gentil quanto você tem sido comigo.

— Não tem problema, patrão. — Ela balançou a cabeça.

— Não tem problema — repetiu ele para si mesmo, balançando a cabeça para limpar seus pensamentos. Aquela hora fria, quando um homem pode ponderar a respeito de sua vida, era uma praga da qual Abram era incapaz de escapar.

O céu estava escuro com a noite, e a noite silenciosa como um túmulo. Se ele encontrasse a coragem para enfrentar aquela hora e contemplasse o inclemente nascer do sol, então teria a certeza de ser atormentado pela persistência de outras trivialidades: a agitação da vida enquanto ela preenchia o mundo, que não notaria a morte da filha dele. Os galos comandando a sinfonia, anunciando o despertar de coisas menores enquanto a escuridão da noite se dissipava.

Era de manhã. E a dor ainda latejava, e latejava, e latejava de forma intensa.

Um choque de contradições

HAVIA UMA MONTANHA ALÉM DOS VINHEDOS que era o ponto mais alto do estado. Quando estava lá em cima, Abram via tudo à sua volta: onde o vale se esculpia em enseadas tímidas de rebanhos tímidos, flores sem nome; onde ele se desdobrava novamente e se alongava feito uma criança encontrando a vida; onde ele se rendia diante da agricultura e era cultivado com persistência enquanto os vinhedos se estendiam até o porão, então se erguiam, terrivelmente, como as ruínas meio carbonizadas de sua casa.

Se ele protegesse os olhos e mirasse o leste, veria as sombras das montanhas onde, uma vez, aos seus pés, tinha caçado antílopes. Ele tinha levado Dido. Emilia era muito pequena, muito delicada, e as montanhas eram muito distantes. Agora parecia ser há muito tempo. A montanha em si parecia um fantasma que Abram sequer conseguia conceber. Era como uma sentinela: via tudo e, a não ser pela casa queimada, tudo à sua volta era belo. Era um bom lugar para colocar uma criança para descansar. Uma tristeza, porque a criança era filha dele, era um bom lugar para a mãe dela descansar também.

Todos os trabalhadores vieram. A não ser por Farouk e Gloria, nenhum deles tinha sido próximo de Alisa. Mas todos pareciam soturnos e alguns choraram. Eles estavam de luto por Emilia, é claro, pois, assim como eles lamentavam, a morte de uma criança era algo extremamente anormal.

Entretanto, conforme a cerimônia seguia, ficou aparente pela maneira como eles falavam dela que, apesar da distância mantida, ainda assim eles tinham estabelecido uma forma de parentesco com Alisa. A maioria deles era descendente de escravizados, das Índias Ocidentais, da Índia, de Angola e de outros lugares longínquos dos quais tinham ouvido falar em histórias que lhes foram contadas. Às vezes o nome do lugar era tudo o que eles sabiam. Os mais afortunados, de alguma forma, eram os descendentes dos san, dos khoi e dos vários povos bantos espalhados naquele canto do mundo; esses, ao menos, podiam estimar onde os ossos de seus ancestrais estavam enterrados, o que parecia importante para eles.

Farouk, que tinha se revelado uma espécie de líder dos trabalhadores rurais muçulmanos, perguntou a Abram se aqueles que assim desejassem poderiam dizer algo sobre Alisa. Como Abram poderia dizer não a essa terceira derrota? Aqui estavam os descendentes de escravizados enterrando uma das suas; mesmo ele, que acreditava pouquíssimo no bem que havia no mundo e pensava que podia, de verdade, odiar Alisa, não era capaz de recusar essa última obrigação. Ele assentiu.

O padre Benedict balançou a cabeça com severidade. Abram tomou o gesto como sinal de desaprovação. Mas não havia nada de comum em toda aquela situação. A carta enviada para os pais de Alisa ainda estava a caminho da Inglaterra; portanto, eles não sabiam que a filha deles tinha morrido. Além disso, o grupo que acompanhava o velório era um tanto desordenado, ali estavam a irmã Alice e a irmã Elizabeth, do colégio das meninas, o padre, os funcionários da fazenda, Dr. Mason e a esposa dele e Abram.

Dido estava doente. Embora fosse uma criança saudável, ela inalou muita fumaça, segundo o Dr. Mason. Tinha acessos de tosse, um resfriado, e por isso foi deixada na ala sobrevivente do casarão com a enfermeira Thomas. Abram não se opunha à ausência dela. Ao menos ela seria poupada da provação de assistir à terra engolir Emilia avidamente. Emilia, que pensava que o Sol girava em torno da Terra, que precisava ser lembrada de que o Sol era uma estrela, imensa e muito distante, cujos quatro dentes permanentes nunca cresceriam, fazendo o ceceio de sua voz desaparecer com o amadurecimento... Emilia, de quem o tempo, assim como a terra, tinha sido tomado.

— Ah! — Era o gemido que escapava dos lábios de Abram, o choro engolido pela eulogia de Hafsah.

— A dona Alisa era uma alma gentil — declarou Hafsah, uma das trabalhadoras rurais. — Se visse uma flor bonita que não conhecia, a dona Alisa perguntava qual era o nome dela. Se ninguém soubesse o nome da flor, ela inventava um. — O comentário foi seguido por uma risada tênue. — Da primeira vez que ela me perguntou sobre flores, pensei comigo mesma: "Ah, e agora, quem é que anda por aí desperdiçando o tempo com flores?"

Aqui também surgiu uma risada. Mais alta, mais alegre, e Hafsah sorriu. Ela prosseguiu:

— Ah, penso que a dona Alisa via que eu não era do tipo que desperdiçava o tempo com flores e ela falava, ela olhava para mim e dizia bem assim: "O que você sabe sobre o mundo que eu não sei, Hafsah?" Primeiro pensei que ela estava sendo esnobe, sabe. Comecei a me sentir pequena porque pensava que ela poderia estar fazendo pouco caso de mim. Ela me corrigiu rapidinho. "Eu não sou daqui", ela disse. Mas, pensando agora, ela pode ter dito algo mais longo, vocês sabem, mas bonito. Todos vocês sabem como ela gostava de usar as palavras, nossa dona Alisa.

Um murmúrio de concordância ressoou depois disso. Hafsah continuou:

— Ah, e eu lhe ensinei sobre as parreiras. — Ela ajeitou a postura se esticando ao dizer isso, como se fosse percorrida por um fluxo de orgulho. — Sim, fui eu que a ensinei sobre as parreiras daqui e de lá. Falei para ela: "Dona Alisa, a senhora sabia que as vinhas não precisam de abelhas para polinizar? Elas se polinizam sozinhas na maioria das vezes." Nossa dona Alisa não sabia disso, eu fui a primeira a contar a ela... — Neste momento, Hafsah enfim sucumbiu às lágrimas. Ela teve que ser levada de volta ao seu assento.

Samson foi o próximo a falar. A história dele detalhou uma breve tentativa de Alisa de experimentar e escolher as uvas. Aparentemente ela queria separar as uvas muito doces, em geral reservadas para comer, das mais azedas, reservadas para fazer vinho. Depois de uma semana, ela decidiu que todas as uvas eram iguais, tinham o mesmo gosto e desistiu desse projeto.

Abram reparou que Samson também falava da "nossa dona Alisa". Quando Farouk e Gloria falaram, assim como todos os outros depois, mencionavam "nossa dona Alisa". Cada uma das histórias seguia o que Hafsah tinha começado. Eles relatavam alguma breve e alegre aventura de Alisa, algum relato curto a ser lembrado agora com carinho, para provocar risadas tímidas e baixas, levando então os narradores à saudade e, enfim, às lágrimas relutantes.

Havia algo semelhante a vergonha arraigada no coração de Abram. Embora ele fosse o enlutado para quem todos olhavam dispensando piedades, ele também se sentia um impostor. Ficou aliviado quando o fio de elogios se rompeu, de alguma forma, então regularmente declinou em alguns poucos murmúrios a gentileza de Alisa e a cruel-dade da morte em geral. O padre Benedict, com um alívio palpável, prosseguiu para o enterro.

Ninguém parecia saber o que dizer sobre a segunda alma que era posta para descansar. Era uma criança que todos conheciam, amavam; alguém de quem se podia dizer que era muito mais amada que Alisa. Tal era a ironia da morte, que as pessoas achassem mais difícil falar sobre ela.

Ninguém poderia dizer "Chegou a hora dela", pois não era o caso. Ela foi morta pela própria mãe. Entretanto, comentar as circunstâncias da morte dela seria contradizer as qualidades admiráveis de Alisa, que tinham sido narradas pelas mesmas pessoas que agora deveriam renunciar a ela. A morte de Emilia só poderia ser lamentada de um jeito incompleto, como se, em alguma inacreditável reviravolta das circunstâncias, ela simplesmente tivesse morrido. Ninguém nem nada a matou. Mas ali estava ela, sendo enterrada.

E assim, conforme a série de eulogias se reduzia, Abram descobriu que também estava aliviado. No entanto, foi um momento breve. Agora era a hora que lhe dava um pouco de contentamento por saber que Dido não teria de suportar aquilo: a descida dos caixões ao chão. Alguém, provavelmente Gloria, mexeu na mão de Abram para que ele jogasse alguma terra em cima dos caixões. Houve um baque seco, então vários, então os sons morreram à medida que os coveiros, que pareciam ter se materializado do nada, encheram as covas. Então veio o silêncio.

Então Abram teve que se lembrar de respirar. Então teve que se lembrar de se mexer. Contudo, ele não conseguia se lembrar muito bem de para onde precisava ir, então se submeteu às orientações de Gloria. Uma vez que chegou aonde deveria estar, ele não sabia mais como continuar a existir; ele teve que se lembrar de respirar mais uma vez e secou as lágrimas e disse a Dido:

— Eu estou aqui, sinto muito, amo você.

Eram coisas muito simples, mas ele teve que ser guiado para se lembrar de todas elas.

Dido queria que uma árvore fosse plantada atrás das sepulturas. Ela disse que a montanha era muito exposta ao céu, que naquele verão a mãe e a irmã dela precisariam de uma sombra diante de tanto sol. Gloria pensou que era algo gentil de se fazer e juntas elas decidiram plantar um salgueiro-chorão com uma muda que tiraram da antiga árvore de Alisa. Da maneira como Dido via as coisas, a mãe dela gostava de descansar embaixo da árvore quando estava viva; portanto, adoraria descansar debaixo dela mesmo depois da morte. Aqui, também, Abram teve que ceder.

O problema com salgueiros-chorões é que eles são conhecidos por serem sedentos e beberrões. Não havia um rio ou lago perto da montanha. Rapidamente, Gloria se ofereceu para carregar um balde de água para regar a muda, e todo dia Dido ia atrás dela com seu pequeno balde para alimentar a planta. Ela se ajoelhava e espalhava os detritos. Apontando para algum ramo mais alto, provavelmente de grama ou capim, ela dizia:

— Acho que está começando a crescer.

— Sim, sim, vamos ver — respondeu Gloria.

No entanto, isso teria que esperar, pois aí vinha Farouk, ofegando e bufando montanha acima. Abram se perguntava por que um homem pesado como Farouk se daria ao trabalho de correr, uma vez que suas pernas não foram talhadas para isso. Antes que qualquer um pudesse perguntar o motivo, ele chiou a resposta:

— Homem da Câmara... chegando!

Ele se curvou, as mãos nos joelhos e o peito arfante, enquanto todos se esforçavam para extrair sentido do que ele tinha acabado de dizer. Como ninguém disse nada, Farouk foi obrigado a recuperar o fôlego com mais agilidade ou, como se podia perceber pela maneira como ele pegava o ar entre as palavras, teria que falar ofegante mesmo. Ele disse:

— O representante... o representante que veio aqui antes... para espiar... o homem... ele está chegando. — Ele olhou para trás e chiou outra vez — Ele está aqui!

A profecia de Farouk se realizou e o homem a quem ele se referia apareceu. Ele surgiu, ou assim parecia, conjurado como um anjo ou um demônio, muito repentinamente no horizonte. Ele usava seu terno marrom de lã e um belo chapéu, e dava passos tão apressados que parecia flutuar. Abram decidiu que ele *devia* ser um demônio.

— Ah, meu Deus! — uivou o homem, ainda a alguns metros de distância. — Meu Deus! É uma caminhada da casa até aqui, né? Uma bela caminhada!

Embora tenha se saído melhor que Farouk na batalha contra a colina, Daniel Ross estava igualmente exausto quando chegou ao topo. O esforço o tornou humilde, pois, assim como Farouk, foi obrigado a retomar o fôlego inspirando avidamente. E assim foi a primeira vez que, desde que profanou a propriedade dos van Zijl com sua presença, Ross estava completamente sem palavras.

Todas as outras pessoas ainda estavam confusas demais para falar, então ele rapidamente recuperou a pompa.

— Isso aqui é um velório. Um velório, hein. Se eu soubesse teria esperado o seu empregado chamar e o senhor descer. Mas, ai, não, não tinha como evitar. Não, não! O tempo não espera por homens ociosos, né? Tempo é dinheiro, como dizem nos Estados Unidos!

Gloria aproveitou a oportunidade de um breve instante de silêncio para fazer um sinal a Farouk e dizer a Abram:

— Deve estar quase na hora do almoço, sinhô. Vou levar Dido comigo.

Para não deixar nenhuma dúvida de que nada se passava sem que ele analisasse, reanalisasse e tivesse algo a dizer a respeito, Daniel Ross aproveitou a oportunidade de um breve instante.

— Ah, essa deve ser uma das suas filhas, Sr. van Zijl. Essa é qual das duas?

Vendo que o episódio estava se desenrolando muito rápido e fazendo quase nenhum sentido para ele, Abram escolheu aquele momento para reverter as coisas e recomeçar a conversa. Como sua contribuição para a loucura, ele escolheu um cumprimento:

— Ah, Sr. Ross! Como o senhor está hoje?

Gargalhando e balançando a cabeça, Daniel Ross disse:

— Ah, Sr. van Zijl, por favor, perdoe a minha grosseria. Ah, sim, sim. Às vezes essas coisas acontecem. Sou um homem ocupado, sabe? Um homem ocupado, né? Sem um momento de descanso. Ah, nenhum. Por favor, perdoe a minha grosseria. — Perdoada a grosseria, ele perguntou se Abram tinha ficado sabendo de um homem no norte que tinha se envolvido numa situação constrangedora.

— O homem que foi convocado pelo magistrado por viver com uma moça nativa?

Daniel Ross confirmou que falava do mesmo homem.

— Ele se meteu em mais problemas, né? Ah, Sr. van Zijl, vivemos tempos complicados. Tempos complicados.

Farouk, Gloria e Dido ainda estavam parados onde Daniel Ross os tinha encontrado, presos pela cena que se desenrolava. Parecia que não seria ele a liberá-los, pois agora, quando falava sobre o homem, ele olhava para Dido. Olhava para ela como um homem poderia olhar para um pássaro cujas cores nunca tinha visto ou uma nuvem com um formato que ele gostaria de ver se transformar em algo diferente.

Repentinamente, Daniel Ross sorriu e voltou o olhar para Abram.

— Eu sempre disse que o senhor tinha sorte de ter filhas, Sr. van Zijl. Ah, tão sortudo. Ah, imagino que ela queira almoçar agora, né? A empregada disse isso. Agora ela só deve conseguir pensar no almoço.

— Faça com que ela coma tudo — recomendou Abram a Gloria, e ela, Dido e Farouk desceram a montanha apressados.

— Sabia que quando estive aqui em março o senhor não me trouxe a essa montanha? — disse Daniel Ross.

— Como o senhor disse, Sr. Ross, o senhor é um homem muito ocupado — respondeu Abram.

— Ah, isso *é* verdade. Uma verdade bem verdadeira. — Ele balançou a cabeça em concordância. Seu olhar varreu a extensão de leste a oeste e tudo diante dele, e ele balançou a cabeça de um lado para o outro e suspirou. Ele se abanou com seu chapéu, enfiou a mão esquerda no bolso e olhou mais uma vez para Abram. Antes, ele tinha sorrido para Abram com uma espécie de piscadela nos olhos, como se os dois soubessem de um segredo que ninguém mais conhecia, como se uma profunda camaradagem existisse entre os dois e não houvesse necessidade de palavras. Mas, agora, Abram percebia que havia algo mais naquele sorriso.

— O senhor sabe o homem do norte, no Transvaal — continuou Daniel Ross. — As pessoas vivendo em pecado, senhor. O senhor, o senhor... ah! Mas eu não deveria dizer essas coisas, né? Coisas vulgares. Coisas vulgares, realmente. É uma sorte o senhor ter filhas. Muita sorte, hein? Entende o que quero dizer, Sr. van Zijl?

Abram entendeu o que ele queria dizer muito bem. O notório delinquente a quem Daniel Ross se referia, esse homem azarado que parecia amarrado de forma antinatural ao norte, era totalmente hipotético, um amalgamado de rumores e sussurros recolhidos por

Daniel Ross, trazidos pelos trens e pelos ventos que chegavam ao sul. Esse homem do norte tinha a função de assustar Abram, levando-o a uma epifania específica: de que ele deveria se entregar ao Estado, reconhecer seus crimes ou sofrer outras consequências.

Da maneira como Abram percebia as coisas, Daniel Ross era o tipo de homem capaz de dizer a uma pessoa "Sua mãe morreu" com um sorriso no rosto e sem malícia. Não deveria ser fácil ser um homem desse tipo. Poderia ser essa a razão das veias do rosto dele parecerem prestes a explodir; por isso, quando ele tirava o chapéu, seu cabelo ficava de pé, como se quisesse escalar sua cabeça em direção ao céu. Parecia estar sempre coberto de suor. As palavras saíam de sua boca rápido demais. Suas mãos gesticulavam a esmo, e seus olhos... quando ele olhava para Abram, Abram imaginava todos os segredos em seu coração se sentindo compelidos a se refletir no rosto dele, pois queriam ser vistos por aqueles olhos capazes de encará-los.

Até se poderia perdoar quem pensasse que ele era um homem frívolo, um tolo. Mas esse seria um lapso grosseiro de julgamento. Abram agora percebia que tudo era deliberado. O Sr. Ross não usava sempre o mesmo terno porque não tinha outro, ele fazia isso porque se imaginava como algum tipo de personagem memorável em alguma grande saga que se desdobrava. Um dia, quando ele contou a história sobre como tinha feito um trabalho difícil para a Câmara dos Deputados, quis se lembrar dos detalhes precisos, então decidiu se curvar à poesia e à imaginação, cobrindo a narrativa de hipóteses sinistras.

Abram imaginava que, se sua própria história lhe fosse contada por Daniel Ross, não reconheceria nela os detalhes da própria vida. Na verdade, ele imaginava que a história apresentaria um homem que vivia no famoso norte, o preferido do Sr. Ross, e seria pincelada com vários atos de imprudência. Essa depravação nortenha seguiria seu rumo até que, repentinamente, o Sr. Ross seria chamado para dar um fim nela. Daniel Ross era um homem cumprindo um destino que ele gostaria de levar a cabo. Pelo menos, foi isso que Abram, irritado, concluiu.

Dito isso, a segunda razão para o terno era o que incomodava Abram. Era simples e sombrio demais: homem intencional que era, o Sr. Ross *queria* ser considerado um tolo frívolo. Não podia ser coincidência ele repetir tudo o que dizia *ad nauseam*. Seus cumprimentos, o nome de um oponente, detalhes mundanos das coisas — ele recitava tudo muitas vezes. E então, quando repetia algo bem gentilmente como "É uma sorte o senhor ter filhas" para mostrar seu ponto, ele ainda tinha que acrescentar: "Entende o que quero dizer?"

E o que ele queria dizer era o seguinte: se Abram não se entregasse ao Estado, sua punição poderia ser pior que a prisão. Sua virilidade, uma vez posta em julgamento como algo em falta, agora estava sendo sentenciada como forma de completar o julgamento. Pela conjuntura na União da África do Sul, podia-se dizer que Alisa van Zijl era culpada de determinadas indiscrições. Daí, poderiam ir mais longe e dizer que Abram não era o pai das filhas dela. Ou mais longe ainda, poderia ser decidido que, por causa desse desvio, não se pode confiar que ele fosse pai de criança alguma.

Inicialmente, a ameaça era apenas um sussurro. Rumores de que a virilidade dos homens era roubada deles na ilha Robben; eles eram eletrocutados ou mutilados. Não, sussurrou outra pessoa, o lugar ficava ao norte, onde o problema da miscigenação racial estava descontrolado. Em Pretoria, era como a União pretendia manter o Transvaal na linha. Ah, não, disse mais alguém que se juntou à conversa. O local era desconhecido, totalmente secreto. No fim, não importava onde "o lugar" ficava. O que importava era que a União não aceitaria o desrespeito às leis com leveza.

— Minha filha é uma cidadã — disse Abram, com o desespero o levando à coragem. — Ela nasceu aqui. Ela pertence a este lugar. — Seus lábios podem ter tremido, ele jamais saberia. O que ele sabia, o que ele conseguia se lembrar, era disso: a velha corrida que começou quando encontrou Daniel Ross pela primeira vez tinha chegado àquele ponto. Estava claro para Abram que não havia escapatória. Então, no fim, tudo o que ele podia fazer era dizer uma coisa de que agora, ao ver o sorriso de Daniel Ross se alargar, começou a duvidar.

— Minhas duas filhas nasceram aqui. Elas pertencem a este lugar.

— Ah, sim, Sr. van Zijl. Tenho certeza de que elas nasceram aqui. Tinha certeza de que o senhor diria isso, né? No entanto, não é uma questão simples. É uma coisa pequena para o senhor. Uma coisa pequena, né? Mas não é assim que as coisas são feitas. O senhor sabe disso, Sr. van Zijl. — E a verdade é que Abram sabia.

Pelo estado das coisas, para a União, a tragédia de Abram ocorreu inteiramente como resultado da imprudência dele. Por sua vez, a União tentou evitar isso. As quatro colônias, agora províncias de um país, tinham se fundido com um choque de contradições que sem dúvida confundiria a governança. Por exemplo, só homens civis poderiam ser cidadãos; só *eles* tinham garantido o direito a votar em um governo e nas questões de administração. Portanto, todos os homens brancos, em virtude de sua raça e gênero, são civilizados. Isso era verdade o suficiente nas províncias do norte.

As províncias do Cabo e de Natal eram problemáticas, contudo. Aqui, qualquer homem, seja branco, negro ou nativo, desde que fosse proprietário ou arrendasse de alguém uma terra, conseguisse assinar o próprio nome e ganhasse 50 libras em um ano, poderia receber a responsabilidade do voto. Em resumo, qualquer pessoa, desde que fosse homem, poderia alcançar a civilidade e assim a cidadania. Tudo isso ia muito bem, até que os problemas surgiram quando os homens africanos começaram a migrar em massa para trabalhar em fazendas e cidades. Eles ameaçavam sobrecarregar a distribuição do direito ao voto, transformando os homens brancos em minoria. *Isso* era um problema simples que poderia ser resolvido com o aumento dos requisitos, como os ganhos anuais de um eleitor em potencial.

Mas aqui a União se deparou com a situação desconfortável da população branca pobre. Os homens brancos pobres tendiam a ser desempregados, não terem propriedades e estarem desocupados, e por consequência desse último traço vários integrantes dessa classe caíam na tentação do crime e outros atos imorais. Eles estavam contentes de se estabelecerem como iguais, econômica e socialmente, à vasta maioria de africanos, misturando-se livremente com nativos e outras raças. Isso se tornou tão arraigado ao caráter deles, tão irreversível que, no fim, era herdado por sua prole. Portanto, os limites da civilidade ficaram borrados. Não se podia confiar que homens brancos pobres viveriam como homens brancos. Em termos simples, eles eram inimigos internos.

As mulheres também eram um problema, em especial as mulheres brancas, independentemente da classe. Elas se organizavam em facções de acordo com a religião, o estado civil, a língua, ou uma combinação dessas três características. Elas eram irracionalmente numerosas e diversas, o que garantia que, mesmo se uma mulher não concordasse fortemente com um grupo ou seu dogma, com certeza se identificaria com o próximo. E, ainda que as facções parecessem conflitar na superfície, estavam, na verdade, unidas por uma coisa: mulheres brancas também queriam votar.

Elas eram uma peste permanente para a União, mas a União entendeu que precisava lidar com um aborrecimento por vez, e o incômodo dos homens brancos pobres era o mais imediato. As mulheres seriam contempladas depois, pois sua causa era frívola e poderia ser apaziguada com facilidade.

Foi concluído, depois de muito debate, que a única maneira de remediar o problema dos brancos pobres seria retirar o direito de voto dos homens africanos como um todo, independentemente da classe, e ao mesmo tempo elevar os homens brancos pobres a um padrão de vida respeitável. É claro, era discutível que revogar o direito ao voto dos homens africanos removeria o incentivo para que eles melhorassem, pois, se não pudessem ter voz no governo, como poderiam se elevar além das desvantagens da raça? Mas, para que a União sobrevivesse, tinha que ser feito. As regras tinham que ser absolutas.

Assim era o crime de Abram: a União tinha curvado suas leis longe demais e por tanto tempo para desembaraçar inúmeras contradições uma da outra. No entanto, Abram estava apresentando outra complexidade. Ele tinha desrespeitado a responsabilidade natural concedida a ele por sua raça, seu gênero e sua classe. Ele tinha desrespeitado a civilidade, a moralidade. A União era gentil o bastante para indiciá-lo sem ambiguidades neste quesito; a imoralidade era o crime dele e, portanto, a Lei da Imoralidade o encurralou.

Até ele tinha que admitir que foi capturado por uma rede elegante. Não havia nada de pessoal naquilo, nada mesquinho. Era apenas um sintoma do mundo se transformando. Não havia nada a dizer a respeito. Ele tinha que se curvar. O que sobrou para ele era escolher sua vida e no mínimo tentar fugir. Faltavam apenas cinco meses para o dia 30 de setembro, quando a Lei da Imoralidade entraria em vigor. Ao fim e ao cabo, não era muito tempo para uma fuga planejada.

E ela era desumana

HAVIA QUEM PENSASSE QUE O MOTIVO da morte de Alisa era trágico. Abram via razão em alguns aspectos do argumento: sua filha sobrevivente ficou sem mãe, e a única prova da legitimidade de Dido (e do nascimento dela) tinha virado cinzas. Ele tinha procurado entre os documentos restantes na ala dele, e mesmo nos refugos do abrigo da esposa. Só encontrou aquelas malditas cinzas. Parecia que o vento as havia espalhado por todo canto. O sangue nas veias dele parecia contaminado por aquelas cinzas. Quando o fogo morreu por completo, Gloria peneirou entre as cinzas e a lama, só para se deparar com essa única colheita. Pelo que Abram entendia, Alisa tinha realmente a intenção de apagar todas as provas das vidas de Dido e Emilia, como se ela desejasse impedi-lo de ter filhas mesmo depois que elas estivessem mortas.

Sim, Abram vira a razão em alguns aspectos do argumento. Era só no último aspecto que ele não era capaz de ver uma tragédia: a morte de Alisa. Descobriu que não conseguia viver o luto nem perdoar, não enquanto as várias consequências do egoísmo dela continuam a se revelar com tanta gravidade.

— O tempo ameniza a dor, patrão — comentou Gloria sem cerimônias, libertando-o da solidão dos pensamentos. Ele ergueu a cabeça para encontrá-la de pé ali perto. Não tinha ouvido os passos dela enquanto ela se aproximava; algumas coisas escapavam facilmente de sua percepção. Ele tinha se tornado propenso a ruminar. No entanto, ali estava ela, como se tivesse se materializado do tecido do mundo, como se as próprias pernas não a tivessem carregado até ali, e ela era desumana.

Árvores e pássaros e navios e sombras

MMAKOMA (OU GLORIA, COMO ERA CHAMADA pelas pessoas brancas) tinha descoberto havia muito tempo que o problema de criar os filhos de outra mulher era não poder fazer isso adequadamente.

Ela tentou durante muitos anos, veja bem. Embora, verdade seja dita, ela devesse saber que a coisa toda ia desandar quando percebeu que o pai das crianças não acreditava em nada e que a mãe tinha sido separada de seu povo antes mesmo de nascer. Ao menos com as crianças brancas-brancas os pais acreditavam no deus da Bíblia, que tinha que ser apaziguado toda semana num dia específico. As coisas que Mmakoma viu nas casas dos brancos, ah, eram inacreditáveis. Mas ela supunha que até o deus da Bíblia era alguma coisa, era melhor do que nada.

O problema, conforme ela se voltava para o seu dilema, estava em criar filhas que não carregou nem pariu nem nomeou. Por exemplo, quando Dido e Emilia nasceram, não houve uma cerimônia para contar aos Ancestrais delas essa bênção, nem mesmo se queimou incenso para dar cor à fazenda, não se construiu um pequeno altar em algum lugar do quintal, nem enterraram os cordões umbilicais delas de acordo com as tradições sagradas. Nada foi feito, hum.

As crianças simplesmente nasceram, receberam nomes que poderiam ter sido colhidos durante uma chuva passageira, nomes que não estavam atrelados a um destino, então foram lançadas no mundo desprotegidas. Mmakoma teve que ficar calada. Não havia nada que pudesse fazer a não ser queimar incenso discretamente em seus aposentos.

Do contrário, as crianças viveriam desse jeito, como marula pendendo em uma árvore. A qualquer momento qualquer coisa podia puxá-las do galho e separá-las da árvore antes que estivessem prontas para ser elas mesmas. Se não fossem arrancadas, poderiam cair apodrecidas. Os galhos eram fracos, né, nada estava ligando aquelas crianças à vida. Durante todo o tempo, Mmakoma se mantinha calada e observava.

No entanto, é uma coisa muito dura observar crianças vagando pelo mundo como espíritos perdidos. Não é algo que se consiga fazer facilmente, deixa seu coração pesado e te faz engolir uma parte de si mesma. Mas o que se pode fazer quando a mãe e o pai te pagam um valor para criar aquelas meninas, hein? Você fica calada e faz o seu trabalho. Mesmo que seja mais velha que eles, ainda que o tempo a tenha tocado primeiro, você balança a cabeça em descrença, fica quieta e no fim do mês vai até o correio e envia o dinheiro que recebeu para sua mãe.

É claro que ficar longe dos assuntos de outras pessoas vai poupar você de alguns problemas, mas deve saber que os Ancestrais vão te assombrar nos sonhos. "Ajude as crianças", dizem eles. "Amarre as crianças à vida", pedem eles. "Ei, você que está dormindo e queimando um pouco de incenso e ficando em silêncio, ajude aquelas crianças que você deveria estar criando", insistem eles. "Você vê que não está criando crianças? Vê que está criando fantasmas? Por que está desperdiçando seu tempo com fantasmas, hein?"

Ah, os Ancestrais vão te assombrar. É que eles têm tempo, muito tempo, na verdade. Enquanto isso, eles podem desperdiçar o seu com árvores e pássaros e navios e sombras e outros símbolos que fazem você parar para pensar. Então, acabadas todas as espigas de milho que você casualmente levou à boca para mastigar, você limpa as mãos, cruza os braços, morde os lábios e pensa: "Mas eles não podiam me falar essas coisas de um jeito simples? Por que eles me mandam uma visão de uma sombra serpenteante estrangulando uma criança na cama? Ah, esse povo!"

Seus sonhos podem se tornar inimigos, né? Os Ancestrais não entendem que este mundo não é mais simples. Eles não se importam que não é o suficiente ser tocada pelo tempo primeiro, ser uma mais velha. Agora há coisas como dinheiro e pele e educação, e de algum jeito os homens estão se tornando mais importantes que as mulheres, até mesmo no povo dela, onde é tabu ter um rei e o cargo mais alto que um homem pode alcançar é de regente ou *ntuna*, ou chefe, como dizem os brancos. Quem decidiu essa importância repentina dos homens ela não sabe. Ninguém sabe. É só o jeito como as coisas funcionam esses dias.

É claro, Mmakoma foi enviada a escolas missionárias na infância e as freiras diziam que ela era mais esperta que os meninos. No entanto, em geral, ela era negra, pobre, mulher e, na época em que foi até a escola secundária em Mašupini para tentar se matricular, descobriu que eles tinham atingido a cota para estudantes do sexo feminino. Foi assim que ela acabou aqui, onde não podia sair por aí falando as coisas para pessoas que não são negras ou pobres ou mulheres ou sem instrução, pessoas que eram mais elevadas que ela.

Os Ancestrais não se importavam com nada disso. E não é que eles têm tempo para te importunar até com coisas mundanas às vezes, ou até com coisas que só vão acontecer daqui a muitos e muitos anos? E não é que às vezes você pode acabar interpretando errado os símbolos? Porque às vezes os Ancestrais ficam tão entediados com todo o tempo que têm à disposição, que começam a jogar símbolos estranhos nos seus sonhos. Eles podem mostrar a você uma criança asfixiada por uma sombra em forma de cobra ou uma mão de sombra quando a profecia não tem nada a ver com sombras ou mãos. Agora você tem que se sentar e contar para as pessoas: "Há uma profecia, mas devo dizer, hein, é possível que a profecia não seja o que vou contar para vocês."

Ah, as pessoas não gostam de ser assustadas por coisas assim. Elas querem que lhes contem coisas que façam sentido. Elas não querem ter o tempo desperdiçado com sugestões, coisas desconexas, do tipo: "Mas às vezes uma sombra é uma coisa boa. Às vezes significa que seus Ancestrais estão chamando a sua atenção para um talento que você tem ignorado. Sombras que estão asfixiando *podem* ser uma coisa boa porque estão tentando retirar um veneno profundo de dentro de você. Mas uma sombra pode ser uma coisa ruim. Às vezes pode significar fogo e morte. Além disso, não quero te assustar, mas você não tem filhos? Mas não tenho certeza de que os sonhos sejam sobre os *seus* filhos, especificamente." Então você dá de ombros com incerteza. O que deve acontecer depois disso? Mmakoma ficou calada. Ela queria ter certeza.

Balançou a cabeça com descrença e se manteve em silêncio até o dia em que a menina mais nova foi levada pela tragédia da mãe. Aquela doce, querida dona Alisa, que tinha viajado pelo mundo em toda a sua grandeza procurando por algo que a amarrasse à vida, algo que explicasse o motivo de ela dançar tão facilmente entre os humores. Ah, essa "alguma coisa" que queria tanto se esquivou dela até o dia em que ela dançou e se envolveu numa façanha que não podia ser desfeita.

Mmakoma não tinha escolha a não ser intervir naquele ponto. O patrão estava tomado pelo luto e não tinha sobrado ninguém para absorver a vida daquela menina. Então Mmakoma fez como as mulheres mais velhas de seu clã lhe ensinaram. Foi até a criança adormecida e sussurrou para ela: "Sua mãe morreu. Sua irmã morreu." Então esfregou as mãos dela com sal grosso. A criança talvez nunca ficasse em paz com as mortes, mas o espírito dela precisava ser acalmado com a notícia; no mínimo, deve encontrar alguma paz. A menina adormecida gemeu, uma lágrima escorreu marcando seu rastro até o travesseiro e, enfim, os Ancestrais foram apaziguados de alguma forma.

Contudo, a missão de Mmakoma não estava encerrada. Os espíritos da mãe e da menina morta também precisavam encontrar a paz. Elas não podiam ser deixadas vagando no reino dos espíritos como tinham vagado pelo reino dos vivos. Mmakoma teve que intervir outra vez. Precisava rejeitar as regras deste novo mundo que mudava e mudava e mudava, ainda que os Ancestrais a importunassem.

Ela jogava mais milho na boca e pensava consigo mesma, mastigando: "As mais velhas me ensinaram como essas coisas devem ser feitas. Devo começar pelo começo. O patrão precisa ser acalmado até aceitar essa realidade. Ele precisa ser apaziguado do mesmo jeito que o espírito de uma criança ouve num sonho que sua mãe morreu. Devo ser paciente com o sinhô. Afinal de contas, ele enterrou a esposa e uma filha antes que o tempo tivesse a chance de erodir o rosto dele com suas marcas. Preciso ser paciente."

Mmakoma sabia que não seria fácil; ele era um homem que não acreditava em nada, que odiava com facilidade. Mas, acima de tudo, ele era um homem branco que, no fim do mês, tem que pagar um valor para que ela tome conta das filhas dele. Ah, mas o mundo estava se transformando estranhamente agora. Não era mais o suficiente só balançar a cabeça incrédula, queimar incenso e ficar calada.

Ela o viu ali, chafurdando na própria solidão, assistindo ao pôr do sol em toda a sua futilidade, vigiando a filha, quando ele mesmo não tinha proteção alguma.

Tinha que falar agora. Tinha que ajudá-lo.

Campos para o milho e as vacas e um jeito de viver

Ela permaneceu de pé em contraste com o crepúsculo iminente, etéreo. O sol poente brilhava atrás dela como um sinal de divindade. Abram foi brevemente ofuscado por ele e desviou o olhar.

— Estou lhe dizendo — continuou ela, aparentemente ignorando o efeito de sua chegada —, os anos vão limpar seu coração. A amargura vai esmaecer. Onde agora só há escuridão, haverá alegria novamente.

Ela era uma mulher gentil, Gloria. As palavras dela foram ditas com ternura. Abram não queria chocá-la expressando seus verdadeiros sentimentos sobre esse tema. Ele dançaria sobre o túmulo de Alisa se o padre sugerisse isso como um rito funerário. Contudo, no estado atual das coisas, ele não queria fazer nada que deixasse Dido magoada, por isso se conteve dizendo apenas:

— Só espero que a alma de Emilia encontre paz. — Quando o silêncio que se seguiu ficou longo e pesado demais para parecer confortável, ele acrescentou: — E a alma da minha esposa também, é claro.

— Vai ser difícil para Dido — respondeu Gloria. Ela parecia tão calma para Abram, nem parecia uma mulher que poderia ser carregada pelos ventos. — Mas o tempo também vai amenizar a dor dela.

Abram olhou para Dido. Ela estava sentada sob o salgueiro-chorão e escrevia num diário. De tempos em tempos, ela fechava os olhos, esticava as pernas e descansava a cabeça no tronco, como se rezasse. Pouco depois, ergueu a mão acima da cabeça e acariciou as folhas que tinham se acomodado ali. Sorriu de um jeito estranho, fugaz, triste e fechou os olhos.

Ontem mesmo ele a encontrou correndo dentro e fora da ala leste como se estivesse perseguindo Emilia, como se ela agora não fosse uma criança sozinha, separada de sua amada companheira. Ignorando a presença dele, ela parou diante das ruínas e chorou escondendo o rosto nas mãos. Quando ele disse a ela que ficaria tudo bem, ela balançou a cabeça e perguntou se podia voltar a brincar. Ele tentou convencê-la a brincar com ele, mas tudo o que ela disse foi:

— A gente pode tentar depois?

Abram cedeu e observou enquanto ela desaparecia na direção dos vinhedos.

— Posso me sentar com o senhor, patrão? — perguntou Gloria.

— Sim, por favor. — Abram deu um tapinha no banco dando as boas-vindas. — Temos muitas coisas para conversar. Se ao menos o mundo parasse um pouco e me desse tempo suficiente para essa cura da qual você fala, eu poderia passar melhor por isso. No entanto, não tem sido assim.

Gloria se sentou ao lado dele e se acomodou num silêncio que foi bem recebido. Eles observaram Dido em sua tranquilidade. A brisa fazia com que as folhas que caíam dançassem em torno dela numa lufada suave; como antes, de tempos em tempos ela abria os olhos e sorria com aquela visão. A brisa se transformou num vento leve e as cinzas escuras das ruínas se misturaram com as folhas do salgueiro. Quando viu as cinzas, o sorriso de Dido desapareceu e ela voltou a escrever imediatamente.

— Ir embora daqui vai partir o coração dessa menina — disse Gloria. — Sei que não é meu papel dizer isso, mas os ossos da mãe dela descansam aqui. E, embora não coubesse a ela tomar essa decisão, dona Alisa escolheu este lugar como o túmulo das filhas dela. Separá-las agora seria uma grande calamidade. Esse é o lar dela, o único que ela conhece. O senhor odeia tudo aqui agora, mas também é o seu lar.

Primeiro Abram organizou seus pensamentos de um modo que esperava parecer coerente. Quando falava, procurava ser comedido, com cuidado, para não provocar mais questões. Ele era um homem exausto. Era comum se aproximar do fim de sua paciência.

— Sabe, eu vim para cá pela primeira vez ainda criança. Achei um lugar maravilhoso. Uma vez visitei um museu em Londres, onde expunham a cabeça de alguns reis famosos e pensei que aquilo era uma honra. Perguntei ao meu pai: "De onde vieram esses reis?" Ele disse: "Do Egito." Então perguntei: "Onde fica o Egito?" E meu pai simplesmente disse: "Na África." Quando conheci Alisa, contei a ela sobre o museu. Disse a ela: "Eu amo a África desde criança."

"Alisa riu. Ela achou que eu era ingênuo — prosseguiu. — No fim das contas, acho que ela era amarga e venenosa na opinião dela. O entendimento que eu tinha dela era incompleto, talvez tão incompleto quanto a crença de que o céu é um paraíso reservado a todas as almas justas que deixam esse mundo. Eu amaldiçoei o ressentimento dela. Pensei que ela era ignorante. Afinal de contas, quando nos conhecemos, ela ainda não tinha vindo à África. Ela ainda não tinha se apaixonado por este lugar — zombou ele. — Foi necessário muito tempo... Foi necessária a aprovação de uma lei e a morte de uma filha para me ajudar a entender: com sua amargura, seu veneno, Alisa tinha razão. Não restou nada para amar aqui. Essa não é a minha África. Esse não é o meu lar, nem de Dido. Eu entendo a necessidade de pertencimento, Gloria. Tenho que admitir que é uma ironia, ou até pior, que essa necessidade me foi dada pela covardia de Alisa. Mas, em sua profundidade... o presságio inequívoco de uma profecia é uma ironia à qual preciso prestar atenção. Não é sábio manter minha filha aqui, onde não a querem. Não pertencemos mais a este lugar. Não podemos. Como posso pertencer a um lugar ao qual minha filha não pertence? Acho que o melhor é garantir que ela seja amada. Esse é o meu direito como pai dela, e vou cuidar disso com muita atenção, sempre, até a minha morte. Preciso levá-la para longe desse lugar."

Ele sentiu que isso deveria ser o bastante. Balançou a cabeça e esperou pela réplica de Gloria. Ela sorriu.

— Sou uma mulher simples, mas, como o senhor, patrão, tenho histórias sobre a África. Tenho pensado sobre as coisas e acho que é necessário que eu conte ao senhor uma dessas histórias.

Abram concordou.

— Veja só, minha prima mais velha, que era a filha da irmã mais velha da minha mãe e recebeu do nosso avô, em seu leito de morte, o nome Nnadi, é a grande amiga de uma mulher que ela chama de Mantšha. Elas são pessoas do norte, onde os ossos dos meus Ancestrais estão.

Ela deu um tempo para que ele pudesse fixar a moldura de sua história na cabeça e logo depois resumiu:

— Primeiro preciso lhe contar sobre a beleza de Mantšha, para que o senhor entenda os caminhos estranhos da tragédia dela. Ouvi Nnadi dizer que uma vez um homem matou outro por causa dessa beleza. Ambos a amavam, era o que diziam, mas um deles era covarde demais para viver sem ser amado por ela. Era uma mulher tocada por problemas estranhos, veja só. Logo depois de arrumar um emprego em uma fazenda em Kroonstad, quando Mantšha declarou que tinha começado um caso com seu patrão casado, Nnadi não se surpreendeu. Mas olha só, isso também foi quando o amante de Mantšha que estava preso, aquele que tinha matado um homem, foi libertado e voltou atrás dela. Assim como antes, os dois homens brigaram e, no fim, um dos dois estava morto por causa da beleza de Mantšha. O patrão, que tinha sido o vencedor nessa nova tragédia, foi interrogado pela polícia, fizeram perguntas sobre tesouros perdidos em sua casa. Como resposta, ele apontou para Mantšha e disse: "Aquela mulher me seduziu e conspirou com seu amante criminoso para me roubarem. Foi por isso que atirei nele." Por favor, tenha em mente que falo com respeito, senhor, mas foi assim que um homem negro como eu foi considerado culpado pela própria morte. E foi assim que Mantšha foi indiciada, primeiro por ser negra, depois por amar um homem que não era de sua raça. O senhor entende o que digo?

— Acho que sim.

Gloria balançou a cabeça.

— Veja, eu finjo entender as liberdades que desejam tirar do meu povo com essa lei. Mas isso eu sei: além de ofensiva, essa lei é desnecessária. Meu povo é sábio o bastante para perceber essas coisas por conta própria. A lei pode ser outra maldição para nós. O senhor tem sido gentil comigo. Mas o senhor é um homem branco, e esse é o tipo de coisa que deve ser respeitada. Mas agora o senhor está indo embora, então consigo dizer algumas coisas com mais facilidade.

"Posso lhe dizer com facilidade que meu clã vem de um lugar onde um pai e seu filho caminharam da cabana deles até um campo, um campo que não tinha fim, senhor, onde um homem trabalhava desde o nascer do sol, parava de pé, punha as mãos nos quadris, cuspia bem longe e secava o suor da testa com as costas da mão, sacudia as gotas de suor ao vento e dizia: "Ah, mas essa terra é trabalho duro." E o filho dele sonhava que um dia, um dia ele caminharia antes de o sol nascer para trabalhar naquele campo, que ele colocaria as mãos nos quadris, cuspiria longe e diria: "Ah, mas a colheita será boa este ano. Tudo o que precisamos é de chuva."

"Um campo, senhor, um campo que sustentava o milho, sustentava as vacas e até as ervas. Aquele campo era algo que ele podia ter. Mas eu mesma não nasci nesse clã. Não há mais campos. Um dia veio um homem e nos disse que não podíamos plantar além dos nossos quintais; que aquele lugar não pertencia a nós. Uma parte mais azarada do clã foi levada do campo do qual cuidava desde que antepassados muito, muito antigos viviam ali. Eles foram levados para um lugar desértico, um lugar desértico com muitos clãs na mesma região.

"Nós, de repente, tínhamos um campo que só podia ser olhado. As vacas, não podíamos levar para lá. O milho, não podíamos plantar. As vacas precisam pastar. Se não há um campo, como elas vão pastar? Então, minha mãe olhou em volta e disse: "Minha filha, seu irmão tem que sair da escola missionária. Temos que mandá-lo para as minas, para Johannesburgo". — Gloria fez uma pausa e riu. — Ah, minha mãe nunca aprendeu inglês nem africânder. Quando ela falava Johannesburgo, patrão, o senhor daria risada. Ah, mas naquela época eu não ri, porque, quando os homens iam para as minas, eles não voltavam. Mas a minha mãe queria mandar o meu irmão para lá.

"O senhor pode me perguntar por que minha mãe poderia querer fazer isso. E a resposta é que o clã precisava de comida também, assim como as vacas. Mas não havia mais milho porque o campo agora era só para olhar. Agora havia uma cerca em torno do campo e um homem com uma arma para tomar conta dele. Não sei se isso é verdade, mas isso foi o que a minha mãe me contou: ela viu um homem que voltou da Grande Guerra sem uma perna por causa das armas. Ela nos disse para não irmos até o campo e não fomos.

"Só as crianças muito pequenas do clã eram mandadas para uma escola missionária. Um irmão ela mandou para as minas. Um irmão ela mandou para uma fazenda que produzia manga. Uma irmã foi para Johannesburgo também, mas não para as minas. Ela foi para um lugar como esse, que nem eu. Ela cuidava dos filhos de um patrão. Mas lá em casa as vacas começaram a morrer. Aquelas vacas eram do meu avô; nós o enterramos enrolado no couro de uma daquelas vacas quando ele morreu. Nós as sacrificávamos para os Ancestrais. Mas agora as vacas morriam sozinhas.

"Isso era uma coisa pequena, senhor. Era uma coisa pequena que começou com campos, campos para o milho e as vacas e um jeito de viver. Campos que deveriam ser olhados, mas nunca arados ou pastados ou transformados numa história de criança. Campos que um dia pertenceram a um povo, então não pertenciam mais. Campos, sinhô, campos que sustentavam um clã. E só quando vim para cá finalmente soube o nome da coisa que espalhou o clã. A Lei das Terras Nativas, eles chamavam. Como um filho amado, essa coisa tinha um nome. Mas, voltando ao meu ponto, não finjo entender as liberdades que devem ser retiradas do meu povo com essa nova lei.

"Mas isto eu sei: se um homem vem e nos diz que uma coisa é proibida para nós, nós começamos a morrer. Nossos jeitos morrem. Estou contando essas longas histórias para o senhor porque quero que entenda a África; a África na qual *eu* tenho vivido, pelo menos. Este lugar tem sido desse jeito há muito tempo; mas esses problemas estranhos não o tocaram até agora, então o senhor amou a África de um jeito incompleto, do mesmo jeito como uma criança pode amar o calor do fogo no inverno sem saber ou compreender como aquele fogo foi aceso, ou que ele pode se tornar um perigo e queimá-la.

Agora que esse fogo queimou o senhor, o senhor acha que não restou nada para amar nele, então quer fugir. Mas o senhor está fugindo da coisa errada. Se precisa fugir, por favor, faça isso do jeito certo."

Abram refletiu em silêncio sobre o que ela disse. Então concluiu:

— A África é um lugar complicado.

— A África é a África, patrão.

O silêncio se estendeu. Eles se sentaram admirando o esplendor nascido da tímida mistura entre o dia e a noite. Esse momento dava uma luz dourada ao mundo e pintava sombras e tons muito longos e intensos. Uma vez que o silêncio amadureceu, Gloria, pela primeira vez desde que eles se conheceram, olhou para ele como uma mãe olharia para um filho. A submissão familiar se esvaiu de seu rosto, assim como a piedade dos últimos dias. Os olhos dela, vincados nos cantos pela idade e tornados sábios por uma vida de dificuldades, estavam cheios de uma autoridade que o inquietava, pois era tão estranha como a segurança na voz dela.

— A dona Alisa fez uma coisa terrível, mas é insensato recusar o luto pela passagem do espírito dela. O meu conhecimento da África me ensinou que os fantasmas, quando alimentados pelo ódio e outras coisas que têm um longo alcance neste mundo, vagam; e, quando os deixam vagar, eles assombram, senhor. Assombrações não são fáceis de afastar. O senhor precisa ser limpo para deixar o fantasma de sua esposa com os Ancestrais dela. A dona Alisa era do meu povo; a morte dela deve ser marcada desse jeito. Como alguém que ama o senhor e ama sua família, imploro que a gente faça isso pela criança. Temos que limpá-la do toque da morte que ainda está do nosso lado. Temos que impedir os presságios que a rondam. Posso ajudar o senhor com isso. É uma coisa pequena. Uma coisa pequena, bem pequena. — Parecendo arrependida de demonstrar seus sentimentos, ela se encolheu no banco e pôs as mãos no colo. — É que estou preocupada, patrão. Essas coisas precisam ser feitas direito.

Embaixo do salgueiro-chorão, Dido trançava ramos dourados no que Abram presumiu que seria uma cesta. Com frequência, ele olhava para ela procurando por sinais seus no rosto dela; para ver se tinha os olhos dele, as bochechas ou o jeito como ela alongava as sílabas quando não deveria. Ele tinha lhe dado essas coisas, eram de Alisa ou eram apenas os sintomas da infância?

As pessoas gostavam de dizer que Abram não acreditava em nada, mas isso não era inteiramente verdade. Sim, ele acreditava que a vida era exatamente o que é, sem nada antes, depois ou além do que ele via e tocava e sabia. Acreditava que, no momento em que deixasse a África, os problemas daqui não poderiam tocar Dido por meio de alguma mão mística do destino ou da inevitabilidade. E acreditava, de coração, que qualquer calamidade que recaísse sobre eles a partir desse momento não seria resultado de sua relutância em perdoar Alisa.

Mas agora, embaixo do salgueiro-chorão, Dido se parecia muito com a mãe dela. E, se Abram podia transmitir uma herança como o jeito de falar, Alisa não poderia transmitir algo como o seu legado de errância e melancolia? Não de um modo sobrenatural, é claro, mas simplesmente porque Alisa era sua mãe, Dido também não poderia ser inquieta com o mundo, não poderia crescer e se tornar tão desiludida quanto a mãe? Não poderia, um dia, repetir um passado do qual escapou por tão pouco?

As pessoas diziam que ele não acreditava em nada, mas isso não era verdade. Ele acreditava que as pessoas têm necessidade de pertencer; a um lugar, a um povo, a um poder que elas não compreendiam ou não tinham como compreender, qualquer coisa, desde que pertencessem. Ele ia desenraizar a filha de seu lar em busca de pertencimento. Ele ia afastá-la de tudo familiar a ela, de cada esconderijo que ela compartilhou com a irmã, de toda aventura e memória e sonho que elas tiveram. Ele renunciaria a essas coisas para que ela pertencesse a algum lugar, a qualquer lugar. Ele não tinha tentado o mesmo com Alisa? Mas não tinha fracassado? Será que essa última coisa, essa pequena coisa oferecida por Gloria, daria certo? Por fim, ele disse:

— E o que você vai fazer?

— Se a história tivesse se aberto de outro jeito, eu convocaria os nomes dos antepassados da dona Alisa para proteger a criança, para que os espíritos não se tornem inimigos e ela siga perdida por aí. Mas a dona Alisa nunca conheceu seu povo, um nome de tribo ou clã, então vou chamar o seu povo e o meu. A criança precisa pertencer a algum lugar, senhor, para que não fique vagando pelo mundo como a mãe dela. Se, ao se tornar mulher, ela escolher o próprio caminho, longe do senhor e do destino da mãe dela, ela não precisa ficar perdida.

— Eu ousaria dizer que meus ancestrais me abandonaram no dia em que me casei com Alisa — disse Abram. — E os seus, Gloria, embora sejam daqui, não são os mesmos de Alisa. Emilia foi contaminada com o meu sangue. Seus ancestrais vão acolher a alma *dela*?

— A dona Alisa era uma órfã. Vou implorar por esse último refúgio para ela. Meus antepassados vão aceitá-la, eu sei. Eles também foram um povo órfão, expulso de suas terras para algum vale árido. Eles conhecem o sofrimento de vagar. Prometo que vão aceitar a mãe e a filha. Eles não ligam para a pele. Vão tomar conta delas até que o espírito delas encontre os espíritos do povo de Alisa. Elas podem encontrar até os espíritos de parentes mortos que nunca abandonaram o senhor.

Abram balançou a cabeça. Ele percebeu que o plano não exigiria nada dele, e, mesmo que Gloria se revelasse uma charlatã, Dido poderia ir embora com a crença de que ela pertencia a algo, a um povo, ainda que ele mesmo não entendesse isso.

Ele não conseguia dizer o nome de Emilia sem se render às lágrimas, então disse o que ainda era preciso rapidamente, antes que as lágrimas rolassem e ele fosse reduzido a um tolo chorão.

— O espírito da minha filha vai realmente encontrar um refúgio?

— Ela vai, patrão. Prometo que vai — respondeu ela com simplicidade e confiança.

— Então está tudo bem. Faça o que tiver que fazer. — Ele se levantou do banco, ajeitou as roupas e inclinou o chapéu para Gloria. Ela fez o mesmo, então se retirou para a cozinha para começar a preparar o jantar.

Abram permaneceu de pé por um tempo, apreciando o frescor da brisa e saboreando os tons flamejantes do pôr do sol no céu ao leste — eles se espalhavam e reemergiam esplendidamente. Então o sol deu um último golpe e se escondeu sem cerimônias. As cores coagularam num tom sombrio de azul que rapidamente se transformou em escuridão.

Foi então que Abram colocou o chapéu na cabeça e seguiu em direção à filha.

O fantasma de Verlatenbosch

Quando Dido abriu os olhos, viu o pai sentado em uma poltrona próxima da cama. Era uma cadeira baixa, bem mais baixa que a cama, então Dido se viu contemplando o topo da cabeça do pai.

— Papai — disse ela. A garganta dela estava áspera e seca. Ela tossiu para limpá-la e o pai dela se levantou.

— Oi, Dido — disse ele, bocejando, dando um sorriso pálido e se esticando na poltrona. Ele tinha ficado de vigília enquanto ela dormia. Mesmo sob a luz fraca da lanterna, Dido via o cansaço nos olhos dele.

— Oi — respondeu ela, levantando-se da cama e pulando para o chão. Ela foi até o abraço do pai. — Ainda é noite, não é?

— É. — O pai ficou de pé para colocá-la de volta na cama. Ele ainda usava o seu terno, e o chapéu dele estava sobre a cama. Parecia que tinha chegado da cidade havia poucos minutos. Ele havia passado a frequentar casas de leilões. — Não fui eu que te acordei, foi?

— Não. — Dido balançou a cabeça.

Ele a aconchegou debaixo do cobertor e voltou para a poltrona.

— Você comeu?

— Sim, a babá Gloria jantou comigo. Ela me contou uma história.

Olhando para o pai, Dido sentiu uma pontada de tristeza. Ele ainda exibia o sorrisinho que lhe deu minutos antes. Olhava para ela do mesmo jeito que a mãe havia olhado na noite do incêndio. Era como se ele quisesse dizer algo a ela, mas ainda não tivesse decidido se valia a pena contar.

Tinha ouvido a babá Gloria e as empregadas sussurrarem entre si. Ela já sabia que ele planejava deixar a África do Sul. Sabia que ele estava entregando a fazenda, a casa e todo o resto para o Conselho da Província ou para um homem chamado Alfred Aaron de Pass. Ela sentia que deveria contar ao pai que sabia dessas coisas, que ele não precisava se preocupar com ela.

— Papai, é verdade que a gente está indo embora?

O pai não parecia surpreso com o fato de que ela já soubesse. Na verdade, ele parecia satisfeito de alguma forma; o sorriso dele se alargou.

— É — respondeu ele. Então seu rosto se tornou ilegível. — Isso deixaria você triste?

Dido não sabia como responder. Ela desviou o olhar do pai, afastando-se da tristeza dele, e em vez disso olhou para os pertences no quarto. Ela havia compartilhado esse quarto com Emilia. Parecia estranho pensar que agora ele era só dela, sozinha. Por exemplo, o moisés no canto tinha sido feito para Dido, mas Emilia também o usou. O gaveteiro de teca ao lado do moisés estava cheio de bonecas de porcelana que pertenciam às duas, Emilia e Dido. Elas também tinham compartilhado a cama.

Uma vez, quando Emilia ficou com medo das histórias que a mãe contava, ela implorou para dormir do lado esquerdo, longe da porta, porque tinha se convencido de que o fantasma de Verlatenbosch havia deixado as encostas das montanhas para assombrá-la. Mesmo depois da morte de Emilia, Dido nunca dormia do lado esquerdo. Aquele era o lado de Emilia. Dido pertencia ao lado direito, perto da porta e de qualquer intruso, onde, como irmã mais velha, poderia proteger melhor a mais nova.

Se o pai dela deixasse a fazenda para outra pessoa, essas coisas não pertenceriam mais a Dido e Emilia. Pertenceriam à memória. E o que aconteceria com os túmulos da mãe e da irmã? O pai as carregaria com ele? Ou ele as deixaria onde estão, na montanha ao lado dos vinhedos? A mãe e Emilia realmente descansariam em paz (como sugeriam as inscrições nas sepulturas) se as almas delas soubessem que Dido não as visitaria outra vez?

— Dido — disse o pai, interrompendo os pensamentos dela —, você ficaria triste de ir embora?

Sentindo que não tinha como escapar, Dido finalmente balançou a cabeça afirmativamente. Ela queria falar, mas tinha medo de chorar caso tentasse. Então entrelaçou os dedos e esperou que o pai não percebesse as lágrimas.

— Ir embora também me deixa triste — admitiu ele. — Mas não podemos ficar, querida.

— Por que não? — perguntou Dido, sentindo que poderia se arriscar a dizer três palavras.

O pai desenlaçou os dedos dela e rapidamente entrelaçou seus dedos aos dela. Deu um suspiro profundo.

— Porque eu amo você, Dido — disse ele. — Porque se nós ficarmos podemos ser separados um do outro. E porque... — Ele suspirou outra vez — Porque... eu quero viver uma aventura com você.

— OK. — Ela balançou a cabeça.

— Sinto muito, meu amor. Mas, sabe, eu tenho uma novidade que vai fazer você se sentir melhor.

Dido se sentou na cama.

— Você gostaria de fazer parte do clã da babá Gloria?

— Como os jovens vermelhos? — perguntou Dido, com a voz menos embargada.

— Bem, é algo assim. Você seria uma moça vermelha.

— De verdade?

— É. Foi o que a babá Gloria disse.

— E você? Também pode fazer parte do clã da babá Gloria?

Um vislumbre de tristeza voltou aos olhos dele. Ele encolheu os ombros.

— Vamos ver. Emilia vai fazer parte do clã também. E sua mãe. Bem, a alma delas, de acordo com o que Gloria explicou. — De repente, Dido se sentiu animada.

— Gostaria que elas estivessem aqui. — Suas próprias palavras fizeram com que ela se sentisse triste outra vez. Sua voz baixou e a alegria nela desapareceu quando disse: — Assim elas iam saber. Emilia ia ficar feliz de pertencer a um clã. Mamãe também, acho.

— Sim — respondeu o pai. — Sim.

— Quando a babá Gloria vai fazer isso?

— Na semana que vem.

— E vai doer? Quer dizer... isso vai me fazer mudar?

— Não vai machucar você — respondeu o pai, balançando a cabeça. — Não vai mudar você. Só vai fazer com que você se torne parente de Gloria.

Isso fez com que Dido se visse assoberbada com uma nova preocupação.

— Mas, papai, você e eu somos um clã, não somos?

— De certa forma, sim.

— Se eu fizer parte do clã de Gloria, ainda posso fazer parte do seu clã?

— Pode.

— Tem certeza?

— Claro que tenho. O nosso amor nos une. Você e eu sempre vamos ser um clã.

— Isso é bom — concluiu Dido. Seu pai balançou a cabeça em concordância.

Eles ficaram calados por um instante. No silêncio, o pai dela se recostou na cadeira, cruzou as pernas e cruzou os braços atrás da cabeça. Isso também era uma reminiscência do dia do incêndio. Enquanto Dido e Emilia brincavam no limite dos vinhedos, a mãe delas teve uma existência fugaz numa espécie de alegria sinistra agora plantada no rosto do pai dela. Dido não sabia quando aquele silêncio terminava; sem ter a intenção, ela caiu no sono. Quando acordou, já era o dia seguinte.

A BABÁ GLORIA SUPERVISIONOU DILIGENTEMENTE o carregamento da panela de argila da carroça até o salgueiro-chorão. Dido suspeitava que ela mesma queria carregá-lo. Contudo, infelizmente ela não tinha a força para carregá-lo e teve que ceder de má vontade essa tarefa para os homens.

A panela era maior que qualquer uma que Dido já tinha visto, quase perfeitamente esférica, queimada em alguns pontos e lisa em todo o entorno. Só de olhar para ela, pensou que era a panela mais forte que já existiu. Mas, da forma como a babá Gloria repreendeu os homens por terem virado perto demais das paredes do armazém, ou por relaxarem demais os ombros e, portanto, no seu dever, Dido começou a acreditar que era, na verdade, a mais frágil.

— Vamos lá, na direção da árvore, vocês a colocam ali perto da pedra cinza. Com cuidado agora, devagar. — Embora eles balançassem a cabeça de uma maneira que Dido entendia como irritação, os homens obedeceram. — Estou de olho em você, Khaled — acrescentou ela. — Você não está carregando a sua parte do peso.

O pai dela assistia com algo semelhante a felicidade no rosto. Ele tentava esconder o sorriso com a mão; no entanto, a babá Gloria viu e foi ligeira ao balançar a cabeça e retornar rapidamente à sua tarefa de supervisão. Dido pensou que, se eles não estivessem cansados, os homens também achariam a coisa toda engraçada. Eles esticaram as costas, alongaram os braços e se despediram do pai dela com sorrisos e meneando a cabeça. O pai dela e a babá Gloria agradeceram.

Ao olhar a panela mais de perto, Dido descobriu que ela era ainda mais curiosa.

— Ela tem uma boca pequena. Como você consegue cozinhar nela?

— Não é para cozinhar — explicou a babá Gloria. — Na minha língua não a chamamos de panela. Essa é uma palavra usada pelos ocidentais para a conveniência deles. Isso é para guardar água. Mantém a água fresca no verão. Também dá sabor a ela. Às vezes, quando há uma comemoração, colocamos cerveja nela.

— Como ela dá sabor à água?

Diante da pergunta, a babá Glória deu de ombros com indiferença e um sorriso no rosto.

— Isso é um mistério. — Ela se voltou para o pai. — Podemos começar, patrão?

O pai fez que sim com a cabeça, e eles ficaram de pé em torno da panela e deram as mãos, com a mão direita de Dido segurada com firmeza pelo pai e a esquerda pela babá.

A babá Gloria se inclinou sobre a panela e, num idioma que Dido sabia ser sua língua materna, ela chamou seus ancestrais. Como tinha explicado mais cedo a Dido, ela ressoava o nome deles e seus epítetos para trazê-los para perto, implorar pela atenção deles. Aqueles nomes, sagrados como eram, rastreavam as lendas do exílio de um povo de um antigo reino no norte. Eles falam de Mmaselekwane, a rainha deles; e dos clãs dos javalis que domesticavam rios e governavam novos reinos criados por eles.

Ela chamou para trazê-los de sepulturas próximas e distantes, daqui e de lá, até aqueles espalhados pelo sul — lá, lá embaixo onde Mmaselekwane espalhou as raízes de seu legado. A babá Gloria os chamou com dedicação e, quando soube que enfim eles estavam reunidos, começou a sua súplica.

— Sou eu, Mmakoma, a filha mais velha de Khelelo e Matome, sementes de Mokope e Moselana, do grande Leopardo dos rios Mmamolapi. Imploro que vocês me deem atenção, pois vim implorar pelo dom dos laços para essas pessoas órfãs. Eu as entrego a vocês. Por favor, ouçam o nome delas, marquem o sangue delas e as protejam.

Ela fez um sinal para que o pai procedesse como ela havia instruído. Ele se inclinou sobre a boca da panela.

— Recebi do meu pai o nome Abram van Zijl — disse ele em africânder. — Meu povo veio da Holanda e da Inglaterra, cruzando os mares do Ocidente. É lá onde estão as minhas raízes. Trago a vocês a minha filha, cuja mãe, Alisa Miller, recebeu o nome do pai *dela*, que pertencia de alguma forma a essa terra. Mas ela não conhecia seu clã e seu povo, nem o nome de seus ancestrais. Essa criança que trago até vocês, imploro que a recebam como sua família, como seu sangue. Imploro que a protejam. Eu... eu agradeço.

Ele olhou para a babá Gloria, que balançou a cabeça para indicar que ele tinha feito a parte dele direito. O pai suspirou aliviado e se afastou da panela.

Quando chegou a vez de Dido, ela se aproximou o máximo que pôde da boca da panela. A voz dela, trêmula com uma emoção que não sabia explicar, tentava se aproximar do tom da babá Gloria em altura e coragem, ou assim ela esperava.

Pelo que lhe disseram, Dido entendia que ela e o pai estavam sendo purificados de qualquer má sorte que poderia ter resultado das mortes da mãe e de Emilia. Dido não tinha certeza de que tinha entendido tudo, mas sabia da preocupação do pai com ela e sobre a fé da babá Gloria nos presságios. Ela supôs que, uma vez que existiam segredos sobre a mãe dela que a preocupavam, talvez aquele ritual fosse *necessário*. E, como o pai dela disse, ela pertenceria ao clã da babá Gloria.

Ela pigarreou e impediu que as lágrimas caíssem. Mais uma vez, começou a evocação, também em africânder:

— Recebi o nome de Alisa Dido van Zijl da minha mãe e do meu pai. Venho em busca de refúgio. Recebi o nome Khelelo da babá... de Mmakoma. — A voz dela se transformou num sussurro. Ela teve medo de, se a levantasse, chorar e estragar tudo. Então manteve o sussurro. — Eu sou Khelelo. Por favor, me escutem — concluiu ela.

Pensou ter ouvido as palavras ecoarem. Ou talvez fosse um sonho. Mas sentiu que elas transcenderam o vento que soprava agora vindo da baía False. Inicialmente alto, então o apelo se estabeleceu num ritmo suave que carregava muitas vozes que a chamavam no céu. A língua soava estrangeira para ela, ela sabia que ouvia as canções que eles cantavam, os segredos que eles guardavam.

A canção carregava o nome dela com o vento, através dos tempos e todos os ecos do povo que a ligavam ao lugar onde ela estava. Aquele canto a embalava. Ele a entrelaçou a laços infinitos de rostos desconhecidos e nomes estranhos e memórias sombrias. Ele a empurrou gentilmente, e então com força, em direção à panela, onde os rostos e os nomes e as memórias lhe contaram histórias que abrigaram sua alma.

Seu coração se acalmou com o alívio. Ela fechou os olhos e seguiu a trilha dos ecos. Conforme eles retrocediam até o berço que as aninhou, a canção morria e a rede a libertava; enquanto eles se reuniam e se espalhavam, eles disseram adeus. Dido pediu:

— Por favor, encontrem meu povo... me protejam. — Os rostos, os muitos olhos que a observavam do reino no além, ela sabia que eles a viam. Foi por ela que eles foram convocados. Com o tempo, eles as ouviriam.

Entretanto, era tudo um sonho, pensou Dido. Se ela contasse o que tinha visto e ouvido para a babá Gloria e o pai dela, eles certamente ririam dela. Então, ela sorriu e tentou secar as lágrimas que empoçavam em seus olhos antes que eles pudessem vê-las.

— Estou aqui com você. — O pai a envolveu nos braços.

— Você fez bem — disse a babá Gloria. — Agora preciso encaminhar a alma delas.

Para isso, ela arrancou dois ramos de um galho do salgueiro-chorão e foi até a ala oeste do casarão. Ela se ajoelhou e falou com a alma das falecidas. Disse a elas que agora estavam mortas, que elas não pertenciam mais ao reino dos vivos. Pediu então que fossem pacientes e não se preocupassem, porque ela ajudaria a guiá-las para suas sepulturas. Calmamente, contou a elas que suas sepulturas eram um portal para o pós-vida, onde os ancestrais as esperavam. Ela disse isso numa espécie de inglês com sotaque salpicado de africânder. Quando terminou de acalmar os espíritos, a babá Gloria levou os ramos do salgueiro para a montanha além das videiras, onde os enterrou ao lado das sepulturas.

— Agora devemos queimar as roupas — disse ela ao voltar.

Dido e o pai trouxeram as roupas que eles tinham usado na noite do incêndio. Elas seriam queimadas até se reduzirem a cinzas, que seriam enterradas aos pés do salgueiro-chorão, e assim reduzidas a um nada incapaz de segui-los aonde quer que eles fossem. A babá Gloria disse que, em circunstâncias normais, Dido e o pai dela ateariam fogo nas roupas, mas as circunstâncias não eram normais — Dido não gostava de ficar perto do fogo —, então eles fizeram uma pequena pira onde a babá Gloria queimaria as roupas.

Feito isso, Dido e o pai dela seguiram para a segurança do casarão. Com o pai ocupado com os papéis no escritório, Dido vagou pela casa e se escondeu perto de um canto do porão, para melhor observar o que acontecia embaixo do salgueiro-chorão.

A babá Gloria não perdeu tempo. A fumaça já subia em direção ao céu, poluindo-o um pouco com seu cheiro e sua escuridão. As chamas destruíam tudo o que tocavam. Parecia uma coisa simples, e, se fosse mesmo verdade, o ato de rasgar as roupas e entregá-las ao que havia roubado a mãe e a irmã dela desfaria qualquer maldição que os seguisse. Contudo, isso era uma coisa prometida pela babá Gloria e Dido esperava de coração que fosse verdade.

Como a Via Láctea foi parar no céu

DIDO SE SENTOU ATRÁS DA CANFOREIRA e imaginou a mãe dela em vigília sob o salgueiro-chorão. Mas não era tão divertido sem Emilia a importunando constantemente. Havia uma quietude nos dias dela que lhe dava vontade de chorar.

Tentou inventar novas brincadeiras que não precisassem de Emilia. Quando corria pelos vinhedos, sentia um vazio atrás dela. Parecia anormal. Aquele era o espaço onde Emilia corria, com seus cabelos ondulando selvagemente atrás dela e sua risada interrompendo o mistério dos campos. Parecia anormal, pois Emilia tinha partido de repente, deixando Dido sozinha. Isso a deixava triste e, às vezes, quando pensava nisso por muito tempo, não conseguia parar de chorar.

Ajudava um pouco se sentar embaixo do salgueiro-chorão da mãe e escrever tudo o que ela se lembrava de Emilia. Desse jeito ela não se esqueceria de nada, nem mesmo da vez que ela e Emilia tentaram encontrar vaga-lumes nos vinhedos e em vez disso acharam as mariposas e suas larvas. Emilia estava convencida de que eram borboletas, então, naturalmente, começaram uma discussão sobre as diferenças entre mariposas e borboletas.

Teve também a vez que elas encontraram uma estrela-do-mar na beira da praia. Emilia tentou alimentá-la com um pedacinho de maçã, mas não deu certo. Dido se lembrou disso e escreveu. E, quando visitava as sepulturas, lia as histórias para Emilia.

Gloria dizia que o pós-vida era um lugar melhor que o mundo dos vivos. Dido ficava contente que fosse assim: a mãe dela seria feliz lá. Mas Dido não queria que Emilia se perdesse nas alegrias do que existe depois daqui e se esquecesse dela, então contava as histórias com a maior fidelidade de que era capaz, na esperança de que sua voz alcançasse aquele lugar distante e desconhecido.

Logo ela iria embora do Cabo, cruzando o Transvaal e a fronteira com a Rodésia, talvez o mar. Não pertenceria mais ao Cabo. Com isso em mente, Dido se certificava de terminar os estudos rapidamente, porque queria gastar todos os outros segundos disponíveis escrevendo tudo o que podia no diário. Quando concluía, voltava às brincadeiras que compartilhou com Emilia. Era a última vez que ela faria aquilo: correr entre as parreiras sem o menor sentido até ficar sem fôlego. Esses eram os últimos momentos nos quais ainda pertencia àquele lugar que amava tanto. Queria aproveitar ao máximo, se despedir dele e das aventuras com a irmã.

Então ela corria quase numa dança, como tinha feito antes com Emilia. Ela ziguezagueava suavemente, levantando as pernas com agilidade e olhando de relance para o vazio atrás dela, imaginando a mão de Emilia tentando alcançar sua saia por um triz — espiralando seu percurso até a trilha dos vinhedos, dando voltas e voltas, retornando todas as vezes até as cinzas da ala leste. Camadas de fuligem se acumularam nas paredes brancas, então elas pareciam estar escondidas pelas sombras. No entanto, em alguns lugares, no oeste, as paredes continuavam extremamente brancas e contrastavam violentamente com a ruína sombria.

Um redemoinho reuniu as cinzas das ruínas e as fez espiralar subindo cada vez mais alto, até que elas atingissem a altura das paredes queimadas. As cinzas dançavam com a poeira. O vento repentino girou para longe de Dido; desceu em direção ao amieiro-vermelho.

Ela arrancou os sapatos e seguiu o caminho aberto pelo vento. Conforme a mansão se afastava da visão dela, o redemoinho se enfraquecia gradualmente até que, enfim, tudo o que ficou foram os restos que o seguiram. Dido seguiu a trilha de destroços passando pela ravina de confusão botânica, até o vinhedo.

Ao vê-la, os trabalhadores ergueram as mãos para cumprimentá-la. "Bom dia, Srta. Dido", gritavam eles. Ela levantava a mão e retribuía o cumprimento. Eles sorriam, ajustavam o chapéu e voltavam rapidamente ao trabalho.

O chão espetava os pés dela. Sentindo a necessidade dos sapatos, ela voltou até as paredes queimadas para recuperá-los. O sol estava ficando mais quente, então ela tirou o casaco e as meias. Tariq ou algum outro trabalhador dos campos tinha varrido os restos quando Dido voltou para a árvore, então ela não seguiu as cinzas. Em vez disso, correu pelo caminho entre as árvores. Abriu os braços como se estivesse voando.

— Sou uma garça — disse para o vento. E o vento respondeu. A voz era macia, as palavras eram suaves e calmantes.

As vozes dos trabalhadores também se elevavam e baixavam num ritmo; eles davam gargalhadas, expressões de surpresa, um tumulto de segredos e outras coisas acontecendo no entorno. Às vezes parecia uma canção ou o zumbido das abelhas; outras vezes, como o nome de Dido sendo chamado e ecoando através do vento.

Ele a acalmava, a acolhia, a empurrava em direção ao céu que protegia as almas de Emilia e da mãe. Ela fechou os olhos e seguiu a trilha da memória.

Uma vez, a babá Gloria contou a Dido sobre seu povo. Eles vieram do Transvaal, disse ela, e cada um deles era tão baixo quanto ela. Ela falou do surgimento dos meses de aragem, quando as sete estrelas de Khelemela surgiam na luz tênue do amanhecer para despertar os semeadores de seu descanso. Foi aí que o tempo começou. Quando o que ficou conhecido como verão nasceu. As garotas eram enviadas para a cabana para se tornarem mulheres, as planícies prosperavam cheias de vida, as crianças engordavam com alegria. Dido apontou para Khelemela e disse para Emilia:

— Está vendo o anúncio do verão, bem ali no céu? E está vendo as Três Zebras enquanto elas fogem do caçador? Você vê essas coisas que pertencem ao verão?

Emilia balançou a cabeça. Ela conhecia outros nomes para as estrelas, nomes como as Plêiades e o Cinturão de Órion.

— Foi assim que surgiu a brincadeira das estrelas — contou Dido ao vento. — A gente encontrava as estrelas pelos nomes dados pelo povo da babá Gloria. Mas também conhecíamos os nomes do Ocidente.

De repente, a mãe de Dido também estava ali. Ela disse:

— Quem reconhecer mais estrelas, vou carregar nas costas enquanto corro pelos campos para domar o vento.

E, de repente, como nos sonhos, Emilia ganhou a brincadeira. Ela gritava de alegria enquanto se ajeitava nas costas da mãe. Dido se sentou numa pedra cinza embaixo do salgueiro-chorão. O braço da babá Gloria envolveu seus ombros. Juntas, elas assistiram aos vultos da mãe e da irmã enquanto elas atravessavam o vento feito pássaros.

— A mãe sempre soube o nome das coisas que pertencem ao verão? — perguntou Dido ao vento. — Ela sabe das coisas do céu?

— Os ossos dela aprenderam — disse a babá Gloria, a voz dela um pouco mais viva e clara do que seria num sonho. O coração dela batia mais rápido e seu sangue parecia mais quente. Ela escutava. A voz do vento agora tinha se calado, ido embora, como se nunca tivesse chamado pelo nome dela.

Ela olhou em volta para ver se a babá Gloria tinha se escondido em algum lugar no matagal. Não encontrou ninguém. A voz da babá, em seu estranho mistério, também tinha desaparecido. Os trabalhadores ergueram as mãos saudando-a outra vez.

— Está tudo bem, Srta. Dido?

— Está, sim, obrigada. Está tudo bem com vocês?

— Ah, sim, Srta. Dido — responderam eles. E, como antes, eles sorriram, ajeitaram o chapéu de aba larga e voltaram ao trabalho.

Num rodopio forte repentino, um segundo redemoinho se ergueu onde Dido estava. Ele levantou as folhas do chão e as espiralou para o alto, subindo até a altura do salgueiro-chorão. As folhas dançantes salpicavam tons de marrom com sua passagem, semelhante à coroa dourada da mãe. A brisa espiralava subindo e subindo a caminho das paredes queimadas do casarão. Dido seguiu ligeira o vento, e, ao se aproximar da parede, o redemoinho se enfraqueceu até que tudo o que restou foram as folhas e os restos que se deslocaram com ele.

Dido ficou em silêncio, atenta. Ela sabia que, se fechasse os olhos, mesmo que por um milésimo de segundo, ela os abriria para se deparar com as ruínas do quintal. Quando seus olhos protestaram com lágrimas se acumulando nos cantos, ela os fechou com relutância, mas os abriu rapidamente outra vez. Foi então que a babá Gloria surgiu lá de trás da cozinha.

— Do que você está brincando hoje? — perguntou ela em africânder.

— Da brincadeira das estrelas — respondeu Dido do jeito como sempre falava com a babá Gloria, numa mistura rápida e fluida de inglês, holandês e africânder. — Você estava nos campos mais cedo? Você me chamou?

— Eu não estava no campo. Vim aqui fora para levar suas coisas lá para dentro. Por que a pergunta?

— Pensei ter ouvido a sua voz. Você me contava histórias. Senti... senti como se fosse um sonho, como uma memória que durava para sempre, mas também só um segundo... como se você fosse o vento e chamasse o meu nome. Minha mãe e Emilia estavam lá também.

— Você ficou com medo?

Dido se perguntou se o que ela sentiu era medo, ou se o seu sentimento inicial de alívio era o mais adequado.

— Não sei, mas acho que não.

— Você se lembra da história de como a Via Láctea foi parar no céu?

Dido fez que sim com a cabeça.

— Foi quando o tempo começou e o mundo era jovem. Uma menina jogou brasas e cinzas no céu. A menina era abençoada pelos Deuses. As cinzas que ela jogou reluziram e brilharam indicando um caminho para aqueles que estavam perdidos.

— Bom — disse a babá Gloria com um sorriso no rosto. — Vamos, você precisa almoçar. Fiz todos os legumes de que você gosta.

Dido pegou alegremente a mão da mulher mais velha e juntas se afastaram da parede queimada.

O trabalho sem vida do fotógrafo

A IRMÃ ALICE VINHA À PROPRIEDADE a cada dois dias se pudesse, mas às vezes só vinha uma vez por semana. Era para ver se a cabeça de Dido não tinha sido estragada pelo ócio, dizia ela. Ela trazia livros, se sentava com Dido na biblioteca para ler e fazer contas. Era bem simples. A irmã Alice era mais jovem do que a irmã Elizabeth, tinha pouco mais de vinte anos, o que parecia fazer Dido se sentir mais confortável em suas aulas.

Às vezes, horas depois de a irmã Alice ter ido embora, Dido ainda estava fascinada por um cálculo que tinha sido difícil no começo, mas, quando ela prestava atenção, não era nada difícil. Abram ouvia e fazia que sim com a cabeça. No entanto, quando ela terminava, ele via que uma sombra de tristeza passava pelo rosto dela outra vez, então ele perguntava a ela o que estavam lendo.

— Terminamos a história de Oliver Twist — disse ela.

Então ficava encantada narrando os detalhes para ele, o que afastava a sombra dos olhos dela e a substituía pela concentração. Abram sempre seria grato às freiras por isso.

Entretanto, na última quinta-feira de maio, que foi apenas um mês depois do velório, a irmã Alice não trouxe livros nem lições. Dido estava lá fora, nos vinhedos, ajudando a podar as parreiras em preparação para o inverno. Ela provavelmente não seria de grande ajuda, mas tarefas, assim como as lições, mantinham a sombra de tristeza longe do seu rosto. Ela era mais como um obstáculo: fazendo perguntas, distraindo Farouk e seu pessoal, aos poucos ficando mais ousada a ponto de pegar a tesoura e cortar alguns ramos, fazendo besteira. Abram sempre seria grato aos trabalhadores por isso.

Quando a irmã Alice chamou, ali por volta do meio-dia, sua voz foi ouvida primeiro por Tariq, que estava separando os grãos para alimentar os patos. Tariq era um rapaz de fala mansa, bem diferente de Hafsah, capaz de perder tempo com flores e coisas semelhantes.

Naquele dia, ele perdia tempo apontando para uma patinha castanha dizendo:

— O nome dela é Willow, como o salgueiro, em inglês. Ela não gosta de grãos. Eu os moo e a alimento aqui.

Acontece que a irmã Alice também era gentil o bastante para perder o tempo dela com patos, ou ela era dolorosamente educada, e talvez essa fosse a razão de Dido gostar tanto dela. Ou, e isso era o mais provável, dado o caráter da freira, ela perdesse tempo só porque sim, uma vez que detestava a tarefa que a fez ir até ali. De qualquer maneira, ela perguntou a Tariq como ele sabia que Willow não gostava dos grãos ásperos, e ele alegremente fez o favor de lhe dar os detalhes.

A voz dos dois foi ouvida por Elina, uma garota tímida que, enquanto vivia o luto por Alisa e Emilia, tinha decidido que estava apaixonada por Tariq. Ela observava a conversa entre ele e a freira de longe. Quando ouviu o som de uma risada, concluiu que tempo suficiente tinha sido desperdiçado. Ela logo correu para chamar Gloria, que estava ajudando Abram a empacotar os livros de Alisa em caixotes, todos eles seriam enviados para os pais dela na Inglaterra.

— A freira professora está aqui — disse Elina, com a cabeça baixa e a voz trêmula, quase um assobio suave do vento, a insegurança dela transformando o anúncio quase numa pergunta. Então um estranho detalhe lhe ocorreu, e ela murmurou, mais para si mesma do que para qualquer um: — Mas ela não trouxe nenhum livro.

Abram e Gloria estavam cansados e aproveitaram com alegria a oportunidade de sair da biblioteca embolorada. Abram, no entanto, seria obrigado a retornar ao cômodo em breve, porque, assim que a freira o viu, irmã Alice, contrariando a ordem estabelecida, não perdeu tempo e lhe lembrou que precisava alertá-lo sobre uma questão urgente.

— A irmã Elizabeth me enviou, senhor. Ela tem acompanhado como as coisas estão indo no Parlamento, tenho certeza de que o senhor sabe disso. Mas ela tem observado outras coisas também, senhor.

— O que ela ficou sabendo? — perguntou Abram, tomado por um pânico repentino.

— Bom. — A irmã Alice deu uma olhada na biblioteca. Vendo as prateleiras vazias, a bagunça geral, ela balançou a cabeça. — Bom, ela ficará contente de saber que o senhor está se preparando para ir embora. O senhor confia nos seus empregados, senhor?

— O que você quer dizer?

— Quantos deles sabem que o senhor está indo embora?

— A babá da minha filha sabe dos detalhes. Todo o resto sabe que a propriedade vai mudar de dono. Eu não podia simplesmente ir embora. Essas pessoas amavam as minhas filhas. — Com relutância, ele acrescentou: — Eles amavam a minha esposa.

— Eles sabem exatamente *quando* o senhor vai embora?

— Sabem, irmã, isso é preocupante?

O que a irmã Elizabeth tinha de direta, a irmã Alice tinha de irascível. Ela se sentou numa cadeira, bem ali onde Daniel Ross ficou de pé uma vez e virou a vida de Abram de cabeça para baixo. Ela juntou as mãos e sorriu, ou melhor, fez uma careta.

— Dois homens vieram até a escola na segunda-feira. Voltaram ontem. Eram homens comuns. Se fosse possível acreditar no que diziam, estavam procurando por uma escola para as filhas deles. Mas eles fizeram... perguntas estranhas — prosseguiu ela. — Se damos aulas para crianças mestiças na escola. E, mais precisamente, há quanto tempo a menina van Zijl que está viva frequenta a escola. A irmã Elizabeth também se lembrou de que ela conheceu um daqueles homens. Há uns cinco anos, mais ou menos, quando ela ajudou o padre Benedict a realizar os ritos finais para um dos prisioneiros, ela viu um desses homens. Ele era um guarda na ilha. A irmã Elizabeth acha que ele se tornou policial. Ela não tem certeza. E, é claro, nenhuma dessas coisas seria alarmante sozinha. Mas, dadas as circunstâncias, é preciso considerar a soma de tudo, o cenário completo. Parece que o senhor precisa ir embora o quanto antes.

Abram desabou na cadeira.

— Meus negócios aqui não estão terminados — falou ele para si mesmo, acrescentando mais um à sua lista de fracassos. — Minha filha não está pronta. Precisamos de tempo... ela precisa de tempo.

A irmã Alice não compartilhou seus sentimentos imediatamente. Olhou ao redor na sala, para tudo, menos para ele, como se ela soubesse a resposta para o significado da vida dele, mas por alguma regra da providência divina não pudesse lhe contar. Ele precisava resolver esse enigma sozinho.

Ele precisava de tempo. Ele precisava de tempo.

— Mas suponho que terei que ir embora assim mesmo — concluiu ele.

* * *

Abram juntou rapidamente as coisas para viver longe dali; ele enfim seguiria para o norte. Não havia tempo para arrumar as coisas com calma. Não havia muito para juntar nem muito para deixar para trás: entre os poucos ternos e os papéis das passagens escolhidas para a viagem, ele guardou um retrato dele com Alisa e as filhas. Cada um deles encarava o fotógrafo invisível com estoicismo. A coisa tinha sido feita um ano antes, e a tentativa de seriedade de Emilia foi tingida por um sorriso brincalhão no canto da boca.

A fotografia foi tirada diante do casarão. Alisa foi orientada a se sentar num banco de madeira com as mãos nos joelhos. Emilia ficou à esquerda da mãe, Dido à direita. Abram estava de pé atrás delas como uma sombra ameaçadora, um homem pálido cuja devoção às duas meninas não podia ser decifrada com o trabalho sem vida do fotógrafo.

Olhando para Emilia naquele instante, congelada em sua dúvida, Abram desejou que ela tivesse desafiado as instruções do fotógrafo e sorrido abertamente. Contudo, o momento para isso passou, e ele não podia guardar a vivacidade dela — ausente do retrato — entre os parcos tesouros e papéis que ele escolheu levar ao partir.

Junto de Dido, ele tomou o caminho sinuoso que levava à encosta da montanha onde Alisa e Dido estavam enterradas. Era quase meia-noite, e a memória que eles tinham do local era mais confiável que os olhos deles. Abram levava um candeeiro que só iluminava um passo ou dois diante deles. Eles deviam parecer um vaga-lume esquisito, pequeno, sozinho e pairando com um brilho pálido avermelhado até a peregrinação deles terminar.

Os olhos de Abram se concentraram na sepultura menor, de Emilia.

— Precisamos ir embora, meu amor — disse ele para ela, para a pedra fria. Ele queria dizer a ela que a amava, para ajudá-la a se apegar a esse mundo. No entanto, ele também estava deixando o lugar que um dia foi o seu lar. — Precisamos ir embora — repetiu.

Dido colocou flores no túmulo.

— Adeus — foi tudo o que ela disse.

Abram piscou os olhos para diluir o sal neles, para afastar as lágrimas que se acumulavam. Então, rapidamente colocando a coisa mais importante da sua vida nas costas, ele desceu a montanha.

Ao mesmo tempo que Abram chegou ao pé da montanha, enquanto ele puxava um capuz sobre a cabeça de Dido, um cachorro latiu do lado de fora do abrigo onde um homem louco chamado John Ashby dormia.

Era um cachorro vira-lata, uma criatura raivosa que uma vez mordeu o filho do juiz. O magistrado queria o bicho morto, mas ninguém conseguia capturá-lo, ele escapava para as docas e ninguém o via por uma semana ou duas. Então, naquele dia ele apareceu, latiu, uivou e acordou John Ashby de um sonho assustador. O homem poderia ter voltado a dormir se o cachorro não persistisse com seu latido estridente, até que outros cachorros de rua se sentissem compelidos a desafiá-lo.

John Ashby não conseguiu dormir com todo aquele barulho. Além disso, quanto mais ele pensava no sonho, mais irritado ficava. Havia um homem no sonho. John conhecia aquele homem. Ele se chamava Abram van Zijl. O homem chamado Abram van Zijl estava fazendo algo que não deveria, foi isso que outro homem tinha dito, o outro homem que se chamava Daniel Ross.

Ele confiava em John, o Sr. Ross. Ele não o chamava de louco. Ele escutava.

— Me avise quando Abram van Zijl vier à casa de leilões. Me conte o que ele compra. Me conte o que ele vende. Me diga com quem ele se encontra... me avise das coisas. Me conte o que ele faz.

No sonho, Abram van Zijl não ia para a casa de leilão. Ele estava de pé embaixo de uma árvore enorme. Uma árvore com um tronco grosso e galhos finos famintos agarrados ao céu como garras afiadas. Mas não eram garras; os galhos, na verdade, pareciam raízes. Era uma árvore de cabeça para baixo. Sim, uma árvore de ponta-cabeça. Uma árvore imensa de ponta-cabeça e um trem passava atrás dela.

Sim, havia um trem. Não deveria ter um trem e uma árvore imensa de cabeça para baixo, só a casa de leilão. O Sr. Ross tinha que ser avisado. Sim, o homem chamado Daniel Ross tinha que ser avisado de que Abram van Zijl estava num mundo estranho com coisas estranhas.

É claro, ele não poderia contar a parte do sonho quando ele avisasse ao Sr. Ross sobre o Sr. van Zijl. Ele não era louco. Ele diria que viu o Sr. van Zijl entrando discretamente na estação. Ele confiava em John, o Sr. Ross. Ele não o chamava de louco. Contudo, como a maioria dos homens que John conhecia, o Sr. Ross queria que as coincidências da vida se encaixassem umas nas outras e se encaixassem perfeitamente. Ele confiava em John, o Sr. Ross. Embora ele não entendesse que às vezes a vida acontecia sem razão. No entanto, ele tinha que ser avisado. John deu um pulo da cama e começou a se vestir.

O carro de Abram chegou à estação de trem. A jornada havia começado em silêncio e em silêncio chegaria ao fim.

Cada pessoa sabia o papel que desempenhava na saga. Farouk estacionou o carro perto do armazém de carga. A agitação da cidade tinha diminuído muito depois do crepúsculo. Agora ela repousava em silêncio ao pé da montanha, e a montanha em si pairava como uma sombra no céu, como um fantasma, um espírito sentinela que tinha embalado a cidade até que ela sonhasse. Entretanto, os trens da cidade e suas plataformas não tinham nascido nessa velha cidade, eles eram crianças recém-adotadas, ansiando por serem amadas. Enquanto a cidade dormia, eles trabalhavam duro. E assim, quando o carro de Abram chegou lá, ele encontrou a estação em sua própria agitação.

Havia postes de estilo vitoriano espalhados ao longo de toda a plataforma, fiscais de vagão e trabalhadores preparando a partida, caixotes com correspondências recém-chegadas das docas, vinho dos vales e outras cargas. Uma locomotiva azul chamada Expresso da União. Ela brilhava como safira, como os sonhos que prometia — não safiras, mas o ouro e os diamantes nas minas do norte, ou, no caso de Abram e Dido, uma fuga.

Enquanto Farouk descarregava a bagagem do carro, a irmã Alice encontrou o homem das passagens. A irmã Alice o conhecia por causa da irmã Elizabeth, que o conhecia por causa da guerra: nos últimos dias da guerra, o homem, que se chamava David, tinha prometido os anos que lhe restavam a Deus; isto é, se Deus considerasse prudente salvar aquela mesma vida que lhe fora prometida. Aparentemente, Deus atendeu seus pedidos, portanto David tinha uma dívida a pagar com sua devoção a duas entidades: a irmã Elizabeth e a Igreja católica.

David e a irmã Alice suspiraram, apontaram e balançaram a cabeça e ela voltou imediatamente.

— Não deixe a sua cabine a não ser que o senhor tenha necessidade — sussurrou ela. — O garçom do vagão vai atender aos seus pedidos. Ele não vai criar problemas, o senhor é um homem branco. No entanto, mantenha Dido escondida. — O que ela não disse, talvez por um princípio de sua devoção, foi: "Se alguém perguntar qual a sua relação com Dido, minta." Abram balançou a cabeça para o conselho dito e o não dito.

Então, finalmente chegou o papel de Abram e Dido na saga. Dido, que até então vinha se comportando com determinação, não parecia mais tão corajosa. Os lábios dela tremiam e ela disse a Farouk:

— Vou sentir saudades de você, tio Farouk. Por favor, diga à babá Gloria que cuide da árvore que eu plantei, por favor, peça que ela plante outra. Por favor, diga a ela que eu a amo. Não sei se ela sabe disso. — Nesse instante, enquanto uma lágrima escapava de seu olho esquerdo, Dido se calou e baixou a cabeça.

Farouk secou a lágrima e a abraçou.

— Vou fazer o que você pediu, pequena Dido. Não deixe de ser uma boa menina, OK? Não deixe de ser esperta.

Dido balançou a cabeça. Farouk se voltou para Abram e deu um sorriso torto triste que iluminou apenas metade do rosto. Ele não era um homem de muitas palavras. Por isso foi chocante descobrir que ele era um homem que derramava suas lágrimas com facilidade.

— Vai ficar tudo bem, patrão — disse ele, fungando. — Como Deus quer. — Abram balançou a cabeça e abraçou Farouk.

A despedida da irmã Alice foi mais contida. Ela falou para Dido ler e continuar fazendo seus cálculos. Então ela recomendou a Abram que fosse cuidadoso, lhe desejou boa sorte e apertou a mão dele laconicamente. Tendo cumprido seus papéis, Farouk e a irmã Alice se retiraram para o repouso geral, e a escuridão da cidade rapidamente os acolheu novamente, engolindo-os por completo.

Abram e Dido, renunciando àquela cidade adormecida, agora precisavam trabalhar duro para deixá-la e lidar com outras coisas às quais eles não pertenciam.

Quando o trem enfim se movia na direção de De Aar e Klerksdorp e então Pretória, ele deixou a cidade despertando em seu tumulto.

A Cidade do Cabo era uma entidade de hábitos; sempre acordou cedo. A névoa desaparecia como uma coberta que não fosse mais necessária.

Na fazenda, Mmakoma acordou com o dissipar da névoa, como tinha feito nos últimos onze anos. Ela colocou a água do banho para esquentar na lareira dos empregados. Naquele momento, um galo já tinha anunciado a chegada do sol várias vezes.

A manhã se rendia lentamente ao frio nascido perto da alvorada. O sol finalmente reconheceu a derrota, primeiro espiando por cima das colinas, das montanhas e dos edifícios e, então, ao descobrir que os moradores da cidade tinham despertado sem seu estímulo, se alongou preguiçosamente para encher o horizonte ao oeste.

Vagarosamente, a cidade ganhou vida. As igrejas com suas faces góticas estoicas; os mercados e os hotéis e outros lugares zumbiam com o comércio, resplandecendo em sua imitação da Londres vitoriana; a torre do relógio das docas contava as horas do porto — tudo se animava, cada edifício tentava se destacar em sua vizinhança, para honrar seus construtores, para dizer: "Sou um melhor espelho do Velho Mundo que você."

Terminado o banho, Mmakoma foi até a cozinha do casarão para o café da manhã. Ela passou pelo porão, pelo lago e pelos patos, pela trilha que levava aos campos e às sepulturas, e enfim chegou até os pilares queimados que desmoronavam.

Ela parou ali por um tempo, para pensar, se acalmar e aliviar o coração diante de um mundo em mudança. A respiração dela acelerou quando se lembrou de que dona Alisa e Emilia estavam no túmulo. Acelerou um pouco mais quando ela se lembrou de que no meio da noite o patrão van Zijl e Dido desapareceram tão rápido como se fossem a neblina. Eles se foram. Para onde foram, ela não sabia. Jamais saberia. Então ficou ali. Ficou ali. E chorou.

PARTE TRÊS

ENSINAR MACACO A SUBIR NA ÁRVORE

Bater de asas e brincadeiras de outros insetos

O TREM CHEGOU A PRETÓRIA UMAS quarenta horas depois da partida. Era dia, Abram e Dido foram recebidos por uma cidade animada. Aqui, a arquitetura assumia uma identidade holandesa, mas com tons de algo estrangeiro nos edifícios, como se os arquitetos tivessem criado crianças rebeldes que não poderiam evitar a semelhança com os pais de alguma forma, nas empenas altas e nas venezianas brancas.

Abram tinha a esperança de encontrar uns dos poucos pés de jacarandá que poderiam ter florido mais cedo, ou ter mantido suas flores por mais tempo do que o outono permite. Ele gostaria que Dido visse seu esplêndido púrpura frenético. Infelizmente, as árvores estavam despidas de suas flores.

O sol se punha bem mais cedo e rápido no norte. Não muito depois de Abram ter encontrado o motorista com quem a irmã Elizabeth tinha combinado com antecedência para que a escuridão os protegesse. Era possível que os olhos dele estivessem falhando, mas, uma vez que a escuridão do norte o escondia do mundo, ela lhe parecia mais profunda. A sensação de urgência que o expulsou da Cidade do Cabo foi multiplicada por dez. Havia algo em estar em qualquer das capitais da União que o perturbava muito. Eles dois estavam muito cansados e precisavam descansar, mas quanto antes ele e Dido estivessem fora dali melhor.

A estrada ainda se esticava para muito longe à frente deles. Para piorar, foram levados para um lugar onde não eram esperados. Como poderiam ser bem-vindos? Esse era um problema que ele encararia quando chegasse lá. Por enquanto, envolveu Dido nos braços e caiu num sono profundo.

Como não se podia contar com Johannes Joubert para evitar nenhuma tragédia desnecessária que ele próprio pudesse inventar, sua fazenda ficava aninhada no limite de um cinturão tropical. Era como um parente pobre que morava nos arredores da piedade dos familiares, o rapaz macilento que se curvava de medo na sombra de um parente mais amado, mais bem alimentado. Na luta para se nutrir com os restos das chuvas que às vezes vagavam naquela direção, a fazenda de Johannes contemplava os vales tropicais com inveja; e, como se sentisse vergonha disso, suas árvores, suas plantações de milho e seus outros vegetais tinham copas e folhagens caídas em derrota. Por que Johannes não tinha investido até o cinturão exuberante para o seu exílio, Abram não perguntou. Seu ex-amigo era irritadiço em tempos bons. Em tempos ruins, ele era maldoso.

Ao que parecia, ele tinha passado a melhor parte da vida adulta tentando, sem sucesso, compreender como um jovem tão promissor como Abram tinha se tornado presa de uma das tentações mais evitáveis do continente. Ele falava muito sobre isso com Abram, que na época era enfeitiçado além do bom senso pela esposa.

Entretanto, entre as muitas coisas que poderiam ser ditas sobre Johannes, não se podia afirmar que ele era inconsistente em suas convicções. Então, quando ele disse, com sua voz rouca e seu cachimbo enchendo o ar entre eles com a fumaça do tabaco, que Dido não era bem-vinda naquela casa durante a estada deles, Abram soube que o pensamento dele não podia ser mudado. Ele casualmente descansou as mãos no colo, se inclinou para a frente e rebateu com toda a convicção que conseguiu reunir:

— Eu também vou dormir nos cômodos dos empregados.

A fumaça do cachimbo de Johannes espiralou numa dança hesitante, e os olhos dos dois acompanharam sua subida instável. Só quando ela ameaçou desaparecer no nada, Johannes resolveu apontar a falácia de Abram.

— Veja bem, Bram. Eu não disse que condeno você a um lugar de empregado. Não aqui. Não enquanto eu estiver vivo.

— E de que outra maneira você poderia me condenar sem estar vivo? — retrucou Abram.

Johannes continuou a se irritar, bufar e ameaçar grosserias com o olhar. Abram percebeu que ele e Johannes tinham descido em um poço de conversa redundante. A complexidade da educação era delicada: cada homem sabia o que devia, ou não, dizer, e as coisas não ditas significavam muito. Era assim que as coisas eram feitas. Em sua eloquência, o povo basotho se referia a esses apuros como "ensinar macaco a subir na árvore". Abram reconheceu a situação imediatamente, pois ele tinha praticado isso muitas vezes com viajantes europeus que ocasionalmente buscavam refúgio na fazenda. Ao ensinar um macaco a subir na árvore, um homem podia dizer o óbvio e, desse jeito, amenizar o efeito de sua descortesia.

— Se alguém perguntar, John, diga que fiquei mais louco do que diziam os rumores nos últimos anos. — Abram se acostumou a chamar Johannes de John, na juventude, como piada. Mas Johannes estranhamente gostou desse nome, então pegou. — Diga que você insistiu mais profusamente e eu me recusei a ver a razão nisso. Isso com certeza vai deixar a coisa toda compreensível, velho amigo — acrescentou no fim.

— E onde os meus empregados vão dormir? — questionou Johannes.

Abram conhecia Johannes o suficiente para perceber que ele acreditava ter encontrado um padrão moral no qual ambos concordavam. Então perguntou:

— Eles são todos africanos?

— Você pensa que a minha fazenda é como a sua? — questionou Johannes, contendo a irritação. Ele permitiu que a fumaça do cachimbo enevoasse o ar outra vez. — É claro, eles são nativos. Então pergunto outra vez, meu querido: onde eles vão dormir?

Abram reconheceu que ele e Johannes tinham progredido e ensinado ao macaco mais coisas que ele já sabia. Ele se submeteu à futilidade do exercício, pois o que mais poderia fazer? Ele precisava da ajuda de John. Ele precisava de um lugar para se esconder enquanto sua propriedade era vendida, os fundos transferidos, os livros de Alisa fossem despachados para a Inglaterra e enquanto Gloria e a irmã Elizabeth tentavam ajudá-lo a forjar papéis para cruzar a fronteira; em resumo, enquanto ele resolvia coisas essenciais para a sobrevivência dele e de Dido. Abram precisava desse homem que o insultava, e o homem que o insultava também sabia disso.

— Com certeza os alojamentos não são tão pequenos para que mais dois indivíduos provoquem uma catástrofe, como você sugere, John. A menina vai dormir com as mulheres e eu, com os homens.

— Você pressupõe que pode me informar sobre a minha propriedade — disse Johannes. — Você pressupõe muito da nossa amizade.

— Me perdoe, não tive a intenção de ser insolente — disse Abram.

— Não digo isso por ser um homem difícil. Sei que você me trouxe problemas, Bram. A simples presença dessa menina aqui pode custar meu direito ao voto. Você sabe disso... você sempre soube. — Johannes fez uma pausa dramática para dar um trago no cachimbo, sendo, como Abram sabia, um homem do tipo teatral. — Mas suponho que possamos dar um jeito.

Abram reparava, e não era a primeira vez, que, ao falar, a saliva escapava da boca de Johannes, e ocasionalmente ele tossia durante os breves silêncios entre as palavras. Sua respiração escapava dos pulmões com relutância, mas ele parecia despreocupado com esse esforço. Ele era, de modo geral, um modelo imperfeito de humanidade. Embora mais alto que a maioria das pessoas, não havia nada de dominador em sua presença. O branco dos olhos era salpicado de vermelho e de lágrimas que não caíam. As íris azuis não eram tão cativantes quanto seriam num rosto bonito. Também era possível lamentar pela mandíbula: por ela talvez mais que por qualquer outro traço, pois era quadrada, pesada, com uma covinha embaixo dos lábios finos e pálidos. E pelos tufos castanhos de cabelo que recuavam em direção ao topo da cabeça, e pelo nariz que era quase tão largo quanto a mandíbula.

Os anos e o calor do Transvaal cobraram seu preço de Johannes. No entanto, mais do que isso, sua própria amargura, ao que parece, havia emanado de seu coração e se infiltrado em sua pele, avermelhando-a, polindo-a com um brilho anormal. Não era fácil, mas Abram sentia que devia ter piedade de seu velho amigo. E, se não fosse capaz, então tinha que se arrepender pelo papel que ele desempenhou no exílio de Johannes no norte.

Apesar dos interesses convergentes dos países de seus pais na África, os descendentes de europeus na África do Sul tinham se decepcionado uns com os outros. Mais recentemente, a inimizade deles foi agravada pela Segunda Guerra dos Bôeres. Depois de uma demonstração espetacular de ufanismo de ambos os exércitos e mortes dos dois lados, Johannes sentiu que mais lealdade poderia ser demonstrada e, sendo um descendente de holandeses, decidiu imigrar do cabo da Boa Esperança, governado por ingleses, para o Transvaal, controlado pelos bôeres. Tal era a diligência com que ele encarava esses assuntos. Nesse aspecto, e talvez ironicamente, ele era parecido com Alisa. Ambos consideravam as questões de patriotismo profundamente pessoais, e por isso absolutamente essenciais para a existência de uma pessoa.

A amizade de Johannes e Abram tinha acabado ali. Pois, embora seu nome sugerisse uma aliança com a Holanda, Abram não tinha renunciado à sua parte inglesa. Johannes encarou isso como leviandade. E, é claro, também não ajudou muito o fato de Abram ter se apaixonado por Alisa, uma mulher negra e inglesa. Ao se sentir importunado, Johannes poderia ter perdoado uma dessas transgressões, mas não todas as três.

Nesse momento, Johannes se levantou e foi até a janela. Ele enfiou a mão esquerda no bolso da calça, olhou lá para fora e bateu no vidro com o cachimbo. Mesmo na semiescuridão, não havia nada de elegante no velho amigo. Ele não parecia pertencer àquela biblioteca nobremente mobiliada. Era como se ele também fosse um viajante precisando de descanso.

— É impressionante, não é? Há uns dez anos você estava de pé nesta sala e renunciou a nossa amizade com um objetivo, e eu me senti um tolo por tentar salvar você. Hoje você está sentado aqui na esperança de que eu te salve. — Ele deu as costas para a janela e encarou o homem que insultava. A luz da lamparina tocava o rosto dele num ângulo infeliz e as lágrimas acumuladas nos olhos pareciam brilhar mais que o normal. — Não me confunda com um homem que chuta cachorro morto. Mas esses são tempos estranhos. Não vou permitir que digam que andei fornicando com nativas e tive crianças mulatas. Não terei meu nome manchado, Bram. Você sabe que esse tipo de rumor pode arruinar um homem. Eles arruinaram você, não foi?

Abram entrelaçou os dedos. Quando falou, foi com uma suavidade deliberada na voz. Não queria revelar a raiva crescente dentro dele. Disse:

— Você esquece que eu não andei fornicando, que eu não tenho vergonha da minha filha.

Ele se levantou da cadeira e foi até a janela. Ele queria encarar Johannes, mas decidiu que preferia o cenário lá fora. Nada perturbava a escuridão a não ser o vento que tinha soprado ao longo do dia. Ele o imaginava emergindo e espiralando como se nascesse do cachimbo de algum deus invisível, dançando entre as palavras ditas por esse deus e seu oponente, então desaparecendo no nada, deixando apenas as palavras e a escuridão.

Era uma noite comum de verão. O tempo era narrado pelo chiado dos grilos e pelo bater de asas e pelas brincadeiras de outros insetos colidindo na janela em seu esforço de alcançar a luz fraca da lamparina. Os poucos que encontravam brechas na moldura da janela rodopiavam em torno da lanterna, então mergulhavam para a morte, embaçando o vidro da lamparina, deixando a luz ainda mais tênue.

— Estou desesperado, John — disse Abram, tomando o cuidado de não encarar o oponente. — Você me amou um dia. Sei que amei você. Não vim aqui orgulhoso ou... ou... não tenho mais nenhum lugar para onde fugir, John. Ficaríamos aqui por pouco tempo, só um pouco. Por favor, não a entregue... ela é muito esperta e corajosa, mas está triste e sem um lar, e ela é muito preciosa para mim. Essa é a última coisa que vou pedir a você. Então vamos embora e vou deixar você em paz. Por favor.

Johannes se rendeu a um acesso de tosse, que se revelou bem pesado. Ele foi até sua mesa e tocou um sino. Minutos depois da terceira badalada uma mulher africana, idosa e especialmente escura, entrou na sala e ficou de pé diante da porta. Abram calculou que ela deveria ter quase a altura dele, o que era uma coisa rara entre as mulheres sul-africanas.

Ela era magricela, o vestido pendia largo em torno do corpo, e muito alta, pois aquelas roupas geralmente eram costuradas para mulheres mais baixas cujos quadris tinham alargado ao dar à luz, com a idade ou com a gula. O rosto dela parecia prestes a se abrir num sorriso, mas não o fez. Ela olhou de relance para Johannes e balançou a cabeça para expressar sua compreensão.

— Josephina, o Sr. van Zijl e a garota vão ficar morando aqui por uma semana ou duas — disse Johannes em africânder. — Prepare dois quartos nos alojamentos do leste.

Josephina concordou com um aceno de cabeça e saiu da sala. Johannes voltou a atenção para Abram.

— Nosso tempo juntos chegou ao fim — disse ele, retornando ao inglês. — Está tarde e preciso dormir. Você pode esperar aqui até que Josephina arrume os quartos de vocês. Espero que aproveite a minha hospitalidade. Boa noite, Bram.

— Boa noite, John. E muito obrigado — disse Abram.

— Sim, sim — respondeu Johannes, dispensando o agradecimento.

Abram voltou para sua cadeira. Ele observou a futilidade repetitiva dos insetos em busca da luz. Eles pareciam esperançosos, seguros de que conseguiriam uma vitória que, embora iludisse os seus comparsas, certamente seria deles. Ele sorriu com tristeza e balançou a cabeça frustrado.

Era tarde, e o frio familiar da madrugada se aproximava.

O céu noturno da Rodésia

DIDO SABIA QUE ELA NÃO ERA bem-vinda na casa daquele homem grande com cabelo castanho e olhos azuis. A Srta. Josephina o chamava de patrão Joubert; o pai dela o chamava de um velho amigo que os ajudaria a cruzar a fronteira para a Rodésia. Dido ainda não tinha decidido como se referiria a ele.

Seu pai lhe disse que demonstrasse o seu melhor comportamento. Então, embora ela se sentasse numa cadeira dura e a sala estivesse fria, não reclamava. Ela também sentia falta do diário, mas ele estava empacotado no fundo da mala. Não tocou no assunto, uma vez que poderia irritar a Srta. Josephina. Ela bebeu o suco de laranja que a Srta. Josephina lhe ofereceu, também sem reclamar.

— Está uma delícia — disse ela.

A Srta. Josephina fez que sim com a cabeça e exibiu um sorriso sem dentes.

— Coma — disse ela, apontando para o frango cozido no prato de Dido.

— Eu não como carne — revelou Dido, balançando a cabeça. — Muito obrigada — acrescentou com um sorriso, na esperança de parecer arrependida.

Uma vez, ela foi para uma caçada com o pai e o tio Iuri, que não era de fato seu tio, e que gostava de vir do Transvaal para visitá-los porque, segundo ele, as chuvas de inverno do Cabo o lembravam de Leningrado (que ele ainda chamava de São Petersburgo). O pai reclamou que o tio Iuri era praticamente inútil com uma arma, o que se provou verdade quando o tio Iuri atirou num elande e o animal não morreu imediatamente.

Ele sangrou enquanto balia um som terrível que se parecia muito com um choro. Antes que o pai atirasse no meio dos olhos dele e terminasse de matá-lo, ele tinha olhado para Dido como se implorasse para que sua vida fosse salva. Dido chorou quando o pai a abraçou e repreendeu o tio Iuri. Ela não tinha a intenção de chorar. Mesmo aos sete anos, entendia que o pai era generoso por levá-la para caçar. Ela estava orgulhosa por ser quase um menino a quem ele queria ensinar a caçar. No entanto, no fim, ela chorou e não conseguiu comer a carne do antílope, nem nenhum outro tipo de carne depois disso.

Ela não sabia muito bem como dizer tudo isso para a Srta. Josephina, a quem ela só tinha conhecido havia poucas horas. Em vez disso, ela disse:

— Sinto muito.

— Ah! Legumes? — ofereceu a Srta. Josephina.

Dido concordou com um aceno de cabeça. A mulher foi até o forno e encheu um prato, como prometido.

— Cenouras e batatas — disse ela, colocando o prato na mesa.

— Eu sei falar africânder — disse Dido. — Bom, só um pouco — acrescentou, voltando para o inglês. — Meu pai prefere o inglês. E minha mãe nunca gostou de africânder. Mas minha babá me ensinou um pouco... um pouco. Eu entendo, pelo menos.

— Você fala outras línguas? As línguas do nosso povo?

Dido estava acostumada a perguntas como essa. Quase todo mundo que ela conhecia presumia que ela era apenas africana. Ninguém nunca perguntava se o homem que a adorava tanto como um pai era de fato o pai dela. Ela sabia que era assim por causa da aparência. Tinha a pele mais escura que a do pai e olhos castanhos como a mãe. E, embora os cabelos dela fossem longos, com cachos soltos, ela percebia que as pessoas presumiam que isso era o resultado de alguma tragédia secreta, indizível.

As pessoas tendiam a cumprimentá-la amigavelmente, mas, diante da falta de fluência dela com as línguas nativas, elas rapidamente retomavam um tom submisso. Ela não entendia muito bem, mas imaginava que percebiam alguma soberba nela. Uma vez que isso acontecia, era difícil fazer amizade.

— Não, eu não sei — admitiu ela para a Srta. Josephina.

Para a surpresa de Dido, a mulher não demonstrou nenhum sinal de decepção. Em vez disso, ela sorriu um sorriso sem dentes e disse em africânder fluente:

— Eu ensino a você. Assim teremos alguma coisa para fazer enquanto você estiver aqui. — Então, parecendo duvidar das próprias palavras, ela balançou a cabeça. — Seu pai vai deixar?

Dido não sabia. Entretanto, percebeu que não faria mal responder.

— Acho que sim. Quais línguas você fala?

— Sesotho. Do norte. Somos um pequeno clã, os balobedu.

— Isso é curioso. A babá Gloria falava essa língua. Eu não conhecia ninguém mais que falasse. Agora conheço você e a babá Gloria.

— Isso *é* curioso — concordou a Srta. Josephina.

Então, um dos sinos na parede tocou e a Srta. Josephina se levantou.

— O patrão Joubert precisa de mim — anunciou ela. — Você tem que comer — concluiu, apontando para a comida.

— Obrigada pela comida — disse Dido, e a Srta. Josephina fez que sim com a cabeça e saiu da cozinha.

Para aliviar a solidão repentina, Dido contemplou todas as estrelas que estariam visíveis no céu noturno da Rodésia. O pai dela tinha concordado que elas poderiam ser diferentes das do Cabo, que era o ponto mais extremo ao sul da África.

Uma vez que encontrasse Órion, conseguiria encontrar todas as outras com facilidade. O diário dela estaria completo antes de o ano terminar. Quando isso estivesse feito, talvez ela e o pai fossem ainda mais para o norte, longe o bastante para ver Polaris, a estrela do norte. Ela esperava que fosse tão brilhante quanto o seu livro disse que é, tão útil quanto. Eles poderiam seguir Polaris e nunca mais se perderiam.

Como se estivesse pronto para dar uma moeda pelos pensamentos dela, o pai entrou na cozinha.

— Oi, Dido. Você se incomoda de compartilhar sua comida?

— Não me importo. A Srta. Josephina me deu meus favoritos. — Ela sorriu, pois o pai dela parecia triste, e ela sabia que, se sorrisse, ele sorriria também.

Ele se sentou ao lado dela e puxou o prato de frango para si.

— Tenho boas notícias. Vamos descansar aqui por um tempo, no fim das contas.

— Posso aprender a língua da Srta. Josephina, por favor? Ela não se importa de me ensinar. Ela sugeriu. E falar a língua dela vai ser como levar a babá Gloria conosco. E eu adoraria aprender, papai...

— É claro, querida. Mas você precisa falar mais devagar. Eu não entendi praticamente metade do que você disse. — Ele riu. Ela sorriu.

— Obrigada. Se eu aprender direito, vou ensinar para você. Imagina que divertido! — O pai dela riu ainda mais alto.

— Isso seria impressionante. — Então um olhar de confusão passou pelo rosto dele. — Você disse que a língua dela é a mesma da babá Gloria?

— Sim. É curioso, não acha? Você e o seu velho amigo fizeram amizade com o mesmo tipo de mulher.

— É sim, é sim. — Embora fizesse que sim com a cabeça, ele também parecia perturbado pela coincidência.

— Por quanto tempo vamos ficar aqui?

O pai dela engoliu uma garfada que estava mastigando e disse suavemente:

— Ainda não decidi. — Ele cortou mais um pedaço de frango, mastigou e engoliu. — Tenho que pedir um grande favor a você, Dido. Você sabe que temos que ser o mais discretos possível, certo?

Dido acenou positivamente com a cabeça. Uma expressão de tristeza familiar passou pelo rosto do pai dela.

— Ninguém deve saber que você é minha filha. Se lembra de quando falei que seríamos separados um do outro? — Dido aquiesceu outra vez e o pai dela continuou: — Agora aquelas pessoas estão procurando por um homem branco e a filha. Sei que pode não funcionar, mas seria melhor se, de longe, você parecesse um menino. Ou que, pelo menos, não parecesse... — Ele engoliu em seco. Não terminou de compartilhar os pensamentos.

Dido sabia o que ele queria dizer. Isso tinha acontecido no trem. Ali, ela era menos que uma filha para o pai dela. Ainda assim, ele sentiu necessidade de elaborar.

— Você sabe que é para sua segurança, certo? — disse ele, e ela concordou outra vez. — Mais uma coisa, meu anjo — acrescentou com gravidade, envolvendo os ombros dela com o braço livre. — Temos que raspar o seu cabelo...

— Não, papai, por favor, não me obrigue a fazer isso — implorou ela.

O pai suspirou, como se derrotado por algum inimigo que ela não conseguia ver.

— Temos que fazer isso, Dido. Na Cidade do Cabo você tinha a babá Gloria e Farouk e todos os outros para proteger você. Aqui você só tem a mim. Ninguém aqui me deve lealdade. Você entende isso?

— A gente tem que cortar tudo?

— Vai crescer de novo, meu amor.

Como sempre, Dido não tinha a intenção de chorar. Era só que o pai dela não entendia o cabelo dela. Os olhos dele eram verdes e a pele dele era clara. As pessoas só tinham que olhar para ele para saber quem era. Mas não se podia dizer o mesmo em relação a ela.

— Ele demora para crescer.

Ele parecia cansado. E, ainda que não entendesse o motivo pelo qual tinha que manter pelo menos um pouco de cabelo, Dido resolveu que seria melhor se não arrumasse mais um fardo para o pai.

— Promete? — perguntou ela.

O pai hesitou um pouco. Finalmente, ele colocou os talheres na mesa, retirou o braço que envolvia o ombro e segurou as mãos dela entre as dele.

— Prometo.

As lágrimas escorreram ainda mais pesadas dos olhos dela. Marcaram o rosto dela com o sal, sujando-a, fazendo com que a respiração desse ainda mais trabalho para os pulmões. Seja lá o que o pai dela fosse capaz de fazer, ele não seria capaz de fazer o cabelo dela crescer tão rápido quanto prometia. Então, ela se aninhou no peito dele e chorou até o coração se acalmar.

Errantes

JOHANNES OBSERVAVA A GAROTA COM GRANDE curiosidade. Ela olhava os livros dele com o interesse irreverente de uma criança entediada, saltitando rapidamente de uma estante a outra, movendo-se com habilidade. Era como se ela tivesse se desafiado a examinar cada título num tempo estipulado.

— Encontrou algo de que goste? — perguntou ele ao surpreendê-la e retirá-la de sua distração.

Ela voltou o rosto para ele e parecia tão assustada quanto ele esperava. Parecia que ela queria fugir, abandonando a tarefa a que tinha se proposto.

— Meu avô começou com a coleção, meus pais deram continuidade e acrescentei alguns de minha escolha à seleção. Ouso dizer que meu avô choraria com os títulos ficcionais impressionantes dos últimos anos.

Ele perambulou até a poltrona ao lado da janela. Assim, ao se sentar e esticar as pernas, ela ficaria encurralada entre ele e a estante.

— Ele não era um homem muito imaginativo, sabe, o meu avô. Preferia obras históricas. Minha mãe uma vez confessou que ela duvidava que ele mesmo entendesse da coleção que declarava apreciar tanto. Ela duvidava até mesmo que ele fosse alfabetizado. — Percebendo que estava encurralada, a menina fez um movimento para se libertar. — Você sabe ler?

— Meu pai me deu um exemplar de *Os contos de fada dos irmãos Grimm* de presente de aniversário.

Johannes reparou que, quando ela falava, cada palavra era como uma sílaba longa e única, de modo que as frases fluíam ininterruptas uma atrás da outra. Sua voz era baixa e tinha um tremor constante. Em outros tempos, quando ele não ficaria exasperado por ela ter ousado invadir um espaço tão sagrado para ele, ele teria se admirado por ela falar um inglês com uma inflexão tão perfeita que nem o pai dela conseguia alcançar. Deve ter aprendido isso com a mãe.

— Meu avô odiava os alemães. Ele odiava o legado deles também. Herdei esse preconceito. — Ele estudava a expressão da menina, tentando detectar os traços da mãe dela além da compleição dourada e dos olhos castanhos. Não havia nada. A garota era filha de Bram, esculpida em carrara.

Ela havia herdado os olhos redondos dele e o nariz nitidamente pontudo. A boca era larga, mas não muito para o rosto em formato de coração. E a testa era larga e aberta, assim como a de Bram. Se ela também tivesse herdado os olhos verdes, olhar para ela seria o mesmo que se deparar com uma versão mais jovem e ligeiramente mais escura de Bram. A semelhança foi enfatizada pela cabeça raspada.

— Devo confessar que, embora eu me oponha ao povo, continuo curioso se a literatura deles é melhor do que seus vinhos — continuou ele. — O que você acha?

— Nunca provei os vinhos deles — disse a menina, voltando na direção da estante.

— Imaginei que não tivesse provado. Como entrou aqui?

Ela parecia estar bolando um engodo, ou pelo menos tentando. Ao fracassar, chegou a uma verdade que ele sabia bem antes de fazer a pergunta. Bem, era uma meia-verdade.

— Eu estava ajudando a Srta. Josephina com a limpeza e acho que ela esqueceu que eu estava aqui. — Ele a interrompeu erguendo as sobrancelhas, desafiando-a a ser mais criativa. — A Srta. Josephina não sabia que eu estava aqui — continuou ela. — Não tenho a intenção de criar problemas para ela.

— Você sabe quem você me lembra?

A garota ficou calada.

— Frederick Courteney Selous. Você sabe quem é ele?

— O caçador? — perguntou ela, animada. — Ele escreveu o...

— Jamais gostei dele — interrompeu ele.

— Ah! — exclamou ela, aparentemente triste.

— Você não quer saber como você me lembra ele?

Ela refletiu por um instante. A testa dela enrugou e seus olhos vagaram por toda a sala, do chão ao teto, procurando por respostas que ela provavelmente não imaginava que existissem.

— Suponho que isso não vai fazer muita diferença, vai? — concluiu ela.

— Você tem os pés leves e as mãos ligeiras do jeito como imagino que um caçador deva ser. E os seus olhos. — Ele procurou pelos olhos dela outra vez, tentando decidir se o tom castanho deles era adorável ou repugnante. — Não sei se confio neles.

— Ah! — exclamou ela, parecendo sentir as lágrimas chegando.

— Você também me lembra o seu pai. Você se parece muito com ele, se parece demais com um menino — disse ele. — Deve ser o cabelo — concluiu como se falasse sozinho.

A garota deu um sorriso hesitante, alegrando-se estranhamente com as palavras dele. Ela parecia totalmente distraída do fato de que ele tinha intenção de insultá-la. Então o instante passou e ela se deu conta de que foi pega onde não deveria estar.

— Tenho uma discórdia com Selous — retomou Johannes. — Só uma. Tenho pensado há muito tempo sobre o assunto, e é a mesma questão que tenho com todos os homens como ele e o seu pai. Você consegue imaginar qual é?

As engrenagens naquela cabecinha dourada não pareciam estar girando. Talvez tenha sido o insulto lançado ao pai dela que a irritou tanto. Ele se descobriu mais intrigado do que incomodado, então perguntou:

— Você gosta de caçar, garotinha?

— Quem não gosta? — murmurou ela.

Johannes sorriu diante da ideia de uma garotinha idolatrar o esporte da caça e aqueles que o praticavam. Mesmo sendo homem, ele não era capaz de apreciar o fascínio de atirar com uma arma de fogo e celebrar enquanto um animal sangrava até a morte.

Ele se percebeu curioso com o que ela poderia pensar se ele revelasse sua aversão à carne. Naturalmente, ele decidiu de imediato não compartilhar isso. A qual propósito serviria contar suas excentricidades a uma criança?

— Suponho que isso não importa — concluiu ele em voz alta.

— Você acha que não importa o motivo pelo qual você odeia um homem? — perguntou ela, então instintivamente cobriu a boca com as mãos.

— Por que importaria?

— Bom, é que a babá Gloria me perguntou uma vez por que eu adoro limão e não laranja. "Eles são quase a mesma coisa", ela disse. Não são mesmo, sabe. Mas não consegui explicar e acho que ela pensou que eu era um pouco maluca... — A voz dela vacilou um pouco. Talvez tenha se arrependido de revelar tanto sobre si.

— Você nunca descobriu o motivo? — perguntou ele. A garota colocou o pé esquerdo sobre o direito, cruzou as mãos nas costas e olhou para o teto fazendo uma careta. Ela soltou as mãos e permitiu que elas se movessem em pequenos gestos que indicavam o peso das palavras dela.

— Bem, deve ser porque laranja é doce. Acho que jamais gostei de coisas doces. Era Emilia que gostava de doce e de suco de laranja... — Ela cruzou as mãos outra vez, olhou timidamente para o chão e mudou a posição dos pés.

— Isso não parece algo difícil de decidir.

— Mas... mas... isso não faz diferença.

— O quê? — insistiu ele.

— Todo mundo gosta de laranja. — Ela disse isso como se confirmasse a cor do céu ou o brilho do sol, como se ele fosse um tolo por não perceber o óbvio.

— E pensou que você seria diferente?

— Eu sei que você pensa que isso é infantil. Não precisa zombar de mim.

— Não estou zombando de você. Por que eu faria isso?

— Minha mãe não entendia... eu acho. — A voz dela retornou ao tom baixo e trêmulo. — De qualquer modo, por que você odeia Selous? — perguntou ela com a voz subindo uma oitava e os olhos procurando pela resposta que ele tentava recusar. — Pensei que todo mundo gostasse dele.

— Isso é porque você é filha do seu pai, e o seu pai é um homem inglês bem-sucedido. — A garota parecia não compreender, então ele a pressionou com uma elaboração: — Você sabe qual é o maior tesouro da África? — perguntou, na esperança de que ela desse uma resposta fútil, para então zombar dela.

— Tudo — declarou ela. Ela deu um sorriso bobo e quase saltitou. Orgulho, ele pensou, ela sentiu orgulho desse momento. — Acho que é tudo, mas a minha mãe dizia que sou muito jovem para entender como o mundo funciona. Quando dei essa resposta ao meu pai, ele sorriu e acariciou meus cabelos. — Ela se mostrou triste e então, decidindo que o silêncio parecia um sábio amigo, se limitou a olhar para o chão com as mãos cruzadas nas costas.

— Me alegra informar a você que sua mãe estava errada, e era como estava em relação a quase a tudo.

— Você conheceu a minha mãe?

— Conheci, brevemente.

— Bem, ela não gostava de Selous, assim como você. Sempre foi o meu pai quem falou de Selous. Mas agora ele não faz mais isso. Você sabe por quê?

— Não posso presumir que compreendo as peculiaridades do seu pai. Mas, veja só, homens como ele têm um objetivo. Eles perseguem a criação de uma nova Europa, um lar longe do lar, como se fosse possível. Admito que é um objetivo nobre, mas em geral executado de um jeito canhestro; pois homens como o seu pai pensam que é certo misturar livremente os princípios de mundos em colisão. Também reconheço que raças menores possam ser melhoradas, mas esse é um processo que precisa ser monitorado, de perto, constantemente. Negligenciar essas regulações só pode criar uma segunda raça elevada acima de seu estado natural e essas pessoas podem se revoltar contra os seus libertadores. Essa raça, recém-civilizada e alfabetizada, não poderia ser controlada, e poderia desejar liberdades que é melhor que lhe sejam recusadas. Me diga, garotinha, qual seria o ponto de duas Europas no mundo? Qual seria a função de uma África esvaziada de suas curiosidades únicas?

Como Johannes esperava, a garota não respondeu. Ela parecia atordoada e insegura. Ele tentou mais uma vez.

— Confundi a sua cabecinha, não foi? Vamos ver... vou tentar colocar as coisas em outros termos. Uma vez, visitei um vilarejo no norte. Lá, me sentei com um homem que tinha vivido cento e dois, ou quase isso. Ninguém sabia a verdadeira idade dele. O povo dele marcava o tempo por grandes calamidades e bênçãos, em secas e inundações e colheitas generosas. Tudo o que ele sabia sobre o próprio nascimento era que tinha acontecido no primeiro ano de uma seca que durou oito verões, e eles o chamavam de sábio por causa disso. Talvez ele *fosse* sábio. Afinal de contas, ele era um chefe, e chefes e rainhas são transformados em sábios pelos desígnios do destino. Portanto, considerei as palavras dele um tipo de sabedoria sagrada. — Ele fez uma pausa, desejando ter seu cachimbo à mão, então prosseguiu: — Sabe o que ele me disse?

A garota meneou a cabeça. Pelo menos ela ainda era capaz de fazer isso. Johannes temia que sua lógica labiríntica a paralisasse.

— Veja bem — ele pigarreou —, o chefe me contou sobre o sequestro de sua única filha. Foi num ano de inverno chuvoso. Os sequestradores vieram de uma vila governada por uma feiticeira chamada Rainha da Chuva porque tinha o dom de comandar os céus e trazer a chuva para o seu povo. A mãe dela, a mãe da mãe dela, todas as mulheres de sua linhagem tinham sido abençoadas com essa magia pelos Deuses daquele lugar.

Ele fez mais uma pausa para pigarrear. A garota se inclinou para a frente e voltou o ouvido direito para Johannes. Ele supôs que era um esforço para capturar qualquer palavra que tentasse escapar de sua cabecinha curiosa. Estranhamente, isso o agradou.

— A rainha daquele povo não conhecia a seca e a fome, mas guardava um grande segredo — continuou Johannes, imaginando que podia ver o coração da garota bater mais rápido ao ouvir aquelas palavras. — A rainha não tinha filhos. Uma visão tinha mostrado a ela que a linhagem de rainhas estava no fim. Mas existia uma garota que, se mostrassem a ela como servir aos Deuses, poderia ser alguém que traria a chuva. Ainda está me acompanhando, garotinha?

A garota fez que sim vigorosamente.

— Bom. Ao ter essa visão, a rainha reuniu seus guerreiros mais fortes e os abençoou com sua magia. Os guerreiros não poderiam ser seguidos por nenhum homem vivo. As pegadas deles seriam lavadas pela chuva. Quando eles falassem, suas vozes não seriam ouvidas, pois seriam seguidos por trovões. Seus rostos não poderiam ser vistos, pois o clarão do raio brilharia sobre eles. Eles viajaram escondidos...

— O reino deles ficava nas terras dos basotho? — interrompeu ela. Foi a vez de Johannes ficar curioso.

— Se você já conhece a história, então não desperdice o meu tempo — respondeu ele.

— Desculpa. É só que estava tentando me lembrar se os povos balobedu eram governados por uma rainha da chuva. A Srta. Josephina está me ensinando.

— Eles eram. Posso continuar?

A menina concordou com desconfiança.

— Então os guerreiros da rainha sequestraram a filha do chefe. Quando ele me contou essa história, quase trinta anos haviam se passado desde a última vez que tinha visto a filha. Ele tinha ouvido de esposas fofoqueiras e relatos de viajantes que a filha dele tinha várias esposas e que ela havia criado muitos filhos e filhas, e eles eram bonitos e corajosos. A filha do chefe era uma sábia que comandava a chuva, assim diziam os rumores. O chefe me contou, com as mãos apoiadas numa bengala entre os joelhos, que os videntes dos tempos do seu avô tinham previsto que a descendência dele viveria na grandeza, nas canções dos que viriam depois, e para sempre na língua das esposas fofoqueiras. Ele disse isso com orgulho, veja só, com contentamento, sem se preocupar com a filha perdida. Você escutou tudo?

A garota fez que sim outra vez.

— O chefe me contou como a filha dele era uma líder eficiente. Ele me disse: "Meu bom homem, o gado na terra dela era o mais gordo e a grama era a mais verde de todos os vales." Ele sorria, balançava a cabeça e batia com a bengala em suas mãos frágeis. Perguntei por que ela não tinha enviado a chuva para as terras do pai dela. Afinal, o povo do chefe era afligido por uma seca de quatro anos, mais ou menos. — Johannes parou para dar uma gargalhada sem alegria. — Sabe o que ele me disse? — perguntou ele, esperando sinceramente que a garota desse a mesma resposta que o chefe. Se ela fizesse isso, talvez houvesse algum sentido em toda a loucura que ele tinha testemunhado.

No entanto, a garota balançou a cabeça em negativa, embora ela parecesse tão decepcionada quanto ele se sentia.

— Ele me disse. — Então ele parou novamente, esperando que ela tivesse uma epifania. Vendo que isso não aconteceu, continuou: — Ele disse: "O dom dos Deuses não pode segui-la até aqui. E não vai existir longe dela. É assim que nós nos encontramos nesse atoleiro divino." Então ele riu, tossiu e se recolheu para sua cabana, porque estava se aproximando de seu fim. Você entende agora?

A garota concordou pensativa, como se a resposta do chefe tivesse feito sentido para ela. Abriu a boca, mas aparentemente decidiu que seus pensamentos não eram perspicazes o suficiente.

— Esse é o motivo pelo qual você odeia Selous e o meu pai? — perguntou ela por fim.

— Eu não odeio o seu pai. Ele é o amigo mais antigo que tenho.

— Mas você disse...

— Então você não entendeu direito. Você é jovem demais para compreender. Isso foi perda de tempo.

— Eu também sou bem esperta. Sei a diferença entre o Cruzeiro do Sul e a Falsa Cruz. Conheço as crateras da Lua, e todas as luas de Júpiter descobertas por Galileu...

— Sim, sim — disse ele, acenando —, e o nome de caçadores, aparentemente; o que só ressalta a sua ignorância. Eu não tinha a intenção de zombar de você...

— Não estou chorando.

— Eu não disse que você estava. — Ele sentia a necessidade crescente de usar o cachimbo a cada segundo, então deixou as palavras jorrarem com mais rapidez. Talvez as lágrimas pudessem acalmá-la e aplacar o desconforto que ele sentia. — Veja só, eu acho que Selous e o seu pai não entenderiam a história do chefe. Sabe por quê?

— Não — respondeu ela, balançando a cabeça, aparentemente rejeitando Johannes e todas as suas filosofias.

— Ah, vamos lá. Não é divertido se você nem tentar, queridinha.

— Bom, se for para adivinhar... — Ela olhou para o teto e depois para o chão. Finalmente, olhou para ele e repetiu a brincadeira de cruzar as mãos. — Eu diria que você não é um homem comum. Quero dizer, bem, eu suponho... você nem gosta de Selous, que era o caçador mais corajoso que já viveu. Ele matou dezenas de leões, búfalos e rinocerontes. Nunca existiu alguém como ele...

— E nunca deveria ter existido! — gritou ele.

A garota se sobressaltou. Ele tinha se portado com calma. Contudo, como em geral acontecia com tais assuntos, Johannes era incapaz de continuar com civilidade. Ele ainda tentou. Percebeu que, se podia ensinar alguma coisa àquela garota meio negra, era que vagabundos como Selous não deveriam ser reverenciados.

— Veja bem — insistiu ele —, essas pessoas que, por alguma piada de um deus entediado, têm a sorte de serem brancas... essas pessoas consideram perfeitamente aceitável polir seus rifles e atirar em dezenas de leões. Para quê? Para poder levar uma juba de leão de volta para a Inglaterra ou os chifres do búfalo para exibir em suas bibliotecas particulares? Sabe o que acontece quando um velho amigo de um desses caçadores vê os chifres do búfalo ou a juba do leão na parede?

"Esse amigo resolve ser corajoso também. Ele decide esvaziar a conta, embarcar num navio e, antes que alguém possa avisar aos leões e aos búfalos, temos um novo caçador na savana. E, assim como temos um novo caçador, temos mais um leão morto. E daí por diante. Eles só tiram as coisas dessa nossa terra selvagem, cada coisa exótica que veem, eles tiram das nossas planícies com impunidade.

"Eles voltam para suas casas. Mas nós, os filhos dessa terra que amamos tanto, somos deixados para trás com animais enfurecidos que desejam vingança: elefantes que se lembram, que procuram por suas crias assassinadas; manadas cada vez menores de rinocerontes que temem a própria espécie; leopardos ardilosos que ficam ainda mais desconfiados de nós. Você entende o que estou dizendo, garota?"

— Acho que não — murmurou ela quase às lágrimas. Agora parecia aterrorizada por ele.

— Então devo ser explícito. O que quero dizer a você é que entregamos livremente nossos segredos a eles. Eles. — Johannes esticou a mão para pegar o cachimbo na gaveta. Era difícil largar aquela coisa. Ele o fazia tossir e seus olhos ardiam frequentemente, ainda assim uma hora sem ele fazia seu peito queimar com a vontade e suas mãos coçavam em busca da suavidade familiar da madeira.

Josephina já tinha colocado o tabaco. Ele encontrou uma caixa de fósforos, riscou um e acendeu o cachimbo. O primeiro trago era o mais divino. Ele inalava profundamente, permitindo que a fumaça enchesse os seus pulmões. Uma vez satisfeito, ele exalava lentamente, degustando o sabor, fechando os olhos brevemente para apreciar a beleza de uma coisa simples.

— Nós, africanos, somos um povo dócil — disse ele, apertando os dentes com frustração diante da brevidade de seu prazer.

— Mas você é um bôer, europeu — informou ela. — Você não pode ser africano também.

Ele riu, exalando mais fumaça.

— O que rouba a minha identidade africana de mim? Sua mãe era negra, ainda assim ela se imaginava inglesa. Você imagina que ela...

— Você está aqui, Dido! — anunciou Bram, entrando na biblioteca com o alívio estampado no rosto.

A garota correu se afastando das estantes, deu um pulo sobre as pernas de Johannes sem pensar e terminou a carreira em direção ao pai. Quando o alcançou, pulou nos braços dele, abraçando o pescoço dele. Bram sorriu.

— Josephina tinha certeza de que você tinha ido para o rio com as outras crianças. Mas você está aqui.

A garota olhou para o chão, pois o pai tinha acabado de revelar a sua mentira.

— Ela achou a biblioteca mais interessante — informou Johannes.

— Me desculpe se ela foi inconveniente, John — disse Abram.

— Eu falei para ela não pôr os pés aqui.

— E aí está o seu primeiro erro, você disse a ela que não fizesse isso. Então é claro que ela teve que fazer. — Eles riram. Até a garota, que estava encolhida feito um roedor nos braços do pai, deu uma risadinha. — Você vai levá-la ao rio? — perguntou Johannes.

— Ela precisa continuar as lições. Assim que deixarmos a sua biblioteca, vamos nos envolver com assuntos dos quais ela reclama e considera chatos. Peço desculpas pelo incômodo, John, sinceramente — disse Bram, com um olhar triste no rosto. Isso fez com que um desconforto borbulhasse dentro de Johannes.

Felizmente, a garota os salvou de mais desconforto ao perguntar a Johannes:

— Você conhece mais histórias do povo da chuva?

— Milhões — respondeu ele. Com isso, Bram rapidamente se virou para sair, como se estivesse ansioso para retirar a garota da presença de Johannes. Isso foi o bastante, pensou ele; uma conversa estúpida com a garota era o suficiente para passar alguns minutos, mas há outros jeitos de se perder o tempo de uma tarde.

Acenando uma despedida hesitante para Johannes, a garota deu um sorriso e conversou alegremente com o pai. Ela falou de um jeito que Johannes agora deduzia ser a natureza dela, como se tudo fosse uma longa e única palavra, como se nada existisse de modo independente.

Conforme ele fechou a porta para abafar a voz e as risadas dela, Johannes franziu o rosto. Ele tinha se esquecido de perguntar à garota quem tinha raspado o cabelo dela. No entanto, ela já tinha ido embora. Então, ele tragou seu cachimbo e permitiu que a fumaça, as perguntas e a solidão o abraçassem bem apertado.

Um viajante

A SRTA. JOSEPHINA DISSE QUE OS povos do norte eram o povo do Sol. Eles calculavam o tempo pelo sol, plantavam suas sementes de acordo com ele, contavam seus anos pelos verões e outras coisas solares.

— Você já esteve no sul alguma vez? — perguntou Dido a ela.

— Não — respondeu a Srta. Josephina, dando uma risadinha. — Mas meu marido esteve lá muitas vezes com o patrão Joubert. Ele compra muitas coisas boas lá, meu marido.

— Ah, o Sr. Joubert foi até lá?

— Ah, sim. Ele veio de lá. Ele é uma pessoa do sul. — A Srta. Josephina disse isso sorrindo. — O patrão é um viajante, sabe.

— Foi assim que ele conheceu o chefe?

— O chefe?

— Ele disse que foi para o norte e conheceu um chefe que teve a filha roubada pelo Povo da Chuva.

— Meu Julius... meu marido nunca falou de um chefe — disse a Srta. Josephina. Ela andava em volta da cama do Sr. Joubert, ajeitando os lençóis cuidadosamente. Então repousou as mãos nos quadris e se ergueu. — Talvez exista um chefe e o patrão o tenha conhecido.

— O Sr. Julius deve saber, não?

A Srta. Josephina riu até sua alegria ser interrompida por uma leve tosse.

— Talvez meu marido saiba. Mas tem muitas coisas que meu marido sabe e não diz.

Dido não tinha certeza se entendeu. Ela sorria, de qualquer maneira, e dava de ombros, caso a Srta. Josephina considerasse estranho que ela não achasse a discrição do Sr. Julius divertida.

— Por favor, me passe os travesseiros.

Dido fez o que ela pediu.

— O Sr. Joubert contou para você a história do chefe?

— O patrão conta muitas histórias. Mas sou uma mulher velha e às vezes não me lembro. — Ela falava distraidamente, com a atenção nos travesseiros. — Venha, terminamos aqui. A gente precisa arrumar as suas coisas agora.

Dido seguiu a Srta. Josephina. Ela olhou para os lados e por cima do ombro para ter certeza de que ninguém a veria sair do quarto do Sr. Joubert. Desde o encontro deles na biblioteca, ela havia conseguido evitá-lo com sucesso, assim como a bronca que tanto temia.

— Você acha que vai ter gente como eu na Rodésia? — perguntou ela tomando o cuidado de manter a voz suave.

A Srta. Josephina não respondeu de imediato. Ela abriu e fechou cada porta, seguiu em frente com firmeza, abriu e fechou outras portas, até que elas chegaram aos aposentos de Dido e do pai. Quando Dido perdeu a esperança de uma resposta, a Srta. Josephina suspirou e disse:

— Conheci um homem que foi para Uganda. Ele prometeu voltar para me contar suas aventuras. Mas o tempo é curto. Não acredito que as aventuras dele tenham chegado ao fim.

— Ele também era negro e branco ao mesmo tempo, como eu?

— Ele era indiano.

— Ah! — exclamou Dido sentindo a decepção inundá-la. — Quando ele partiu?

A Srta. Josephina suspirou outra vez.

— Faz muito tempo. Eu tinha todos os meus dentes.

— O homem também tinha uma filha?

— Não tinha. Mas, como o seu pai, ele estava fugindo do passado.

Dido não tinha certeza de que havia entendido isso, mas meneou a cabeça.

— Acho que o patrão Joubert dará respostas melhores do que essas. Você deve perguntar a ele.

— Não, obrigada — sussurrou Dido para si mesma. — Onde está a esposa dele? Ele não tem uma?

Josephina estava segurando a mala de Dido e quase a deixou cair sobre os pés. No entanto, ela se estabilizou ao se equilibrar no guarda-roupa e então levantou a mala e lentamente a colocou sobre a cama.

— Que vergonha, mocinha — disse ela, sorrindo. — Está deixando uma velha fazer todo o trabalho. — No entanto, Dido não deixou de notar que a Srta. Josephina parecia inquieta.

— Meu pai tinha uma esposa, minha mãe. Mas ela morreu em abril. Acho que ela me amava... às vezes sinto falta dela. — Dido sabia que em instantes estaria chorando. Ela deu de ombros e continuou: — Agora só tenho meu pai... às vezes acho que ele também sente saudades dela.

A Srta. Josephina a abraçou. E, por um momento, Dido sentiu como se estivesse abrigada pelos braços da babá Gloria e Emilia voasse agarrada nas costas de sua mãe em algum lugar ali perto, rindo a plenos pulmões.

— Meu amigo que foi para Uganda, ele sabia muitas coisas — disse a Srta. Josephina. — Pode ser que ele tenha passado pelo lar desse chefe.

— Talvez — respondeu Dido.

— Minha mãe era uma *ngaka*, uma curandeira tradicional. Ela sabia muitas coisas, até coisas desconhecidas, coisas que estão anos à frente e além deste mundo. O dom dela era forte. Mas eu mesma não o herdei. Sinto saudade dela. Muitas pessoas sentem falta dela. Mas acho que eles sentem mais falta do dom dela.

— Ela conseguia fazer mágica como a babá Gloria e a Rainha da Chuva?

— A gente não chama isso de mágica.

— Ah.

A Srta. Josephina esvaziou a mala no colchão e fez um gesto para que Dido subisse na cama.

— O patrão Joubert me disse que tem roupas novas chegando para você. Mas às vezes não se pode confiar nem no sol. Caso elas não cheguem a tempo, você deve me mostrar quais roupas quer usar quando viajar. Elas devem ser guardadas por cima.

Dido escolheu seu vestido preferido, um amarelo com uma fita em torno da cintura. Tinha outro verde-musgo e um marrom-claro. Emilia tinha um parecido com ele e usava sempre que podia, o que acontecia toda vez que ela pedia à babá Gloria.

— Adorei as cores, mas me disseram que você precisa escolher roupas de menino.

— Eu sei, mas só para o caso de eu poder usar, sabe? Tenho meias combinando. — Dido começou a remexer a pilha para encontrá-las. — Minha irmã tinha iguais. Você já teve uma irmã, Srta. Josephina?

— Eu sou a única filha da minha mãe.

— E sua mãe não podia fazer mágica... Quer dizer, ela era uma feiticeira, não podia fazer irmãos e irmãs para você?

— Ser uma *ngaka* não é o mesmo que ser uma bruxa. E não é o mesmo que ter mágica.

— Ah, entendi. Então por que você não poderia ser uma *ngaka*? Se não é o mesmo que mágica, você não poderia simplesmente escolher ser uma?

— Porque meus Ancestrais nunca me enviaram o chamado — respondeu ela. Colocou os vestidos escolhidos e as calças de lado e foi até o guarda-roupa pegar o ferro. — Vou ter de buscar as brasas no forno. Você vem comigo?

— Vai ter fogo lá?

— Agora só as brasas. O fogo se extinguiu, eu acho.

— OK — disse Dido, pulando da cama. — Como a sua mãe morreu?

— De uma doença de tosse quase dez anos atrás, ela já tinha idade. Ela me deixou os ossos de seu dom e duas cabanas perto do rio, mas não o chamado dos Ancestrais. É por esse motivo que não sou uma *ngaka*. Não acredito que o chamado vai vir agora. Estou velha demais para a iniciação.

— Minha mãe não deixou nada para mim — murmurou Dido.

— Os mortos sempre deixam alguma coisa — disse a Srta. Josephina —, até quando eles não têm a intenção. Senão como poderiam nos assombrar?

Elas passaram pela biblioteca do Sr. Joubert, e Dido sentiu as bochechas queimarem de preocupação. Ela sentiu o cheiro da fumaça do cachimbo dele e temeu que seus pés não a levassem para longe dali rápido o suficiente. Então ela pisou leve e rezou para que a Srta. Josephina continuasse em silêncio também, para elas passarem despercebidas. No entanto, ele tossia, ajudando a disfarçar o som dos passos delas.

— Você acha que a minha mãe vai me assombrar? E a minha irmã? — perguntou ela assim que as duas entraram na cozinha. Ela queria perguntar sobre o antílope também, mas ficou temerosa de que a Srta. Josephina não entendesse. Então ela se limitou à mãe e à irmã.

— Não. Eu não acho que sua mãe e sua irmã vão te assombrar.

— E se elas fizerem isso?

— Diga a elas que você é uma criança. Crianças não devem ser assombradas.

— Elas vão voltar quando eu for mais velha?

A Srta. Josephina respondeu depois de um longo tempo de silêncio.

— Não é fácil para mim explicar isso a você.

— Mas tem algo que você precisa me dizer, certo? — perguntou Dido. A Srta. Josephina fez que sim com a cabeça e prosseguiu:

— Tenho medo porque você é só uma menina.

— Srta. Josephina, eu vi a minha mãe e a minha irmã morrerem. Às vezes vejo o meu pai parecer tão triste quanto a minha mãe era. Ele tenta esconder isso porque sou uma criança. Mas ele não esconde muito bem e eu percebo. Emilia nunca viu essas coisas. Ela era uma criança, mas *eu vejo*. Sempre vi.

— Você tem o coração de uma criança, os medos de uma criança e até os olhos de uma. Você simplesmente vê as coisas. Há beleza nesse tipo de simplicidade.

— Também há ignorância.

— E a paz da inocência.

— A paz dos tolos.

A Srta. Josephina riu.

— Você é muito esperta. Esperta demais para essa velha.

Dido foi obrigada a conceder um sorriso.

— Então vai me contar?

— Devo começar pelo começo para que você entenda. E começar pelo começo vai fazer com que essa história seja longa.

— Eu adoro histórias. Minha mãe contava várias quando não era derrubada pela tristeza. Emilia também adorava, em especial a da Princesa Cisne e as aventuras dela pelas Terras do Paraíso. Foi a minha mãe que escreveu essa e batizou as heroínas com o meu nome e de Emilia em nossa homenagem. Isso deixou a gente feliz.

— Meu pai não gostava de histórias. Ele não as considerava úteis — disse a Srta. Josephina.

— Às vezes acho que meu pai também é assim.

— Um dia quero ser uma contadora de histórias. Gosto de ouvir as pessoas contarem histórias. Quero aprender. Quero ser tão boa quanto a minha mãe. Mas acho que isso deixaria o meu pai triste.

— Entendo.

— Então, vai me contar?

— É o seu tempo que você escolhe perder — avisou a Srta. Josephina, dando de ombros. — Foi assim que aconteceu: meu pai era simples; isso eu puxei dele. Ele trabalhava numa fazenda. Em troca dos serviços, ele recebia leite fresco, xelins, coisas velhas que o patrão dele não queria mais. Quando as pessoas da minha vila olhavam para o meu pai, elas diziam: Lá vai Ntlhabeni. Ele é rico, sabe? No inverno ele compra cobertores e sapatos para a família dele, pão e geleia também. Ele dorme numa cama que o patrão dele deu de presente. Que homem abençoado é o Ntlhabeni.

— Meu pai carregava esse epíteto com orgulho. E, quando o povo da vila olhava para mim e dizia "lá vai Možaži, ela é a única filha de Ntlhabeni", eu sorria e compartilhava o orgulho do meu pai. — A Srta. Josephina pausou e suspirou. Para Dido, parecia que ela organizava os pensamentos.

— Seu povo te chama de Možaži? — perguntou Dido com o sotaque se inclinando suavemente na pronúncia do nome.

— Isso, esse foi o nome que meu pai me deu.

— Por que as pessoas aqui não chamam a senhora assim?

— Josephina é mais simples para o patrão. É assim que as coisas são.

— Suponho que é por esse motivo que a babá Gloria não é chamada de Mmkoma. Eu achava que ela gostava de ser conhecida como Gloria, mas acho... acho que eu estava errada.

— E agora você sabe o verdadeiro motivo.

— Como os seus ancestrais te encontram? A senhora contou a eles sobre o nome Josephina?

— Eles acham o sangue nas minhas veias e o espírito do meu povo. É assim que não fico perdida.

Dido refletiu silenciosamente a respeito. Então sussurrou:

— Nunca conheci o meu povo. Meus ancestrais nunca foram avisados de que eu nasci... A babá Gloria corrigiu isso, eu acho. Ela me chamou de Khelelo, com o nome cerimonial de Mmamolapi, e o nome do clã... esqueci o nome do clã, mas escrevi no meu diário.

— Esses são bons nomes. Nomes fortes. — A Srta. Josephina reforçou o comentário fazendo que sim com a cabeça.

— A babá Gloria me disse isso. Khelelo era o nome da mãe dela, eu acho. Você acha que os ancestrais vão me encontrar se eu estiver perdida, mesmo na Rodésia ou onde quer que eu e o meu pai formos parar?

— É assim que funciona.

— Tem certeza?

— Ah, sim. Meu Julius viveu muitos anos como um tolo. No entanto, nenhuma calamidade se abateu sobre ele. Ele viajou para a Rodésia e além, em barcos e camelos e outras coisas que meus olhos não viram. Durante todo esse tempo, os ancestrais olharam por ele e o trouxeram de volta para mim inteiro. — Ela sorriu, balançou a cabeça e prosseguiu: — Se protegeram um tolo como ele, então uma criança como você viverá até ficar mais velha que eu.

Esse comentário melhorou o estado de espírito de Dido.

— O que aconteceu com o seu pai?

— Veja só, as brigas entre os patrões holandeses e ingleses me confundem. Se um senhor tem raízes em um país ou no outro, isso não faz diferença para mim, assim como não fazia diferença para o meu pai. Minha mãe falava para mim: seu pai trabalha para um fazendeiro branco. E eu sabia que isso era verdade até o dia em que meu pai não trabalhou mais para esse fazendeiro.

"O fazendeiro do meu pai, que era inglês, abandonou a fazenda e, veja só, ela caiu em ruínas. Lentamente, meus sapatos ficaram pequenos e velhos demais. Os cobertores ficaram finos e o pão escasso. Então, perto do fim da vida dele, meu pai se tornou um estranho para mim. Ele era um homem que herdou suas fortunas e seus infortúnios de outra pessoa. Quando não se podia mais dizer que ele era um homem abençoado, vi o espírito dele se quebrar.

"Ele andou por muitas horas em busca de um novo trabalho. Não arrumou nada. Então, foi picado por uma cobra e morreu sentindo dor. Envergonhado, ele chorou. Eu era uma criança, então perguntei a ele o motivo de ele sentir vergonha. Sabe o que ele me disse?"

A Srta. Josephina olhou para Dido. Ela não fazia ideia da resposta, assim como não sabia o que o chefe tinha dito ao Sr. Joubert. No entanto, ela queria dizer alguma coisa. A Srta. Josephina parecia triste, e Dido queria vê-la sorrir. No fim, tudo o que ela fez foi menear a cabeça, abraçar a Srta. Josephina e dizer:

— Sinto muito.

— Não há o que lamentar. — Ela abraçou Dido bem apertado e a soltou. — Essa é uma velha história e a dor já foi quase toda embora. Devo continuar?

Dido fez que sim.

— Meu pai pediu o meu perdão. "Možaži, minha filha, lembre-se de mim com bondade", ele implorou. Eu acreditei... acreditei que, se eu me lembrasse dele aos prantos, com vergonha ou chafurdando nos próprios erros, ele me assombraria. O fantasma dele me odiaria e as memórias dele se tornariam amargas. Menti para ele. "Vou me lembrar de você com gentileza", eu disse. Ele sorriu e deixou esse mundo satisfeito. Quando dormia, eu sonhava com ele. Ele chorava e me perguntava: "Você se lembra de mim?" Eu disse que não me lembraria dele com amargura, e acordei do sonho aliviada. — Ela fez mais uma pausa e balançou a cabeça — Essas coisas são difíceis, Dido. Histórias antigas de uma velha... o que tenho a ver com isso, contando tudo isso para uma menina? Mas, se uma criança pergunta sobre assombrações, deve saber sobre elas.

"Ele era o meu pai. Ele me deu meu nome, meu nariz, meus olhos e todas as coisas que minha mãe não me deu. Ele me amava. Se eu caminhasse entre as pessoas, elas diziam: 'Lá vai Možaži, a única filha de Ntlhabeni. O pai dela estaria orgulhoso agora, como ela é abençoada.' Então me pergunto: o que significa ser assombrada por um homem como aquele? Ele é um fantasma, uma memória? Ou quem me deu a vida? Ou um homem que, com seus feitos comuns, vai ser esquecido com o tempo?

"Não tenho como saber dessas coisas. Não viajei como o meu marido. Não sei ler e escrever de um jeito sofisticado como você e não tenho o dom da minha mãe. Só sei que desperdicei muitos anos tentando esquecer o meu pai. Se ele fosse cruel, teria sido mais sábio esquecê-lo. Mas ele não era. Não acho que o fantasma dele seria cruel. A memória dele, desbotando com a minha idade, é pálida. Quando ainda podia me lembrar dele, tentava esquecê-lo. E, agora que tento me lembrar dele, não consigo. Me esqueci até mesmo da voz dele."

E foi assim que terminou a história da Srta. Josephina.

O silêncio entre elas se alongou, enquanto a Srta. Josephina secava as lágrimas e Dido refletia sobre a história. A memória dela ainda não tinha sido afetada pelo tempo, mas pela fumaça que havia enchido seus olhos e seus pulmões. Mas, pelo que era capaz de recordar, ela não tinha feito promessa nenhuma à mãe dela nem a Emilia. Na verdade, ela não se lembrava das últimas palavras que tinha dito à irmã.

— Essa foi uma história triste. Quando foi que seu pai morreu?

— Há quase cinquenta e oito verões.

Dido considerou o significado daquilo. Por fim, ela disse:

— Ainda entristece você, mesmo depois de todo esse tempo. Será que isso significa que a noite do incêndio vai me deixar triste até eu ficar mais velha do que você?

— Significa que você vai se lembrar daqueles que amou enquanto viver.

— Mas não tenho certeza de que quero me lembrar sempre de Emilia e da minha mãe. Minha mãe era triste e o rosto de Emilia me assustava à noite. Meu pai diz que eu era uma boa filha e uma boa irmã, que elas nunca vão me assombrar. Mas e se elas mudarem de ideia e pensarem que eu não era boa filha nem irmã? E se elas me assombrarem como os fantasmas de verde, como o homem alto de quem não se pode distinguir o rosto? E se a morte me fizer esquecer que eu as amei e que meu coração ficou partido quando elas morreram...?

A fala dela era interrompida pelos soluços de forma que Dido não conseguia prosseguir. Ela se encolheu de um jeito que a cabeça tocou os joelhos. Ela queria parar as lágrimas, como sempre fazia. Entretanto, elas choviam de seus olhos torrencialmente e ela temia que nunca fossem parar. Tudo o que sentia, além da vergonha crescente, eram as mãos da Srta. Josephina enquanto ela a erguia da cama e a pegava no colo.

— Pronto, querida. Deixe a dor sair da sua alma. Deixe as lágrimas caírem. Assim a dor vai embora.

— Eu... sinto... muito — disse Dido entre soluços.

— Não há o que lamentar. Mesmo eu, velha como estou, encontro motivos para derramar lágrimas de tempos em tempos. Não há vergonha nisso.

Tranquilizada pelas palavras da Srta. Josephina, Dido chorou livremente, copiosamente, até sentir as batidas do coração desacelerarem. A Srta. Josephina continuou a esfregar suas costas suavemente, enquanto sussurrava "deixe as lágrimas caírem, querida, deixe sair" várias vezes, até que os olhos da menina se fartaram do choro e se fecharam para descansar.

Uma levíssima capa de cegueira

DIDO ACORDOU PARA SE VER na escuridão. O sol tinha se posto e as estrelas surgiram. Os soluços dela tinham desaparecido, assim como as lágrimas e a respiração ofegante. Quando ela se sentou na cama, ouviu o pai se mexer na poltrona.

— Finalmente você acordou.

— Eu não tinha a intenção de dormir. A Srta. Josephina e eu estávamos arrumando as malas e... — Ela procurou por uma palavra, uma palavra simples que não deixaria o pai dela triste. Antes que conseguisse encontrá-la, ele acendeu as velas e se juntou a ela na cama.

— Josephina me contou — disse ele, indicando que ela se aconchegasse no colo dele. — Você chorou enquanto dormia — sussurrou, tão suavemente, que, se eles não estivessem tão próximos, ela não teria ouvido.

Temendo chorar de novo, Dido engoliu em seco e piscou várias vezes. Ela se perguntava se existia alguém que chorou tanto que as lágrimas não caíam mais. Parecia, naquele momento, que ela era esse tipo de pessoa. Até a brisa soprada janela adentro não conseguia provocar uma única lágrima.

— Eu estava cansada — murmurou ela para o pai.

— Você se lembra de tudo da noite do incêndio?

Dido fez que não com a cabeça. E acrescentou:

— Às vezes parece um sonho. Esqueço a maioria dos sonhos... mas não do fogo. É assim que sei que o incêndio não foi um sonho. Isso me deixa triste, papai. Sinto falta da mamãe e de Emilia. Às vezes parece que o meu coração nunca vai parar de se partir. Essa dor me assusta.

O pai fez que sim com a cabeça e tomou as mãos dela entre as dele.

— Também sinto falta delas.

— Até da mamãe?

Para responder, o pai olhou pela janela e deu um suspiro profundo. Então disse:

— Fiquei sem ar na primeira vez que a vi. Por um instante, meu coração parou de bater dentro do peito. Eu amei a sua mãe, Dido, daquele momento até a última respiração dela. Mas as coisas não eram do mesmo jeito com ela. Você é criança, filha dela. Não espero que compreenda o que significa ser evitado por ela até que todo o amor seja consumido pela amargura. Você sabe que ela tentou matar você? Entende isso? Ela tomou o meu coração e o devolveu arruinado. Foi isso que ela fez. E aí ela deixou esse mundo usando o fogo. Ela roubou a sua irmã e teria roubado você também. Não consigo perdoá-la por isso. Eu poderia viver sem o amor dela. Aceitava o meu destino com ela, mas o que ela fez com você, o que ela fez com a sua irmã, isso foi imperdoável...

A voz do pai dela desapareceu aos poucos. Para Dido, parecia que ele tentava recuperar o fôlego. Ela o abraçou apertado. O coração dele batia rápido e forte contra o dela.

— Sinto muito, papai. Não queria deixar você triste.

— Não estou triste. Estou cansado. Vamos, você precisa comer. — Ele se levantou, colocando-a de pé. — Josephina guardou o seu jantar...

— Papai? — interrompeu ela. Percebeu que, se não fosse corajosa naquele momento, a chance poderia escapar e não voltar outra vez.

— Sim?

— Eu tenho um segredo, sabe? Eu sei por que a mamãe começou o incêndio. Ela não estava tentando roubar Emilia e eu de você. Acho que ela estava tentando salvar a gente. Ela disse que tinha envenenado a nossa pele, então tinha que nos levar para as estrelas. — Dido parou para engolir em seco.

O pai se ajoelhou diante dela e a encarou com preocupação.

— Isso é outro sonho, Dido?

Ela fez que não com a cabeça.

— Não. A babá Gloria me deu um dos diários da mamãe. Ela achou nas ruínas. Partes dele foram queimadas, mas outras sobreviveram. — Ela parou mais uma vez para engolir em seco. — É assim que sei que ela amava você, papai.

O pai ainda olhava para ela com estranhamento, mas a preocupação dele foi substituída por algo que parecia ser confusão.

— Você está com o diário da sua mãe?

— Estou. Ela escreveu sobre os pais dela e a Irlanda e as Índias Ocidentais. Ela escreveu sobre os sonhos dela, sobre a jornada dela até a África. Ela escreveu sobre você. Ela tentou ficar viva, papai.

O pai dela parecia entorpecido com a confusão.

— Gloria achou nas ruínas?

— Isso. Depois que o fogo morreu. Mas ela só achou um deles. Tentei procurar pelos outros, mas não encontrei. Você está chateado comigo?

Ele fez que não com a cabeça. Ele tornou a se sentar na cama e olhava para o nada. Dido não sabia muito bem o que dizer. O silêncio a inquietava. Ela tentava encontrar formas nas sombras dançantes nascidas das chamas das velas, criar algo com elas em sua mente para que pudesse dizer ao pai: "Não parece um rato roendo o que não devia, ou um gato caçando um rato ou um cão perseguindo um gato?" Entretanto, as sombras só se assemelhavam, vagamente, a ondas do mar se erguendo e quebrando. Elas dançavam nas paredes sem nada de incomum, lançando sua frágil escuridão. Elas a fascinavam somente pela maneira como pareciam querer vencer suas companheiras de dança, como se suas subidas e quebras fossem alguma disputa pela supremacia. Era inútil, ela se deu conta. Cada sombra caía tão facilmente quanto sua vizinha se erguia, e logo se curvava tão rápido quanto se levantava, rendendo-se a uma nova sombra vencedora, nascida de uma vela rival. Ela olhava para o pai, que parecia tão fascinado pelas sombras quanto ela.

— Tenho falhado com você desde aquela maldita noite? — perguntou ele de repente.

— Não — respondeu Dido rapidamente.

— Você me diria a verdade se eu estivesse?

— Diria, papai, Prometo.

— Então me diga, Dido: eu tenho cumprido o meu dever com você? Você tem se sentido amada?

— Eu sei que você me ama, papai.

— Mas você precisa de mais. Mais do que o dever de uma mãe, ou o companheirismo que Emilia te dava. Mais do que a minha proteção... você precisa de mais, não é isso?

Dido não tinha certeza de que estava entendendo. Ela observava o rosto do pai para medir os sentimentos dele além do que ele dizia.

— Não entendo.

— Você precisa que eu te dê mais alguma coisa?

Ela fez que não com a cabeça.

— Dido, me dói dizer isso: eu sou a sua única família e você é a minha. Percebi que eu... tenho negligenciado aspectos sentimentais do meu dever. Presumi que o meu amor era o suficiente para manter você feliz. É doloroso para mim caluniar a sua mãe, mas acho que sou um pai melhor. Contudo, parece que andei falhando com você. Para corrigir esses erros, você deve sempre me contar a verdade. Não vai nos fazer bem nenhum enganar um ao outro. Então vou te perguntar mais uma vez: você precisa de mais alguma coisa de mim?

— Você não vai ficar irritado comigo?

Ele balançou a cabeça lentamente, segurou o rosto dela entre as mãos e disse:

— Prometo que não.

— OK. — Dido fez que sim. Ela saiu da cama para pegar o diário da mãe dentro da mala e o entregou ao pai. — A maioria das histórias que a mamãe escreveu foram queimadas. Eu tenho terminado as que ela lia para mim e para Emilia de cabeça, aquela sobre os filhos do Deus Céu e a outra sobre o fantasma de Verlatenbosch. Mas ela nunca leu a maioria delas e eu não sei como terminá-las, especialmente a última. Você poderia, por favor, ler o diário e ver se pode me ajudar com as histórias sem final?

— É isso que você quer?

Dido concordou com um meneio de cabeça.

— Por enquanto, acho... acho que isso é tudo. Tem certeza de que não está com raiva de mim?

— Tenho certeza, meu amor. — Ele sorriu e fez um carinho na cabeça dela. — Vou ajudar como puder.

— Obrigada, papai — disse ela, agarrando-se a ele.

Ele apoiou o queixo gentilmente sobre a cabeça dela.

— Você tem que comer agora. Vamos.

Dido segurou a mão do pai e o seguiu até lá fora. A noite os envolvia como uma levíssima capa de cegueira. A lua, uma crescente se erguendo lentamente num canto do céu ao oeste, só servia para indicar o fim de um mês, o início de outro; e talvez, Dido tinha essa esperança, um caminho mais fácil. Ela sorriu, desejando que seus pensamentos se tornassem verdade e a verdade continuasse verdadeira. Talvez fosse isso: a promessa da lua.

— Temos amaldiçoado você — ela pensou ter ouvido o pai dizer baixinho, tão suavemente, como um sussurro do vento que uma vez chamou o nome dela. Ela não tinha certeza. Continuou andando ao lado dele em dúvida e em silêncio.

PARTE QUATRO

PARA A ÁFRICA

Um livrinho preto com a lombada queimada

O DIÁRIO DE ALISA ERA um livrinho preto com a lombada queimada. Partes dele estavam completamente queimadas, outras danificadas pela água; em alguns lugares, a escrita original era legível ou Dido tinha refeito o traço das letras desbotadas. No entanto, a maior parte dele estava destruída e não tinha como ser recuperada. Também havia páginas soltando. Na melhor das hipóteses, a coisa era uma história fragmentada e Abram não tinha a menor vontade de lê-la. Na pior, era a desculpa de Alisa para o seu crime, e Abram não tinha vontade de perdoá-la.

Mas ele tinha que ler, não tinha? Por causa da filha, precisava suportar Alisa só por mais algum tempo. Finalmente, com cuidado, ele abriu o diário.

Diário da Srta. Alisa Miller: 1912

Segunda-feira, 1º de janeiro

MEU MAIOR MEDO É NÃO SER capaz de aguentar para sempre, que um dia eu desista e dê um fim a minha vida. É um dilema muito complicado, nem eu mesma o entendo. Atingi uma espécie de marco hoje, meu trigésimo aniversário, decidi então que, talvez, seja o momento de ao menos *tentar* compreender. Sem dúvidas, devo isso a mim mesma.

Eu deveria começar dizendo que não sou suicida. Na verdade, não tenho inclinação para nenhuma forma de assassinato. Contudo, acho que aos onze anos, quando moí vidro para colocar no meu chá, eu realmente estava tentando me matar.

Compreendo que são contradições. Eu deveria saber as razões específicas de aparentemente querer me matar, e, se me perguntassem, eu recitaria tragédias como: meu pai nasceu escravizado, nunca conheci minha mãe e por aí vai. Sinto que, se eu contasse a alguém sobre o meu dilema, certamente iam querer uma doença, uma coisa tangível capaz de ser mencionada com facilidade; mas a verdade é que nem o nascimento do meu pai na condição de escravo nem a morte da minha mãe, nenhum aspecto da minha vida ligada a essa questão me deixou completamente desesperançada.

Perguntas naturais a serem feitas: "Como você pode não saber? Como você poderia não entender? Isso é sobre você, afinal de contas. Precisa ter alguma coisa."

É claro que tem alguma coisa. É isso que me frustra: deve ter alguma coisa. Mas como o amor, ou a alegria, ou até mesmo o ódio, não consigo quantificar, nem explicar. Para mim, é como uma criança sugando o seio da mãe simplesmente porque sabe como fazer. Ou a mesma criança dizendo "mamã" como primeira palavra. Ou a mesma criança se apaixonando treze anos depois, simplesmente porque não consegue evitar.

Não consigo medir minha melancolia quando me afundo nela. Não consigo dissecá-la. O melhor que sou capaz de fazer é: às vezes, quando peno no fardo de respirar, e viver, e continuar por continuar, me sinto indefesa. Me assusta, esse estado de viver por viver. E, quanto mais penso sobre isso, mais difícil é respirar. Se você nunca teve a sensação de que morreu, foi enterrada, então foi ressuscitada abruptamente, não é algo que se consiga entender com facilidade. (Embora, para ser honesta, eu às vezes ache que minha mente inventa essas histórias como uma desculpa.)

Meus sonhos são surreais. Eu me lembro de um em que não conseguia respirar, então a mão feita de sombras me arrastava para um nada profundo e escuro onde eu ficava suspensa como uma marionete, segurada por inúmeras mãos de sombra, tudo isso enquanto eu ainda não conseguia respirar. Quando acordei, estava paralisada na cama, incapaz de me mexer ou gritar ou chorar, e estava fria, fria e sufocada, como se tivesse saído de uma sepultura.

É como se eu estivesse menos viva, como se minha vida tivesse sido drenada pelo nada dos meus sonhos, drenada pelo nascimento das mãos de sombra que me espremiam, me espremiam para drenar ainda mais minha vida. Eles tiram a vida de mim, meus sonhos. Sinto pavor de ter que dormir. Aquele tipo de medo que é tão simples, tão rudimentar, mas que com o tempo se enreda intrincadamente, tão profundamente que começa a se enredar em torno da mente e do coração e de tudo o que se vê. Ele se encolhe na base do seu ser, e não importa o que você faça, você sabe que ele está sempre ali, à espera.

É a espera que me assusta, porque a espera acaba, e então deve se desdobrar em algo novo. Quando é assim, aquela rede de medo e veneno e maldade será antiga e familiar, semelhante a um conforto, como um inimigo que não consigo reconhecer. Um amigo há muito esquecido que devo abraçar, e é aí que cedo. É como se eu estivesse caindo em um buraco que nunca termina, um buraco que não consigo ver muito bem, mas sei que está lá, aberto, me engolindo, e não há nada que eu possa fazer em relação a isso. *Este* é o meu maior medo: não saber se serei capaz de aguentar indefinidamente.

Não quero ficar assim: curvada na minha cama chorando por causa de um vazio que não entendo. Quero o que minha mãe quer para mim: um sorriso, uma cabeça leve, um coração tranquilo, a liberdade dessas correntes que sequer consigo tocar, sentir ou cheirar, essas correntes que existem somente na minha cabeça. Liberdade. Liberdade.

Mais e mais eu sei que devo ir para a África. Penso que é a melhor chance que tenho de entender seja lá o que é isso que está me adoecendo. Do mesmo jeito que não sei explicar a contradição da minha atitude em relação à vida, não sei explicar por que sou tão atraída pela África; bom, não além das razões óbvias. Algo que não é muito bem deste mundo tem me chamado para lá. Preciso ir. Preciso entender as mãos de sombra com as quais tenho sonhado desde minha infância.

Devo convencer minha mãe a me deixar ir.

Terça-feira, 2 de janeiro

A ÁFRICA É DISTANTE. É IMENSA também com suas costas reivindicando camaradagem com os oceanos Atlântico e Índico. De cada lado, os litorais entregam os povos do continente com abandono, enquanto ocasionalmente recebem prisioneiros da Europa e escravizados do sul da Ásia.

A Cidade do Cabo, uma das mais velhas cidades bastardas da Europa no Novo Mundo, está entre as mais obrigadas a aplacar as saudades de casa de seus filhos voluntariosos e por consequência foi projetada para se parecer muito com o Velho Mundo.

Ao se provar como um entreposto digno de uma maior transformação, essa Taverna dos Mares logo foi lotada de escravizados das Índias Ocidentais — pessoas que hoje são chamadas de malaios do Cabo, os muçulmanos da cidade. Dessa forma, a cidade também foi projetada para ecoar o sucesso imperial do Velho Mundo, dependendo da escravização de uma raça para o aprimoramento de outra.

Na Cidade do Cabo, a Europa poderia aperfeiçoar seu passado, se fizesse isso com cuidado.

Isso significa que a considerei um local adequado para começar minha exploração de um lugar que supostamente é de onde vim. Será familiar, eu acho. "Do Cabo ao Cairo", como Cecil John Rhodes avaliava suas competências.

E assim, pela cidade do mar, chegarei à África!

[Entrada do diário com um trecho perdido]

[Data exata desconhecida]

ENQUANTO JUNTAVA MINHAS COISAS PARA a viagem que se aproxima, encontrei um rascunho no qual tinha começado a rabiscar uma história de aventura. Comecei aquilo recordando minha juventude. Mas, por algum motivo, não consigo lembrar por que comecei o conto, nem por que o abandonei. Bem irritante, devo confessar. No entanto, aqui estou, começando outra vez.

Quando tinha sete anos e a chamada gripe russa varreu o mundo, meu pai, que foi atingido pela tragédia, me chamou para me sentar ao seu lado e disse:

— Nunca te contei a história dos filhos do Deus Céu, contei?

Ele falava com o tipo de ritmo que mesclava as palavras umas nas outras, apagando a pontuação e outras formalidades. Ele engolia quase por completo as consoantes macias; eu tinha que desenterrá-las da memória, da minha familiaridade com as palavras. Ele soava feito um cão.

Em resposta a sua pergunta, admiti que não, e meu pai revisitou suas memórias.

— Não, nunca contei — concluiu ele. — Os filhos do Deus Céu eram três, sabia? Um era o Sol. A outra era a Noite. A outra era a Lua. Não se pode confiar na Noite e não se pode obrigar o Sol a fazer o que você quer. Mas a Lua nunca muda, minha Lissy, ela nunca muda. — Conforme ele disse isso, a lua brilhou, não num plenilúnio, mas numa crescente pálida e tímida que se escondia atrás de nuvens flutuantes. A cena encapsulava as palavras do meu pai. A lua mudava enquanto ele falava, ocultando-se acanhada em alguns momentos, depois exibindo seu brilho.

— Venha inverno ou verão, a Lua nunca muda — prosseguiu ele. Tossiu um pouco, pois o vento soprou mais forte de repente, recordando-o de sua doença, lembrando de tiritar e tossir e limpar a boca com as costas da mão.

— Vejo que ela está mudando agora — falei, olhando para o céu. — Está cheia num dia e desaparece no outro, às vezes só se mostra pela metade. — Tentei imitar o ritmo como meu pai falava, mas nunca consegui, não completamente. Sempre quebrei a cadência onde não devia, onde meu pai não interromperia.

— Ah, sim. A noite devora a lua — disse o meu pai, balançando a cabeça. — Ela morde e morde, e a lua se torna uma crescente que brilha mais ou menos. A escuridão é gulosa, então a noite come a lua até que ela desaparece do céu e você não a vê mais. Quando a lua volta, ela volta inteira e brilha tanto quanto nos velhos tempos. — Outra rajada de vento nos atingiu, e meu pai, decidindo que não podia suportar mais, acenou para que eu o seguisse para o interior escuro de nossa cabana.

Ainda havia um pouco de luz do lado de fora, um pouco da luz do sol para aquecer e espantar o vento gelado. Eu estava relutante em sair dali. Mas meu pai também não podia se sentar muito tempo sob o sol; ele queimava a sua pele. O frio em nossa cabana também o fazia tiritar, mas ele conseguia suportá-lo. Ele dizia, num tom sombrio, que "esses ossos já estão familiarizados com a regularidade do frio". Ele sentia frio num momento e calor no outro. Ele simplesmente existia. Lá dentro, me sentei numa cadeira de madeira que rangia e balançava quando eu movia meu peso, e ele na cama, que era curta e deixava seus pés de fora.

Ele narrava, numa voz rouca por causa da tosse constante:

— A Lua tinha segredos, sabe? A Noite tinha inveja porque a Lua contou seus segredos só para os ventos, para as areias e para os mortos. A Noite pensou: "Se eu comer a Lua, ela vai se tornar parte de mim e isso será o mesmo que engolir os segredos dela. Se engolir os segredos dela, será o mesmo que absorver a beleza dela. Absorver a beleza dela será o mesmo que ter os ventos, os mares e os mortos me adorando."

— A Noite queria beleza? — perguntei. — Mas ela já tem as estrelas para embelezá-la. Ela ainda queria mais?

— Pois é, Lissy — respondeu ele, juntando as mãos no colo e meneando a cabeça. — Era assim que a Noite pensava em si mesma. Ela se sentou e bolou todo um plano na cabeça. E então ela contou ao Mundo: "Veja só, Mundo, se você me deixar devorar a Lua e os segredos e a beleza dela, então não voltarei mais para assombrar você. Deixarei você viver os seus dias sob a luz do Sol. Não haverá mais Noite. Mas eu quero a Lua e os segredos dela e você precisa me ajudar."

— Mas o Mundo precisa da luz da Lua — comentei. — O Mundo não pode entregar os segredos da Lua, isso seria péssimo!

— Ah! Mas o Mundo não queria mais saber da Noite — explicou meu pai. — Ele não queria a escuridão. Então ele respondeu: "Chamarei a Lua para esse lado, assim você pode tomar os segredos dela. E aí, desapareça, Noite! Vá embora e nos deixe em paz! Não quero mais a escuridão."

"Foi isso que o Mundo disse para a Noite. Mas o Sol ouviu os dois cochichando, veja só. Ele ouviu e não gostou dos sussurros. O Sol sabia que, se a Noite partisse, ele teria que ficar no céu durante todas as horas do dia. O Sol não queria isso. Era trabalho demais para ele, brilhar e brilhar o tempo todo. O Mundo chamava pela Lua. Então o Sol cochichou suas ideias com a Lua.

"O Sol deu seu brilho à Lua e disse: 'A Noite quer roubar você. Ela quer os seus segredos e a sua beleza. O Mundo está ajudando porque não quer mais ficar na escuridão. Este brilho que te dou agora não é um presente. Esta é a minha magia. Vai proteger você da Noite e do Mundo. Mas agora você vai ter que compartilhar o céu comigo o tempo inteiro. E às vezes eu me sentirei solitário mesmo de dia e você aparecerá e brilhará junto comigo.'

"Foi assim que a Lua ganhou o brilho que tem hoje. Mas ela ainda está triste com o Mundo, que se virou contra ela, então ela também se voltou contra ele. É por isso que, a qualquer momento em que a Lua está no céu, você olha para o alto e percebe que ela só mostra um lado de sua face. Ela mantém todos os seus segredos do outro lado, onde a Noite e o Mundo não podem vê-los. E, quando a Noite a devora, a Lua envenena suas entranhas e a Noite a cospe de volta no céu. É assim que as coisas são. A Lua nunca muda. É apenas o jeito como vemos as coisas que nos faz pensar que não é assim. É o ir e vir da Noite, entende?"

— Por que a Noite não para de devorar a Lua, se ela a envenena? — perguntei, inclinando-me para a frente, para melhor captar as palavras que pairavam no vazio entre nós. — Por que ela não perguntou pelos segredos? Por que ela não compartilhou sua beleza, assim como o Sol compartilhou seu brilho com a Lua?

— Por causa da ganância, minha Lissy. Foram a ganância e a esperança que a fizeram agir assim. E ela faz isso mais e mais e mais na esperança de que o veneno da Lua se acabe. A Noite continua. A Lua continua.

— E vai ser assim para sempre?

— Um dia, você e eu já vamos ter partido deste mundo, mas a Lua vai estar no Céu envenenando a noite e escondendo os seus segredos. Venha inverno ou verão, a Lua não vai mudar. É assim que as coisas são.

Assenti com a cabeça, espelhando o gesto dele, para mostrar que entendi. Ao perceber que suas palavras estavam gravadas, de alguma maneira, no meu coração, ele disse:

— Preciso dormir agora. Me chame quando o Sol sumir do céu. Vou precisar tomar um ar lá fora quando isso acontecer. Preciso te contar outra história. Me acorde antes que eu me esqueça, Lissy.

A gripe russa era impiedosa. Durante a noite, em silêncio, meu pai morreu. Acordei pela manhã e descobri que, apesar dos meus melhores esforços, não conseguia despertá-lo do sono. O vigário, que foi enviado para cumprir os ritos finais, disse que eu não precisava me preocupar, uma vez que agora meu pai se aquecia na glória de Deus.

— Ele canta com os anjos — disse ele.

Ele era um homem simples, meu pai. A morte, como uma vândala, o pegou desprevenido: ele tinha calculado mal a própria mortalidade, e seu perecimento o chocou. Quando chegou o fim, ele o lamentava com medo e amargura.

Diante desse fatídico desfecho, ele foi desperto por uma simples epifania: ele era o tipo de homem que media sua fortuna pelas horas trabalhadas e pela comida em sua mesa. Não havia nada mais que ele possuísse, nada mais a doar. A não ser pelo meu nome e pela minha pele, ele não tinha mais nada para me transmitir com a sua passagem.

Por isso, ele me chamou para perto e pela primeira vez me contou histórias de seu povo que ele tinha carregado na travessia dos mares.

Mas o sal do mar, a distância da África, essas coisas tinham alterado essas histórias. A fortuna dele, em sua totalidade, era uma história partida estragada pelo tempo e a promessa de que outra fosse contada.

Aquela história era um tipo de presente. Ao longo da minha infância, observei como a lua nascia e partia, surgindo e desaparecendo do céu. Então, fechava os olhos e imaginava meu pai sentado não muito longe de mim, numa cama rangente incapaz de acomodar suas longas pernas. Lá, sua tosse violenta preenchia o espaço entre nós; ele piscava para dispersar as lágrimas que se juntavam em seus olhos e pacientemente cantava as canções e os mitos dos quais tinha se esquecido.

Sinto falta dele, eu acho. Não me lembro dele o suficiente para dizer isso com convicção, mas acho que sinto saudades. Me parece correto começar a história inacabada de uma aventura com uma lembrança dele. Talvez seja decisivo que eu a tenha encontrado agora. Dada a viagem que se aproxima, parece certo me enamorar com os detalhes das minhas origens.

Além disso, sinto que preciso saber e entender precisamente quando e por que comecei a ter os sonhos com mãos e serpentes feitas de sombras.

Terça-feira, 23 de janeiro

Veja só, embora tenha sucedido como o resultado de várias tragédias profundas, tive a sorte de ter dois pais durante a mesma vida. Duas mães também, mas esse fato é mais contestável, uma vez que mal me lembro da mulher que me trouxe a este mundo.

Mas, voltando ao assunto em questão: uma vez, depois do meu aniversário de dezenove anos, perguntei ao meu segundo pai o motivo de ele ter me escolhido como filha. Foi assim que se deu: ele conhecia um homem que tinha um engenho de açúcar na Jamaica. Por meio desse homem, ele conheceu outro, que tinha nascido naquele mesmo engenho como um cativo.

O segundo homem, o escravizado, era o meu pai. O nome dele era Vintecinco porque ele nasceu em 1825. A mãe dele tinha sido separada de três filhos mais velhos antes de ter meu pai. Ela deu nomes grandiosos a eles. Ela não queria perder meu pai. E naquela época havia um rumor, um mito, distorcido das crenças africanas de que, se a criança recebesse um nome ruim, os ancestrais não a cobiçariam, então ela teria uma vida longa. Minha avó, desesperada o suficiente para ao menos suspeitar que os senhores de escravos e os ancestrais africanos poderiam ter perspectivas semelhantes em *alguns* pontos, deu ao meu pai um nome insensível. Funcionou. Eles moraram na mesma fazenda até ela morrer.

De qualquer maneira, meu pai gostava de contar histórias enquanto trabalhava nos campos. Às vezes ele contava histórias para os companheiros de cativeiro (depois da abolição eles passaram a ser chamados legalmente de aprendizes). Os escravizados da casa-grande repetiam as histórias uns para os outros. Um dia eles a repetiram para os ouvidos do meu segundo pai, que gostou do que ouviu e quis conhecer o homem que contou aquelas histórias em primeira mão. Daquele dia em diante, os dois homens, meus pais, se tornaram, de algum modo, conhecidos. Eram tão amistosos quanto um homem branco e um escravizado poderiam ser sem desrespeitar as convenções sociais.

Não sei o que o meu segundo pai via naquela fazenda; ele não falava, mas sei que sabia de alguma coisa que ainda não me contou. De qualquer jeito, uma tragédia se deu entre o momento em que eles se conheceram e o ano em que nasci. Seja lá o que foi, era tão profundo que, na época em que meu pai biológico morreu, quando ficou evidente que não tinha quem se responsabilizasse por mim, meu segundo pai, sem hesitar, reivindicou esse papel. O dinheiro pode ter feito as coisas acontecerem, não sei, honestamente não quero saber. Ele me ama.

Pouco depois da morte do meu primeiro pai, também ficou evidente que a gripe russa tinha me pegado. Não é algo de que me lembre. Na verdade, os detalhes das minhas origens são diversos fatos fragmentados. Mas meu pai contava que a doença crivou meu corpo com fraqueza, ataques de vômito, febres altas e outros horrores que minha mente fez questão de enterrar em seu âmago.

— Você era uma coisinha tão pequena. O vigário colocou você no orfanato por um tempo. As freiras temiam que você não estivesse mais nesse mundo. Você chamava pelo seu pai, estendendo as mãos, embora não pudesse tocá-lo. — Meu pai balançava a cabeça ao contar isso, como se a lembrança do episódio ainda lhe doesse. Então ele suspirou e prosseguiu: — A irmã Mary mandou me chamar. Ela mandou chamar o vigário também. Acho que ela temia pela sua alma.

Ele riu, jogando a cabeça para trás e secando com a mão uma lágrima que escorreu pelo rosto.

— Fui correndo e você não teria como saber disso, mas fiz minhas preces e a vida retornou às suas feições. Foi uma época esquisita. — Ele se reclinou na poltrona e entrelaçou os dedos no colo, e o contentamento de ter sido convocado pela piedade da irmã Mary desapareceu repentinamente do rosto dele. — Pela primeira vez, compreendi como a vida é efêmera — concluiu ele.

Eu queria me lembrar dos detalhes por conta própria. Agora acredito que eu, por ter testemunhado a morte do meu pai, por ter sido quase levada pela mesma doença, também devo ter compreendido a transitoriedade da vida. Talvez tenha entendido o significado dela, ainda que fugazmente. Mas o momento passou, minha epifania se perdeu e a mensagem foi desperdiçada.

Pouco depois da minha convalescência, meu pai e eu navegamos do Caribe para a Inglaterra. Eu na minha primeira viagem, ele de volta para casa. Aqui, onde poucos me fizeram sentir bem-vinda e ninguém me amava, foi onde meu pai conheceu e se apaixonou perdidamente pela filha de um fazendeiro pobre. Ela foi a primeira entre os conhecidos do meu pai a perguntar em voz alta se ele me amava como um bicho de estimação, como uma criada ou como uma filha.

A irmã Mary gostava de declarar que meu pai era uma alma caridosa. Ela gostava de dizer:

— Ele nunca encontrou uma criatura que não pudesse amar, e ninguém incapaz de retribuir o seu amor.

Depois que meu pai se casou com a filha do fazendeiro e então a levou para viajar pelo mundo e ver todas as maravilhas que desejava, foi a irmã Mary que revelou para mim, durante a nossa estada nas Índias, que talvez meu pai fosse gentil até demais.

— Não há uma gota de sangue de boa linhagem naquela mulher — disse ela e suspirou, como se lamentasse alguma tragédia que se abateu sobre ela. — O amor é uma coisa tola, digo a você, uma tolice, uma coisa tola.

Embora eu não conseguisse compreender muito a opinião dela, não ignorei que "aquela mulher" se referia a minha nova mãe. Eu era uma criança, as implicações da classe baixa do meu novo pai ainda não tinham ficado aparentes para mim. Eu o via como um homem rico que tinha me mostrado a maior gentileza que poderia ser demonstrada para uma criança órfã.

Ele não tinha me contado sobre as raízes dele como filho do dono da mercearia e do cheiro de trabalho braçal que acompanhava a fortuna que ganhou — como comerciante. Tudo o que eu tinha ouvido dele eram elogios aos frutos do trabalho duro, prontos para serem colhidos por qualquer um que não se importasse nem um pouco em suar. Segurando delicadamente uma xícara de chá, a irmã Mary murmurou as preocupações contidas em seu coração.

— Ela trata você bem? — perguntou ela quando seu poço de lamúrias se esvaziou.

— Trata — respondi ao entender que o assunto ainda era minha mãe.

— Ela ama você? — Os olhos inquiridores dela eram o bastante para me fazer calar de vergonha. Eu me envergonhei por mais tempo que o necessário, talvez. Pode ter sido por esse motivo que ela me resgatou no fim. — Não faz diferença. Se a situação chegou a esse ponto, o Sr. Miller deve ter sido sábio em sua escolha.

Honestamente, não entendi o que a irmã Mary queria dizer. Mas, como estava se tornando um hábito, silenciosamente percebi três coisas ao mesmo tempo. A primeira era que a irmã Mary nunca se referia ao meu pai como meu pai, sempre como o Sr. Miller. A segunda era que ela nunca falava de nenhum outro assunto que não fosse meu pai (ou coisas imediatamente relacionadas a ele). Por último, ela gostava de me lembrar da minha grande sorte por ter conseguido que o Sr. Miller se tornasse meu pai.

— Você acha que *ele* me ama? — perguntei a ela.

Por um instante, a irmã Mary pareceu ofendida. Então, após se recuperar, ela disse:

— Sim, sim. É claro que ele ama você. — Ela gesticulou a esmo para ilustrar a obviedade da resposta. — Mas o que isso tem a ver? Eu supervisionei a adoção de muitos órfãos. Acredite em mim quando digo que você está entre os sortudos. Você não encontraria um pai melhor que o Sr. Miller. *Isso* eu garanto.

Ela deu um gole no chá, cruzou as pernas e elogiou longamente a melhora da minha dicção.

— O Sr. Miller também melhorou. Ah, sim, ele foi obrigado — disse ela, balançando o indicador para reforçar o efeito. — Há esnobes em todo lugar. — Ela gesticulou um pouco mais. — Ele rapidamente recai em velhos hábitos quando não se mantém atento, mas ele se elevou bastante. A maneira como se expressa melhorou muito, os modos dele também. Olhando para ele agora, ninguém imaginaria as raízes humildes. Ah, sim, ele se tornou um cavalheiro bastante respeitável.

Balançando a cabeça pensativa, ela concluiu seu monólogo:

— Tome seu chá, querida. Beba antes que esfrie.

Tomei meu chá em silêncio e cumpri o papel de um público que ela apreciava entreter. Quando o chá terminou e suas histórias acabaram, ela me devolveu aos meus pais.

Quarta-feira, 25 de fevereiro

POR CAUSA DAS REVELAÇÕES DA IRMÃ MARY, minha jornada de volta à Inglaterra foi preenchida por uma curiosidade melancólica. Embora eu fosse uma criança, percebi que a composição da minha família inspirava uma curiosidade peculiar nas pessoas que nos observavam. As pessoas gostavam de apontar para nós e sussurrar entre si. E por isso não posso dizer, sem ironia ou equívoco, que a Inglaterra é o meu lar. Tenho me sentido como imagino que uma visitante se sentiria: que meu tempo aqui terminará e viajarei de volta para casa.

Meu pai e eu uma vez viajamos para o Japão. Eu consumia toda aquela beleza em grandes goles, com avidez, porque sabia que meu tempo lá em breve acabaria. E, quando pensava em casa, era algum lugar disforme e ainda por florescer na minha cabeça.

Durante vinte e dois anos na Inglaterra eu me senti como no Japão. Esse lugar não é o meu lugar. Nunca poderá ser. Isso é o que digo à minha mãe quando ela me pergunta pela minha obsessão incomum pelo mundo. Só hoje ela me disse: "Como você pode se sentir em casa quando nunca está aqui? Você não se permite estar em casa."

Veja bem, minha mãe não quer que eu vá para a África. De acordo com ela, já vi muitos cantos do mundo. França, Espanha, Itália, as Américas, parte da Ásia, as ilhas do Caribe e nosso pequeno pedaço *desta* ilha — essa é a ideia que minha mãe tem de mundo. Tendo desbravado apenas os territórios anglófonos dessa lista, ela concluiu que o restante é estrangeiro demais para o interesse dela.

— Sinto terrivelmente a sua falta quando você viaja — disse ela. — Por favor, reconsidere.

Nós nos sentamos na sala de estar lado a lado, observando os estragos feitos pelo inverno. As janelas espiavam os campos congelados, que estavam cobertos de infertilidade. Os lírios e as rosas do verão tinham murchado, rendendo-se à mudança de estação, o lago — onde aprendi a nadar quando criança — tinha se aquietado sob a imobilidade de um lençol gelado e o salgueiro, embaixo do qual minha mãe gostava de rascunhar suas tristes paisagens, estava despido de folhas e frutos. Observando a cena, fui lembrada de quanto passei a detestar o frio deste lugar. O sol gosta de se esconder e o céu gosta de cismar; e, no frio, meu humor se torna sombrio.

— Não sou feliz aqui — admiti para minha mãe.

Ela olhou como se eu tivesse apunhalado seu coração e depois dançado sobre sua sepultura. Ela manteve a mão direita sobre o peito e, tão suave quanto o vento, um arquejo escapou de seus lábios. Desviei meus olhos dos dela.

— Não tenho a intenção de partir seu coração, mãe. Mas preciso ir. — Eu me arrisquei a olhar novamente para ela.

Minha mãe balançou a cabeça, então a baixou.

— Sabe, às vezes acho que você faz isso para partir o meu coração. Qual foi o meu crime que faz você sempre desejar desesperadamente fugir de mim? Não fui uma boa mãe para você?

Olhei para ela. Esperei até ter certeza de que minhas lágrimas não iam escorrer. Enfim, me sentindo calma, eu disse:

— Eu sei que você me ama.

Considerei minhas próximas palavras por um longo instante. Eu queria ter dito: "Mas às vezes não tem sido o suficiente." No entanto, sabia que não podia dizer isso. Seria cruel. Então, em silêncio, formei um argumento que ela poderia apreciar pelo sentimentalismo, pelo que ela chamaria de fruto da minha alma de poeta.

— Às vezes me lembro da casa onde morei com o meu pai. Mas às vezes não. Nesses momentos me pergunto se as memórias que tenho são verdadeiras, ou que as tenho imaginado ao longo dos anos. Essa é a razão pela qual tenho voltado ao Caribe tantas vezes. Tenho necessidade de construir minha própria realidade, confirmá-la, saber que, embora o meu lugar seja com vocês, também pertenci àquela pequena cabana quebrada. Vocês me deram acesso ao restante do mundo, a lugares totalmente desconectados de mim, lugares que não deram origem a nada em mim e não me deram nada. Se o meu mundo... meu mundo, minha mente e meu coração... se é para estar completa, preciso começar por onde tudo começou. E começou na África. Como você pode me permitir todo o resto e não a África?

Minha mãe balançou a cabeça e vi as lágrimas caírem de seus olhos em suas mãos apertadas.

— Eu não neguei a África a você, assim como todos os outros lugares onde você esteve nunca foram meus para eu te dar. Nunca concordei com essa loucura. Foi seu pai quem fez isso. Você sempre fez como quis, vagando por aí sem acompanhante, ignorando todos os perigos... uma jovem sozinha no mundo. Você nunca perguntou antes. Por que pedir agora?

A resposta era simples para mim. Pude dá-la rapidamente.

— Porque dessa vez preciso da sua bênção. Não quero que a minha jornada seja contaminada pelo seu sofrimento. E sinto que, indo até lá, estou traindo você e o pai. Dessa vez preciso que você me dê a sua bênção.

— Se eu não autorizar, você não vai?

— Não.

— Está sendo sincera?

— Estou.

— De verdade?

— Sim.

— Mas por que ir? Você pode sentir que este lugar não é o seu lar, mas eu sou a sua mãe. Certamente você nunca duvidou *disso*.

Fiquei em silêncio. Desde a época em que ela se tornou minha mãe, duvidei disso muitas vezes. A irmã Mary, talvez sem a intenção, tinha plantado a semente e os estranhos apontando e cochichando a haviam regado. Ou talvez as circunstâncias da nossa família fossem as verdadeiras culpadas, ou minha tendência natural à melancolia, ou, como minha mãe observou de modo certeiro, eu não tinha me permitido aceitar minha casa como um lar. Qualquer uma dessas poderia ser a razão, ou nenhuma delas. No fim, de qualquer maneira, não importa. A semente foi plantada e nada poderia ser feito para impedir que ela florescesse.

Fiquei calada, porque, conforme nosso desconforto progredia, eu me perguntava se ela quis ter filhos biológicos, que pertenceriam a ela desde o nascimento, com olhos e cabelos e pele feito os dela.

Contudo, mais uma vez, não pude perguntar essas coisas. Seriam cruéis. Mesmo no meu desespero eu não conseguia invocar a infertilidade dela como uma vantagem para mim. Era uma mulher gentil, minha mãe, e amável. Ela nunca dirá, e eu nunca poderei perguntar essas coisas. Então dançávamos suavemente a dança do engodo, falando infalivelmente apenas palavras bondosas, inverdades, tricotando lentamente uma teia de amor corrompida, elaborada e incompleta.

— Nunca duvidei da sua devoção por mim — eu finalmente disse.

Eu via a saudade nos olhos dela. E, quando ela falou, imaginei também tê-la ouvido na voz dela.

— Por favor, prometa que vai voltar, Alisa.

— Eu vou. Prometo que vou voltar.

Em silêncio, continuamos observando a desolação lá fora.

Para dizer a verdade, não sei se estou feliz por ela me deixar ir. Mas, finalmente, o *Cisne Negro* está zarpando para a África. Estou indo para a África!

Quinta-feira, 31 de janeiro

ACREDITO QUE DEDIQUEI BASTANTE TEMPO ao mistério do rascunho no qual rabisquei o início de uma narrativa de aventura; acredito que resolvi.

Acho que devo ter começado esse conto pela seguinte razão: eu queria narrar os infortúnios de uma princesa mítica que, por ter sido uma criança adoentada sob os cuidados do pai, aprende sobre uma inimizade antiga entre a Noite e a Lua. A descoberta a estimula a velejar até a lua, pois ela acredita que lá, nos segredos sepultados no lado escuro, pode desenterrar a cura para sua doença. Por alguma magia benevolente, essa princesa, a quem vou chamar de Emilia, se aproxima dos antigos povos que vivem lá.

Em contrapartida, posso me render à vaidade de lhe dar o nome de Alisa (uma vez que ninguém nunca vai ler esses contos). Posso até escurecer a pele dela e fazer com que a linguagem dela seja estrangeira. Quem se importaria? Quem não ligaria? De qualquer maneira, concluí que essa era a razão.

Se meu pai tivesse me contado mais histórias, eu poderia tê-las registrado. Mas, infelizmente, ele só me legou essa. Vou preservá-la.

Diário da Srta. Alisa Miller:
[muito provavelmente 1912]

[Entrada do diário com um trecho perdido]
[Data exata desconhecida]

VI UMA COISA MUITO BONITA HOJE. Temos navegado muito perto da costa da África Ocidental controlada pela França. De repente, formou-se uma algazarra quando alguém, não sei quem, avistou um golfinho ao nosso lado e rapidamente chamou todo mundo para vir e admirar a vista.

No fim, era um grupo de golfinhos, seis ou sete no total, e eles nadavam como se perseguissem o navio. Alguns pulavam brevemente no ar, então mergulhavam de volta para a segurança do mar. Isso causava outra algazarra de empolgação entre nós. Batíamos palmas, e gritávamos, e chamávamos mais gente. No fim das contas, era uma coisa muito bonita.

Então, por volta do meio-dia, mais alguém viu água espirrando ao longe. Acho que naquele momento todos nós estávamos mais que desesperados para ver algo mais que nos animasse. Talvez esperançoso até demais, o Sr. Brown sugeriu que o espirro foi provocado por uma baleia. Poderia apostar a vida nisso, ele disse. A lógica sugeria que o espirro não foi causado pela baleia. Primeiro, era muito pequeno. Segundo, as baleias são conhecidas por pular na água assim como os golfinhos? Elas são capazes de suportar o próprio peso com eficiência? Suponho que o Sr. Brown, como o restante de nós, naquele ponto estava ansioso para se encantar ainda mais pelas maravilhas do mar.

Penso que estamos viajando há muito tempo. Sei disso porque a intervenção da Sra. Brown não foi o suficiente para nos salvar de um debate sobre o golfinho que poderia ou não ser um golfinho. O Sr. Brown rapidamente lembrou a todos que ele era um homem instruído. Quando ninguém reforçou nem rejeitou essa afirmação, ele logo acrescentou que tinha sido incluído no círculo íntimo de Charles Darwin pelo próprio homem.

— A natureza me é familiar como as escrituras sagradas são para um padre — disse ele. Ninguém teve coragem de competir com esse tipo de confiança.

Devo admitir que gostaria que o Sr. Brown tivesse razão. Talvez, se visse uma baleia, eu me divertiria com meu papel de autointitulada cronista. No entanto, antes dos golfinhos nos encontrarem, tínhamos nos acomodado numa espécie de monotonia melancólica, o tipo de melancolia que faz muito pouco para inspirar a poesia. Concluí que minha mãe pode estar certa afinal. Com a exceção de um grupo de golfinhos ou de alguns peixes raros que eu não conhecia, não há nada de novo para eu descobrir nessas viagens.

Tenho viajado há muito tempo, a maior parte da minha vida. Nesta viagem sozinha, tenho reparado na curva de cada onda, em cada tempestade e mudança de curso do navio, e cada estrela que salpica o céu enquanto navegamos para o sul. Se a luz de uma lanterna piscasse o mais suavemente ou se as gotas de alguma torrente caíssem inclinadas (levemente) à direita ou à esquerda, tenho certeza de que registrei isso. Eu me desiludi com as novidades da viagem.

Se eu encarasse o horizonte e cantasse que não existe beleza maior, então nenhuma ode poderia ser mais falsa. Em toda a sua glória, o mar não me impressiona mais, e acho a beleza do horizonte tão comum como qualquer costa ou pavão ou floresta que já vi. Voltei a atenção para frivolidades tais como lamentar a escolha infeliz de vestido de uma companheira de viagem, ou o terno desgastado que não combina com a compleição do sujeito que o envergou. A primeira tragédia é da Sra. Brown. A pobre mulher está há anos tentando se aproximar da moda. Isso já é lamentável o suficiente por si só, mas ela tem sido ambiciosa o bastante para tentar infligir o mesmo destino ao marido.

Ouvi comentários de que para o jantar da noite passada ela escolheu um vestido vermelho que, infelizmente, se assemelhava fortemente a sua compleição. Se a tragédia se aproximava de ser tão catastrófica quanto a atrocidade da cor de ameixa usada por ela no último domingo, talvez tenha sido melhor eu não ter testemunhado esse episódio mais recente. Eu poderia ter me esquecido das minhas boas maneiras e rido. Tal é a inutilidade da minha vida: eu me rebaixei à mesquinharia.

Para interromper a monotonia, eu poderia me jogar no mar. Meu resgate (ou minha morte, dependendo do meu destino) daria aos meus companheiros de viagem alguma trégua. Imagino que o escândalo de um quase afogamento poderia ser o evento que catalisaria minha adiada apresentação à sociedade. Entretanto, me pergunto, no caso do meu resgate, quem seria o tolo a desempenhar o papel de meu herói? Quem arriscaria a própria vida para salvar a minha? E tal herói, inegavelmente tolo, inspiraria seu próprio salvador a continuar com essa progressão interminável de tolices?

Eu me sinto tentada a considerar o plano com seriedade, se ao menos soubesse precisamente qual seria o resultado. Ainda que o episódio possa terminar em tragédia, também poderá ajudar a conseguir um amigo, uma alma gentil que exercite sua piedade.

Eu daria risada se isso não me pesasse tanto na alma. Veja bem, meus companheiros de viagem decidiram esquecer que estou neste navio com eles. E, devo dizer, se o navio não pertencesse ao meu pai, a presença deles não seria necessária. Duvido que eles teriam me permitido embarcar, para começo de conversa — tal é a profundidade das ironias que me assolam. Eu realmente já deveria ter me acostumado com esse tipo de coisa a essa altura. Por um motivo ou outro, é doloroso toda vez que acontece. Estranhamente, às vezes ainda me choca porque nunca espero por isso. O que posso dizer? Sou uma alma esperançosa.

Portanto, retomando o assunto, devo reconhecer que a monotonia do mar não é o único motivo da minha tristeza. Seria uma história contada pela metade. Como um cometa atado ao sol, parece que mais uma vez me encontro numa tragédia que eu mesma inventei. O azul do mar, sua vastidão absoluta, provavelmente tem me mantido sã.

[Um lembrete para mim, anotação feita em 27 de março. Isso é algo sobre o qual preciso refletir numa entrada posterior.] Não tive nenhum sonho com sombras desde que comecei a viagem.

Terça-feira, 26 de março

O RAIAR DE UM NOVO DIA de alguma forma espantou minha apatia, minha tristeza. Estou contente de escrever, com o renovado ânimo pelo esplendor do vasto mar azul, pelas chuvas inclinadas ou pelas luzes pálidas piscantes. Veja bem, na última quinzena eu representei uma rebelião contra minha letargia.

Por volta da hora do jantar, me vesti como uma dama o faria para esse compromisso e me apresentei à mesa. Fiz isso com esperança. Fiz isso inutilmente. Quando entrei, o salão ficou silencioso de repente. Não sei mais como explicar isso além de ter percebido a reação de todos os rostos ao redor da mesa como rejeição. Eu me senti como um animal exótico que escapou da gaiola para se misturar com seus tratadores.

Os tratadores de animais, descobrindo que eles preferiam o exotismo de um animal quando ele estava a uma distância segura deles, da qual podiam cutucar e se surpreender e ridicularizar o bicho sem o menor risco de serem contaminados por ele, por sua selvageria, foram ligeiros em restabelecer o equilíbrio. O primeiro a fazer isso foi o Sr. Brown, que usava um terno com caimento péssimo que exagerava enormemente sua magreza.

— Que... que curioso vê-la aqui, Srta. Miller — disse ele, com a hesitação detendo seu discurso.

— E que prazer é estar aqui — respondi.

Talvez por medo de que o Sr. Brown fracassasse em expressar explicitamente que eu não era bem-vinda entre companhias tão bem-educadas, a Sra. Windsor foi ligeira em assumir a deixa.

— Ó, querida, acredito que não tenham colocado lugares suficientes à mesa.

Para rescindir qualquer oferta que eu acreditasse ter sido feita a mim futuramente, ela prosseguiu me lembrando de que minha relação com meu pai não contempla laços de sangue. O que eu poderia dizer depois disso? O que ela disse é verdade. Não havia mais o que dizer. Voltei para minha cabine.

Em momentos como esse, acho o poder do mar, a finalidade que ele oferece, muito atraente. Quem me dera houvesse um feitiço ou uma oração que eu pudesse dizer para lavar a escuridão da minha pele de uma vez por todas. Se eu não fosse como sou, preta como sou, ninguém poderia presumir minha história. Ninguém poderia, ao simplesmente olhar para mim, presumir que minha família foi costurada a partir dos sintomas de uma doença, os remanescentes da escravidão, ou, ainda mais simples, a transitoriedade da vida.

Se eu não fosse quem sou, eles não poderiam ver com tanta facilidade a evidência das tragédias que herdei dos meus ancestrais. Mas sou preta e essa história está costurada ao meu sangue. Marca minha pele. Sou descendente de escravizados e escravizados libertos, uma filha da escravidão, salva do cativeiro pela sorte e pela transitoriedade da vida.

E *é* essa história curta, que começa bem no meio de si mesma, como se a história das pessoas pudesse começar sem um começo adequado, sem um lugar de origem. Entretanto, as pessoas gostam de ignorar nuances inconvenientes.

Do mesmo modo, o Império Britânico não gosta de falar sobre seu papel na proliferação do tráfico escravagista. Contudo, gosta de falar sobre o papel que desempenhou em seu término. É assim que as coisas são: algumas histórias começam pelo meio porque ninguém quer ouvir o início. Elas podem ser contadas rapidamente porque ninguém quer conhecer os detalhes. Às vezes, tudo o que importa é a conclusão.

"Como libertar um povo", ou "Por que todas as pessoas merecem dignidade ou liberdade", uma história pode começar assim, sem narrar antes os motivos pelos quais as pessoas precisam de libertação. Ah, mas toda criança herda a história dos pais. Herda a história do mundo em sua inteireza. Todos recebemos o fardo daquilo que nos precedeu. Tudo o que aconteceu moldou o mundo de alguma forma. Estamos todos acorrentados a um mundo mais amplo, ao passado e às suas consequências. É isso que o mundo é: uma série de vidas se decompondo lentamente até se tornarem história. Não temos como escapar disso.

Minha história começou antes do início, mas hoje a Sra. Windsor e seus comparsas narraram apenas o passado que eles conhecem. Eles o fizeram com um nível de intimidade que não lhes deveria ser permitido. Embora não me conheçam, também é verdade que me conhecem. Eles podem dizer: "Alisa Miller não é filha do pai dela. Por misericórdia, ele a salvou de alguma tragédia caribenha. Que homem gentil ele é." Tudo o que eles têm que fazer é olhar para mim e ver que carrego o sangue de pessoas escravizadas, não sou uma filha ou uma mulher.

É verdade. Sou essas coisas que eles veem. E, se eu ficasse de pé atrás de uma cortina e recitasse, com toda a fluência que minha governanta me ensinou, cada lamento cantado por Keats e Shakespeare, aqueles meus companheiros poderiam se derramar em elogios. Se eu falasse sobre o universo, como desvelado por Copérnico, Kepler e Galileu, eles também poderiam apreciar isso. Mas, se a cortina caísse e minha pele fosse revelada, eles elogiariam ou renunciariam a esses tesouros por considerá-los contaminados porque alguém como eu ousou tocá-los?

Admito que essas futilidades com frequência alimentam minha melancolia. Mas, conforme nos aproximamos da África, torna-se necessário considerar a possibilidade de outro fracasso na minha busca por um lar. Devo me perguntar: quem espera por mim nos litorais africanos? Encontrarei as bestas meio demoníacas, meio infantis lamentadas por Rudyard Kipling? Ou encontrarei pessoas como meu pai, pessoas que contam sua fortuna de acordo com o que dão ao solo e aquilo o solo lhes dá para comer?

Não quero ser derrotada outra vez. Não quero fracassar. Decidi que, se for esse o caso, primeiro devo concluir que Rudyard Kipling estava errado. Do contrário, seria admitir que a derrota está moldada antes de morrer e meu destino está revelado. Tenho que acreditar que meus ancestrais viveram como entidades mais sencientes que escravizados, como seres incluídos na proposta de Darwin, de origens comuns que se diferenciaram como resultado da necessidade ou da sobrevivência e apenas isso.

O presente da minha pele é exatamente isso: um presente. Não posso trocá-la. Não posso devolvê-la a qualquer divindade que me criou. E estou aprendendo que não posso odiá-la. O mundo já faz isso muito bem.

Por essa simples razão, minha tristeza e apatia se afastaram de mim de alguma forma. Estou contente de escrever outra vez sobre o esplendor e a vastidão do mar azul, sobre qualquer chuva inclinada ou luz pálida piscante.

Quinta-feira, 28 de março

DANDO CONTINUIDADE ÀS MINHAS REFLEXÕES RECENTES e dadas as minhas experiências passadas, na Inglaterra e em todos os outros lugares para onde viajei, cheguei a uma conclusão bastante peculiar. Bem, digo "peculiar", mas na verdade o mais curioso é que não cheguei a essa conclusão antes. Primeiro e mais importante: acredito que meus companheiros de viagem pensam que sou menos britânica do que eles. Isso é verdade, eles não estão errados. Afinal de contas, nunca me senti em casa na Inglaterra. No entanto, ainda que esse seja o caso, isso não vale nada, pois essas pessoas não sabem desse fato ao meu respeito. Com base em que eles decidem a questão da minha identidade?

Entediada como tenho andado, resolvi imediatamente que essa era uma crise muito profunda, que preciso cuidar dela o mais rápida e cuidadosamente possível. Agora que tudo está dito e feito, fico triste ao afirmar que não será um relato empolgante. Pelo contrário, tem sido decepcionante descobrir que a análise foi, na verdade, totalmente desnecessária, uma vez que a sequência de eventos que me trouxe até aqui é óbvia. Tudo o que eu precisava era seguir a famigerada trilha de migalhas de pão e aqui está ela:

Ontem me percebi muito fascinada por uma nuvem com uma forma esquisita, tal é a dimensão da minha solidão. (Embora eu não devesse exagerar tanto. Vale a pena mencionar que minha solidão não é total, uma vez que, por lealdade ao meu pai, o capitão Anders mantém certa convivência comigo. Ele fala alegremente da mãe, com modéstia do pai. E, como um crédito adicional ao capitão, ele ainda não sentiu necessidade de me recordar da minha raça. Devo ser justa com ele, mas admito que a companhia dele é limitada. Ele não ousa impor minha presença ao restante do navio. A cortesia dele não se estende a coisas simples como insistir que eu jante com os demais viajantes. Mas estou divagando.)

De qualquer maneira, era uma manhã tediosa e resolvi dar uma caminhada pelo convés. Parei por um instante para inspecionar a nuvem, quando repentinamente vi que não estava mais só.

— Posso me juntar à senhora? — disse um homem. Pensei que ele estivesse se dirigindo a outra pessoa, então olhei em volta. Percebi a confusão nos olhos dele. Depois, ele comentou que achou estranha minha dúvida no interesse dele de falar comigo.

— O senhor não tem medo da minha lepra? — A confusão nos olhos dele se intensificou diante da pergunta. Então continuei: — Todo mundo neste navio foi alertado sobre a minha doença, veja bem, eles mantêm distância para preservar a saúde. — Dei um sorriso, acho, pois ele sorriu. — O senhor é bem-vindo para se juntar a mim — eu disse estendendo a mão.

— Sr. Iuri Ivanov — respondeu ele, apertando minha mão e me cumprimentando. — É a Srta. Alisa Miller?

— Se não é lepra, qual doença os rumores me atribuem?

— Apenas sua... hum... singularidade. — Ele pigarreou, demonstrando desconforto.

— Suponho que o senhor tenha vindo ver a estranheza por conta própria — respondi, aparentemente chocando-o pela terceira vez.

Quando se recuperou, ele retirou o chapéu, segurou-o junto ao peito e recomeçou:

— Não tive a intenção de ofender. Eu só queria... como se diz? — Visivelmente frustrado pela falta de eloquência, ele procurou em algum dialeto do Império Russo e em francês. Uma vez que encontrou a palavra que lhe escapava, disse — A senhorita é muito... hum... mencionada, mas não é fácil vê-la. Mas agora vejo que a palavra lepra é... exagerada. É sua língua afiada que se deve temer. — Ele fez esse último comentário com um sorriso hesitante.

Meu sorriso se abriu um pouco mais.

— O que o assusta mais: a lepra ou a língua afiada?

— A língua — disse ele com simplicidade.

— Bem, então vou controlá-la.

Depois que exaurimos as cordialidades esperadas, nos sentamos em um banco e conversamos honestamente, tocando em assuntos familiares e educados com entusiasmo. Como o capitão, o Sr. Ivanov falava alegremente dos pais, que ainda vivem no Império Russo e com o mais firme patriotismo. A monotonia da manhã rapidamente se derreteu.

Conforme o Sr. Ivanov e eu demos seguimento a outras cortesias, percebi algo a respeito dele. Primeiro, sua fala é bem carregada pelo sotaque de sua língua materna. Segundo, ele precisa de explicações para a maioria das palavras em cada frase. Mas, ainda assim, ele é considerado mais britânico que eu. Qual é a diferença entre nós dois?

Perguntei a ele:

— Há quanto tempo o senhor é britânico?

Ele admirou as ondas até eu acreditar que ele não responderia mais. Então, disse:

— Não faz muito tempo. Mas é tempo demais — limitou-se a dizer, e pensei que seria descortês cutucar mais.

Apesar de todas as outras curiosidades que eu tinha a respeito dele, decidi que ele é um homem gentil. Sem dúvidas, meus pais encontrariam alguma falha a ser corrigida; não o sotaque óbvio ou a família pobre, mas algo além disso, como as inclinações políticas diferentes. Quando o encontrei naquela tarde, ele falou longamente sobre as vantagens de uma Irlanda independente e de uma Rússia que não fosse governada pela monarquia. Certamente, a melhor parte da conversa ficou por conta da luta dele com a língua inglesa. "Como se fala isso?", perguntava com frequência.

Vou tentar em russo e ver se o ritmo melhora. Pode ser que as ideias políticas dele não sejam tão estranhas. Pode-se ter esperança.

Ele riu quando contei o propósito da minha jornada.

— A senhorita... hum... quer entender suas raízes num lugar que seus pais nunca viram?

E então, mais uma vez, me vi explicando minha necessidade de viagens.

— Sim, eu nasci nas Índias Ocidentais, mas nunca foi um lar. Eu era criança quando fui embora. Ainda que tenha me tornado britânica a partir daquele momento, eu tinha consciência suficiente das minhas origens para pensar na Inglaterra como um lugar estrangeiro: também nunca foi um lar. Penso que, no fim, eu amava o Caribe simplesmente porque nasci lá e meus pais nasceram e foram enterrados lá. Mas também me ressinto de lá, uma vez que, pelas regras do colonialismo, a Jamaica é uma extensão do Império Britânico. Foi sob o Império Britânico que meus pais nasceram escravizados e morreram na miséria. Além disso, a minha experiência na Inglaterra nunca foi agradável. Não conseguia amar aquele lugar. — Dei uma risada nervosa. — Pareço uma tola, não é?

O Sr. Ivanov não respondeu de imediato; em vez disso, fez outra pergunta.

— A senhorita foi para as Índias desde que... se tornou inglesa?

— Fui. Várias vezes. Estive em todas as ilhas do Caribe, especialmente na Jamaica.

O Sr. Ivanov fez que sim.

— O que esperava ganhar indo até lá?

Então ele elaborou seu raciocínio, explicando que um médico pode matar um paciente não por maldade, mas na tentativa de livrar um homem de uma doença ainda mais vil que a ação do doutor. Então, qual era o propósito das minhas ações? Qual resultado fundamental eu esperava obter ao retornar à Jamaica, e o que eu esperava alcançar com a minha passagem pela África?

Dei a mesma resposta usada com meus pais.

— Não sei. Talvez, quando atingir esse objetivo, eu saiba. Não alcancei nada com minhas visitas às Índias, mas a África, o berço de tantos como eu, é uma contingência razoável. Penso que na África finalmente vou entender seja lá o que há para compreender. Minha eloquência está falhando agora, mas sinto que estou me aproximando de um desfecho. Vim longe demais para simplesmente fracassar. — Olhei para ele dando um sorriso nervoso. Procurei por esperança em seus olhos, e enfim perguntei outra vez: — O senhor pensa que sou uma tola, não é?

O Sr. Ivanov não riu, como eu esperava. Em vez disso ele me chamou de corajosa, então sorriu e enfim me chamou de tola.

— Mas tolice e coragem são a mesma coisa, sempre me disseram — concluiu ele, com uma expressão gentil no rosto.

— Acredito que sejam — concordei.

Depois disso, ele assentiu com a cabeça, e continuamos com as cortesias e os assuntos fáceis: as ondas que nos levam para o sul, a beleza da música, o mistério da morte e outras coisas desconhecidas e, finalmente, a atração que a África exerce. Ele falou com uma eloquência entusiasmada de suas excursões como naturalista. E, uma hora depois, eu tinha me esquecido do meu desejo de me jogar no mar.

[Entrada do diário com um trecho perdido]

[Data exata desconhecida]

O VENTO RECUPEROU O RITMO. As velas se enfunaram por completo e nosso ritmo melhorou. Para minha agradável surpresa, pode-se dizer o mesmo do domínio que o Sr. Ivanov tem do inglês. Nossas conversas têm oscilado da cortesia para marés mais estranhas. Ele hesita menos ao falar e enfatiza suas filosofias esquisitas sem ambiguidade.

Desde então entendi que não são só as ideias políticas dele que provocam sobrancelhas levantadas e zombarias. A opinião dele sobre a origem da nossa espécie é bem mais interessante. Segundo ele, os símios africanos têm mais chances de oferecer perspectivas sobre os anos que a humanidade passou no Jardim do Éden. A proposta alternativa de símios franceses ou asiáticos é absurda. Ele bateu com sua bengala no chão e apontou para o sudoeste, onde está a costa ocidental da África.

— Foi lá onde o mundo começou. Até Darwin disse isso.

— Então foi na África onde o mundo começou, não no Éden?

— O Éden é a África.

— O que os seus colegas pensam sobre isso? Seu sacerdote, seus pais tão amados. O que eles acham de um Adão e de uma Eva africanos?

Ele respondeu que nem os pais dele nem seu sacerdote tinham examinado os ossos de símios extintos, portanto não poderiam oferecer uma análise digna de confiança. Em certo sentido, ele disse, essa era uma jornada em direção ao lar para todos nós, porque todos nós nos espalhamos a partir da África para povoar o mundo.

Além disso, prosseguiu ele, a opinião pública como um todo não importa em relação a esse tema. A verdade não precisa ser provada. Essa era a verdade. Sim, algumas pessoas poderiam contestá-la e fariam isso. Uma pessoa pode rejeitar uma filosofia, mas isso não anula a filosofia, só significa que nossa compreensão do mundo é diferente, assim como as muitas partes e povos que formam o mundo. Durante séculos a humanidade acreditou que a Terra era o centro da nossa galáxia, não o Sol. Isso não mudou os fatos, só significava que precisávamos que alguém como Copérnico surgisse e nos elucidasse. A verdade vem facilmente para alguns, não para outros. *Essa* é outra verdade, afirmou ele.

Ele apontou para o público crescente de pessoas que passavam por nós boquiabertas. Sem dúvida, lamentavam o envolvimento de um homem promissor, ainda que peculiar, como o Sr. Iuri Ivanov, nesse tipo de escândalo.

— Observe essas pessoas, sem dúvida elas têm histórias prontas sobre nós. Entre essas histórias pode haver algo próximo da verdade, que é: eis dois viajantes solitários que se aproximaram um do outro. No entanto, todo o resto estará bem longe disso. Não importa o que digam. E, durante todo o tempo, elas nunca saberão que estão erradas. Podem dizer coisas escabrosas sobre nós, ou não. Podem acreditar nessas coisas, essas coisas podem nos assombrar para sempre. Entretanto, elas podem dizer coisas gentis.

Fiquei feliz de ouvir o que ele tinha a dizer sobre a África. Não acho que concordo com tudo o que ele disse (minha compreensão do tema é tão limitada), mas as ideias dele são estranhamente fascinantes. Não seria impressionante descobrir que toda a humanidade, de fato, se espalhou pelo mundo saindo da África? Ah, mas por que nós fomos embora? O que nos exilou de lá? Por que precisamos nos refugiar *longe* da África?

Ah, isso é de fato fascinante!

[Entrada do diário com um trecho perdido]

[Data exata desconhecida]

... A BÍBLIA QUE MINHA MÃE me deu.

Em uma nota totalmente não relacionada, preciso me lembrar de agradecer a um homem chamado Abram van Zijl por sua gentileza. Foi esse holandês quem adotou o Sr. Ivanov como uma espécie de aluno. Ele é o tutor responsável pela melhora na dicção do Sr. Ivanov.

Ele é outro tipo estranho, Abram van Zijl. Quando ele fala da África do Sul, de sua viagem, ele fala de uma "jornada em busca do lar". Pelo meu entendimento da identidade africana, não tenho certeza se posso me referir a ele como africano. Ele nasceu em Amsterdã. O pai dele é holandês e a mãe é inglesa. Mas ele passou toda a vida adulta no cabo da Boa Esperança, onde produz e vende vinho. Ele tem cidadania sul-africana. Portanto, apesar do nome e do país de origem, ele *é* sul-africano. Como diria o Sr. Ivanov, o Sr. van Zijl é um tolo corajoso.

O Sr. van Zijl se limita a esboçar um sorriso quando questionado sobre o confuso emaranhado de sua identidade.

— Eu pertenço ao mundo — disse ele.

Naquele momento, um pôr do sol esplêndido incendiava o céu ao oeste e éramos obrigados a apreciá-lo.

— Olhem lá — disse o Sr. van Zijl e apontou, retirando o chapéu e indicando o céu. — É impressionante como as listras douradas fluem suavemente em alguns lugares e pesadas nos outros, e a orbe se pondo ilumina tudo. — Até eu tive que admitir que essa análise do crepúsculo era certamente excessiva e desnecessária.

Com sorte, e como tenho percebido, há outras características que, para alguém como eu, o tornam uma pessoa incrivelmente interessante. Em resumo, eu invejo o Sr. van Zijl. Ele é capaz de explicar os detalhes de sua genealogia com conhecimento íntimo. Eu, por minha vez, não sei dizer se meu povo veio de um lugar ou de outro. Só sei que eles provavelmente descendem da África Ocidental. Mas a África Ocidental é imensa; tão imensa, na verdade, que, quando as nações europeias se encontraram em Berlim para dividir os recursos, mais de doze países foram criados nessa região.

Meus pais são ingleses, então posso dizer com algum senso de lealdade a eles, se me obrigarem, que sou britânica. Como obtive essa identidade pela metade por causa dos meus pais, então posso reivindicá-la como súdita do Império Britânico, nos territórios da Nigéria, nas ilhas Ellice, em Nova Gales do Sul e em todos os outros lugares que só me são familiares pelas páginas dos livros?

Esse tipo de coisa não incomoda o Sr. van Zijl. Pertencer ao mundo parece simples para ele, algo que ele escolheu para si. Eu me pergunto: será que as liberdades dele são garantidas pela sua pele, aquela pele que me foi negada pelas circunstâncias dos meus ancestrais? Se é assim, seriam as mesmas liberdades, como uma extensão do meu nascimento, negadas para mim? Mas, se elas forem garantidas apenas pela forma como ele pensa, então é algo que posso alcançar e devo buscar.

Hoje, o Sr. Ivanov nos salvou de mais poesia sobre o pôr do sol.

— A Escola Sul-Africana de Minas e Tecnologia tem um naturalista residente, não?

Ele está indo para lá. Tem a esperança de que exista uma vaga para um naturalista.

Não sei por quê, mas naquele momento percebi algo sobre o Sr. Ivanov. Ele dá poucos detalhes sobre a vida dele. Sempre toma muito cuidado ao falar. Achei que isso fosse consequência de sua falta de eloquência, mas agora vejo que ele é simplesmente um homem cuidadoso. É possível que antes ele não apenas tropeçasse com sua dicção por causa de suas restrições linguísticas. É possível que ele só diga o que quer dizer, que deliberadamente esconda o restante.

Ele pode ter uma esposa e filhos deixados para trás e eu não saberia disso. Suponho que isso não importe de qualquer jeito, mas de alguma forma passei a pensar nele como um amigo. Ele me demonstrou gentileza quando ninguém mais o fez. Sempre serei grata a ele por isso. Sei que isso é algo leviano e desimportante, mas fiquei triste ao ouvir que ele está indo para o Transvaal e não para a província do Cabo, para onde eu e o Sr. van Zijl estamos indo.

[Entrada do diário com um trecho perdido]

[Data exata desconhecida]

MINHA CONVIVÊNCIA (OU AMIZADE) COM O Sr. Ivanov e com o Sr. van Zijl me trouxe memórias desagradáveis de volta. Antes de tudo, devo admitir, sem autoindulgência ou hipérbole, que nunca me apaixonei. Além disso, meus pais vivem em uma espécie de negação no que diz respeito às minhas perspectivas como noiva em potencial. Eles me amam, sei disso. Todas as outras pessoas têm me olhado com um tipo de indiferença fria. Meus pais sabem disso. No entanto, de alguma forma, acho que eles pensavam que minha raça seria imaterial quando eu me tornasse mulher e me casasse.

Não posso culpá-los pela ingenuidade. Afinal de contas, eles gostavam de me contar histórias sobre pessoas como Gustavus Vassa, Frederick Douglass e Harriet Tubman, pessoas que não só se libertaram da escravidão como usaram suas ideias para moldar o mundo. Essas pessoas não apenas herdaram o que veio antes delas, elas também contribuíram com a história. Quando era criança, não entendia por que meus pais me contavam essas histórias. Sentia como se elas fossem um fardo, como se eles não esperassem apenas que eu fosse eu, mas ultrapassasse as restrições das minhas origens para justificar minha liberdade. Agora percebo que é provável que eles quisessem me mostrar as possibilidades disponíveis.

Os Vassa e os Douglass e as Tubman do mundo deram um passo adiante — eles pareciam perfeitamente assimilados dentro da sociedade bem-educada. Eram casados e tinham filhos. Quando me tornei uma mulher, de repente me dei conta de que tinha que alcançar mais alguma coisa, algo além de apenas ser quem sou, uma coisa a mais além de deixar o mundo um lugar melhor do que o encontrei, uma coisa a mais.

Ao mesmo tempo, meus pais perceberam que poucos homens me considerariam uma esposa adequada. Eu tinha percebido isso anos antes. Não conhecia muitas pessoas negras. Só de vez em quando via um homem negro na cidade, como cocheiro ou motorista de alguém, ou um soldado aposentado. Mas a carruagem e os carros se afastavam, e os soldados provavelmente se mudaram para vilas de pescadores.

Da vez seguinte que via outro homem negro, não tinha certeza se era o mesmo que eu tinha visto antes. Aqui, mais uma vez, devo reconhecer que minha mãe estava certa. Se eu tivesse ficado tempo suficiente na Inglaterra, poderia ter feito amizade com alguns dos homens e das mulheres negras que temperavam a cidade com sua presença apressada. Talvez eu devesse ter dado uma chance. Talvez isso tivesse me feito criar raízes na Inglaterra. Agora nunca vou saber. Não acho que isso faça diferença agora.

O que quero dizer é que meus pais não se prepararam para a possibilidade de que eu poderia não ser uma noiva tão desejável quanto eles imaginaram. Foi quando percebi que amar alguém é uma maldição; não se consegue enxergar as deficiências dela. É o único jeito como consigo explicar a ingenuidade dos meus pais. Eu me preparo há muito tempo para a decepção de me curar de um desejo de encontrar um homem que esteja disposto a se casar comigo e ter filhos. Preciso reconhecer que não acho essa postura totalmente trágica. Se eu não tiver filhos, não transmitirei minha pele para eles. É uma solução sem falhas para um problema que do contrário seria incontornável.

Eu sabia o meu lugar no mundo. Mas, no fim das contas, meus pais não. Meu pai tentou negociar um contrato com o filho de um advogado em Londres. Ele ofereceu metade dos seus negócios ao advogado em troca. Ele até incluiu uma casa nas Índias Ocidentais para mim e meu novo marido. No fim, o resultado foi: meu pai soube, sem sombra de dúvidas, que nenhum dote, por mais impressionante, faria de mim uma noiva atraente. Isso partiu o coração da minha mãe mais do que o esperado.

Conforme os anos passaram, viajei menos com meu pai. Ele dizia que não tinha mais ossos para isso. Para me proteger do escândalo de ser uma solteirona que viajava sozinha, inventei um rumor. Contei para uma empregada que uma vez me casei com um comerciante de tabaco nas Índias Ocidentais e o vi morrer de tuberculose. O mundo me recebe muito melhor como viúva, embora tenha que reconhecer que a viuvez é um fardo terrível. Às vezes, se conheço alguém particularmente sentimental, sou forçada a suportar uma piedade excessiva, a ponto de *eu* ter que representar meus sentimentos excessivos. É uma tarefa ridícula.

Mas, voltando às coisas inconstantes e desimportantes que têm mudado, essas coisas instáveis que, assim como um camaleão experimenta novas cores em sua pele, têm evoluído de um modo que não deveriam. Há momentos em que olho para o Sr. van Zijl e penso: por que ele me fascina tanto? Como ele pode ser tão desimpedido de tudo, de sua identidade confusa?

Às vezes acho que o que sinto por ele se aproxima do amor, ou pelo menos do início do amor. Respiro mais fácil quando estou perto dele. Ele me faz me esquecer do mundo. Às vezes ele me faz querer amar o mundo também, ele me faz sentir que pertenço a este mundo porque *ele* pertence, e sem o menor esforço. Ele me faz querer amar quem eu sou. Eu só queria saber como me desapaixonar dele. Isto é, se isso de fato for amor.

É uma maldição amar outra pessoa. É um fardo, e já carrego muita confusão comigo. Em relação aos meus pais biológicos e o significado deles na minha vida. Em relação aos meus pais biológicos e se realmente pertenço a eles. Confusão em relação ao meu lugar no mundo. Em relação à história das minhas origens. Em relação à minha responsabilidade com os escravizados libertos que, diferentemente de mim, vivem na miséria, às margens da sociedade. Confusão a respeito dessa viagem, em relação a tudo. Carrego coisa demais. Seria extremamente imprudente acrescentar esse monte de confusão a um homem que é, por si só, um enigma com seus paradoxos.

Ah, que amolação é tudo isso!

Verdade seja dita, tenho vagado sozinha entre meus pensamentos por muito tempo. Comecei a pensar em padrões redundantes. Isso não é amor. Isso não pode ser amor. É um simples fascínio, mas tenho vagado nisso por tempo demais e assim me convenci de que deve ser mais profundo do que realmente é. Preciso dar uma pausa neste diário, aproveitar o restante dessa viagem com meus estranhos amigos.

Devo esquecer essa bobagem.

Quarta-feira, 10 de abril

É possível que, se eu visse outra nuvem de forma estranha e a elogiasse, o Sr. van Zijl continuaria a notar cada aspecto dessa nuvem com o mesmo entusiasmo.

— É fascinante! É fascinante! — diria ele.

— É mesmo — eu diria.

— Olha ali — diria ele, apontando —, olha ali, olha como ela desliza na direção daquela outra nuvem e cria algo totalmente novo. É mesmo fascinante! — E assim a bobagem teria continuidade.

No entanto, para minha sorte, não havia nenhuma nuvem no céu naquele dia. Ele parecia saudoso observando as distâncias, como se buscasse uma memória em sua mente, ou na imensidão azul do mar e do céu. Ele suspirou e comentou:

— A senhorita não tem escrito no seu diário. Não observa mais o mar. Se cansou do nosso confinamento nessa embarcação, não é?

Acontece que antes do Sr. van Zijl e eu nos conhecermos, ele gostava de me observar caminhar pelo convés e tomar algumas notas sobre as maravilhas que avistamos. Então, quando parei de fazer isso, ele reparou e perguntou, de um jeito muito educado, se havia algo de errado.

Eu estava de pé na popa, encarando o horizonte, as águas pelas quais tínhamos acabado de passar. Pressionávamos a água até ela quase se aplanar, curvada pela vontade do navio, ainda que só por um instante, pois o mar logo retomava seu poder e fazia com que suas ondas voltassem a ondular e quebrar. Lamentando essa breve rendição à vontade do navio, algum filhote de ave marinha se lamuriava ao longe, e o vento gelado soprava.

— Essas coisas da natureza, elas se repetem ao longo do tempo — expliquei ao Sr. van Zijl. — O mar sempre esteve aqui, o sol sempre se levantou e cada flor, bonita ou não, desabrochou desde que o tempo começou. Num tempo e num lugar que não são aqui e agora, outra mulher, também tola e ociosa, se pôs diante de outro precipício e admirou, então registrou, futilmente, a *raridade* dessas coisas. Sim — continuei, meneando a cabeça —, nosso confinamento nessa embarcação tem se tornado cansativo.

O Sr. van Zijl parou do meu lado para observar, assim como eu, futilmente, onde o navio batia constantemente na água.

— Nunca contei à senhorita sobre a minha primeira viagem à África, contei? — Assim, sem cerimônias, ele interrompeu o silêncio entre nós.

— É uma história feliz?

— É uma história necessária.

— Estou intrigada, Sr. van Zijl. Nenhuma história que me foi contada, seja ela nova ou antiga, jamais foi definida como *necessária*.

Ele riu.

— Eu ainda era criança. — Ele pigarreou, colocou as mãos nos bolsos e prosseguiu: — A senhorita se lembra do que lhe contei quando nos encontramos pela primeira vez?

Como ele, encarei melancolicamente a distância para buscar na memória. Balancei a cabeça.

— O senhor disse que é britânico, holandês e africano, tudo ao mesmo tempo.

— A senhorita considera impossível ser os três ao mesmo tempo?

— Não é o meu papel falar do seu patriotismo, Sr. van Zijl.

— Por que diz isso?

Dei de ombros esperando ter feito isso de um jeito desinteressado. Seja lá o que penso dele, não considerei sensato dizê-lo com a simplicidade que ele parecia querer de mim. Só comentei:

— O senhor é muito sortudo. Pertencer ao mundo tão livremente é uma coisa rara, uma dádiva.

— Mas a senhorita também acha que isso é impossível, não é? Acha ingênuo, quase fantástico.

— E isso faz diferença?

— Não tenho certeza. Para algumas pessoas faz, para outras não. Para a senhorita, vai depender do que achar da minha história.

— A história necessária — falei e assenti com a cabeça. — Minha curiosidade só aumenta.

Ele deu uma risadinha.

— Bem, quando eu era criança, um dia fui ao museu com o meu pai. Vimos muitas coisas lá, muitas coisas maravilhosas. Por volta do fim do dia, vi a cabeça de um rei, exposta e protegida por vidro, o que me pareceu uma honra. Fui hipnotizado por ele, pela audácia de sua majestade mesmo depois da morte. Eu me perguntei sobre a vida dele, sobre as pistas de riqueza e exotismo gravadas na coroa dele. Perguntei ao meu pai de onde aquele rei veio. Meu pai respondeu: "Do Egito." Então, quando perguntei onde ficava o Egito, num determinado momento ele disse: "Na África." Então, quando ele e minha mãe se desentenderam... se...

Sentindo o desconforto dele, comentei:

— Esses são assuntos delicados, Sr. van Zijl. Não vou me ofender se deixar algumas coisas não ditas.

— Obrigado. — Ele sorriu e respondeu: — Mas elas devem ser ditas. Quando meus pais se desentenderam e passaram pelos anos mais difíceis do casamento, minha mãe reservou uma viagem para nós dois, com destino à África, em segredo. Ela me tirou de casa escondido à noite. Assim ela punia meu pai me mantendo longe dele. Eu era o filho homem, o único herdeiro. Estou inclinado a acreditar que ela também tinha a esperança de que eu ficasse do lado dela e de que ela ainda teria uma família quando a questão sórdida do casamento deles se resolvesse. Então fugimos para o Egito, onde admiramos os faraós e suas tumbas.

"Contemplando as pirâmides, entendi que o rei que eu tinha visto na Inglaterra não via a morte como um fim, mas como outra coisa. Não é possível dedicar tanto de si a um mausoléu se compreende a morte como um fim. Seja lá o que existe depois dessa vida, deve ser melhor, no mínimo, de acordo com o jeito como o rei deve ter pensado a vida dele. No entanto, uns poucos séculos depois, alguém achou de bom-tom retirá-lo de seu portal para a eternidade. Selaram a cabeça dele em vidro e convocaram os corvos para testemunhar sua separação do corpo. — O sorriso suave desapareceu do rosto do Sr. van Zijl e no lugar repousava a amargura do arrependimento.

"Aquilo partiu o meu coração — prosseguiu ele. — Mas eu era uma criança. Minha mágoa era fugaz. E, com isso, o chamado de nossa viagem interrompeu meu luto. Do Egito, seguimos nosso percurso pelo restante do continente. Descansamos em Tombuctu para ver os mistérios que lá habitam, então descemos mais ao sul, passando pelo Congo, onde vimos os gorilas.

"Então, mais ao sul, em meio às planícies cheias de vida do Serengueti, onde o mundo se alonga interminavelmente no horizonte, tão longe em meio a lugares cujos nomes esqueci, e até mesmo nas dunas cor de bronze da Namíbia, onde o deserto cumprimenta o mar como um velho amigo. Sob o sol ardente da África, somos balançados aqui e ali e em todo lugar, até que enfim chegamos ao final, ao lugar onde os dois oceanos se encontram e o mar deu à luz uma montanha."

O Sr. van Zijl encerrou seu relato sem cerimônias. Fui expulsa do transe que ele tinha tecido com suas palavras. Descobri que sentia falta da sonoridade da voz dele, da paixão com que ele falava e da poesia e da teatralidade de seu ritmo. Imaginei que ele faria um solilóquio de alguma tragédia, dispondo-se a transcender seus defeitos — fosse o pânico, fosse a eloquência. Parece que ele estava revivendo as memórias mais queridas, e ele se esforçou para expressá-las com fidelidade. Brevemente, ele fez meu coração disparar.

— A senhorita sabia que os nativos antigos tinham um nome diferente para ela?

— O senhor se refere à montanha da Mesa?

— Isso, aprendi com um homem que queria ser poeta que eles a chamavam Hoerikwaggo, a montanha do mar. Por acaso não tinha me ocorrido que os nativos pudessem ter um nome diferente para ela. — Ele suspirou. — A senhorita sabia que eles têm uma lenda para o manto de nuvens que às vezes cobre o topo dela?

— Não — respondi, balançando a cabeça.

— Eles têm, mas o problema é que as pessoas foram deslocadas de lá. Nesses outros lugares, distantes da montanha, elas perderam a lenda, ou a esconderam dos invasores. Ninguém que eu conheça se lembra dela. Ninguém me contou até agora.

— E a lenda está perdida para sempre — sussurrei.

— Prefiro pensar de outro jeito. Mas a senhorita provavelmente tem razão.

— Que tristeza.

— Pois é. Mas os malaios do Cabo têm sua própria lenda.

Sorri.

— Uma história criada pelas pessoas escravizadas, gostaria de ouvir essa.

O Sr. van Zijl também deu um sorriso reluzente, o verde dos olhos dele brilhando.

— Dependendo do grupo que conta a história, os detalhes mudam, é claro. Contudo, no seu núcleo, cada lenda sobre a montanha diz: o manto de nuvens surgiu de uma aposta feita entre o Diabo e um pirata aposentado chamado capitão van Hunks. Os dois, Satã e esse pecador, uma vez se sentaram feito os deuses naquela montanha, disputando quem conseguia fumar mais. Até hoje, a fumaça do duelo pode ser vista como uma nuvem.

— Ninguém nunca ganhou essa aposta?

— Um é o Diabo, o outro é um pirata aposentado — disse o Sr. van Zijl, rindo. — Não imagino que eles se comportem com muita honra, se é que têm alguma.

— E então a aposta continua indefinidamente, pela eternidade?

— Ah, sim — disse ele e fez que sim com a cabeça. — Parece um destino fútil, não é?

— Parece uma tarefa desnecessária — concluí. — Se agachar eternamente na companhia de um rival e fumar até que a fumaça dos seus cachimbos faça o mundo desaparecer. Que história ruim e sem vergonha é essa sua, Sr. van Zijl. O senhor por acaso teria outra?

— Teria — respondeu ele, dando uma risadinha. — Tem uma sobre o fantasma de Verlatenbosch.

— Um fantasma?

— Ah, sim. Dizem que um menino foi enganado e convencido a tocar uma flauta que foi tocada por um leproso. Assim o menino se tornou um leproso. Ele passou o resto da vida escondido na floresta, onde só tinha sua música para consolar suas dores e morreu lá. Até hoje, quando a noite cai, uma música assombrosa de uma flauta pode ser ouvida na brisa, sussurrando entre as encostas das montanhas. — Ele bateu palmas, eu dei um pulo e ele abriu um sorriso atrevido.

— Assustei a senhorita, não foi?

— O senhor é infame, Sr. van Zijl — respondi, balançando a cabeça intensamente.

— A história está saindo do controle — disse ele, ainda dando risada. — Me desculpe por isso. — Ele lentamente retornou ao seu comportamento sério e continuou: — O que estou tentando dizer, Srta. Miller, é que todo mundo tem uma história para contar, cada pessoa que encontrar. Os lugares não são muito diferentes nesse aspecto. Todo lugar tem um coração. Todo lugar está vivo.

Ele disse que ama a Cidade do Cabo. Ele ama o povo do Cabo. Ele ama as histórias deles e os mitos e as esquisitices, pois quem mais poderia olhar para uma massa de pedra despontando perto do mar e concluir, de uma vez só, que aquela pilha imponente era um fantasma, um deus e uma criança e nada além de uma simples montanha e tudo o que havia de mais lindo no mundo deles? Quem mais além do povo do Cabo?

Quando ele não tinha mais nada a dizer, quando terminou, eu não tinha opção a não ser amá-lo. Foi isso que ele disse: as pessoas podem pertencer a um lugar porque as dão à luz, ou porque os lugares as escravizam ou porque elas pegam esses lugares emprestados. Não importa como nos ligamos a um lugar porque cada um de nós sempre deixa uma marca lá, como um eco soando depois que um chamado termina ou um abismo que é cavado pelo vento. Cada um de nós deixa um pedaço do coração. Ao longo do tempo, o coração viaja para contar a história de seu dono, guardando e revelando o passado. Isso acontece na Cidade do Cabo. A cidade é uma mãe cujos filhos são as almas vagantes do mundo. Viajam para lá perdidas, mas, uma vez que elas se acomodam no City Bowl, não conseguem ir embora.

Sim, é comum que as montanhas sustentem o céu, pois os mares se enfurecem contra suas costas, pois as belas flores desabrocham — a vida se move por si só em clichês e repetições, isso é comum. Há sinais da natureza, imortais, imortais. Mas a Cidade do Cabo abrigou e escravizou e fez empréstimos com os comerciantes de escravos também. A cidade não era capaz de expulsar ninguém, ou não estava disposta. Se ela acolhia um homem a quem não deu à luz, disse ele, um homem como ele, então ela era obrigada a amar alguém como eu.

Parafraseando, mais ou menos, foi isso o que aquele estranho homem, o Sr. Abram van Zijl, me disse.

Fiquei observando o perfil dele revelado para mim, o esquerdo. A rigidez na mandíbula dele sugeria que seus dentes estavam cerrados, e os olhos dele, supus, encaravam o nada. E bem ali decidi que o amava. O que mais pode ser essa aflição latejante do meu coração? Decidi também nunca mais amar outra pessoa de modo tão puro e inequívoco. Pode parecer aleatório para alguém que não me conhece. Pode parecer insensível simplesmente decidir que amo um homem, não recorrer à poesia, nem desmaiar — apenas decidir que o amo.

Sim, *acredito* que ele é ingênuo. Ele não viveu as realidades mais duras do mundo. Eis a vida dele, uma existência na qual se pode pertencer ao mundo e se gabar disso. O mundo no qual *eu* tenho vivido não é o mesmo que ele encontrou. Não posso chamá-lo de louco, nem me ressentir da ingenuidade dele, pois ele vive a própria realidade. Mas tenho que amá-lo. Como eu poderia não amar, quando nunca tive que me justificar para ele, nunca tive que narrar minhas tragédias? E é por causa dessa ingenuidade que não preciso fazer essas coisas, que ele pode dizer algo tão simples e fazer com que eu me sinta livre dos meus fardos. Sei que uma cidade é incapaz de me amar. Mas como eu poderia não amar aquele homem?

Uma vez minha mãe me contou que, quando ela viu meu pai pela primeira vez, soube que a vida deles estaria entrelaçada para sempre. Ela disse que não conseguia prever como se daria esse trançado, nem poderia deduzir, naquele instante, em seu primeiro encontro, que ela se apaixonaria por ele. No entanto, ela sentiu como se o destino tivesse sussurrado um segredo para ela, gentilmente, silenciosamente, ele revelava alguma coisa intangível sobre o futuro dela, e assim o presente dela se desdobrou com uma ressonância que transcendia o próprio tempo.

A transcendência momentânea da minha mãe é o melhor jeito como consigo explicar a minha. Eu sabia, mesmo na minha confusão, que estava à beira de algo que não era capaz de entender muito bem. Me assustou. Me fez fraquejar. Eu não queria abrir meu coração. Eu não queria que meu coração se partisse. A ave marinha enlutada que se lamuriava mais cedo decidiu recomeçar seu lamento. Ela pranteava alto e longamente, chamando pelo abraço de sua cria. O vento assobiava de modo estranho. Ventou mais gelado que antes, bagunçando os fios de nossos cabelos, fazendo-os entrar em nossos olhos, envolvendo-os com o frio e ao mesmo tempo nos deixando despidos um para o outro.

Senti meus sonhos e esperanças ao meu alcance, roçando levemente a ponta dos dedos. Mas eu estava com medo de agarrá-los, pois, se assim o fizesse, eles poderiam escapar. E o vento ainda sussurrava seu estranho assobio, embora carregasse a sabedoria dos destinos, como se gentilmente revelasse alguma verdade intangível do meu futuro. Aquele vento chamava meu nome. Ele me embalava. Me enraizava profundamente naquele momento e senti... senti que não tinha escolha a não ser vivê-lo porque tinha feito isso infinitas vezes antes e faria isso infinitas vezes nos tempos por vir.

Mas era só uma fantasia, uma ilusão preparada pela minha cabeça cansada. O vento é incapaz de falar. Não poderia prever destinos, nem revelá-los. Para espantar minhas bobagens, eu disse:

— Obrigada por suas histórias, Sr. van Zijl. Posso retribuir com uma das minhas?

— Eu gostaria muito — respondeu ele, sorrindo.

— Veja só, quando eu era criança e a chamada gripe russa varreu o mundo, meu pai ficou doente. Ele sabia que estava morrendo, então pediu que eu me aproximasse para me contar uma história sobre os filhos do Deus Céu. É mais ou menos é assim.

Diário da Srta. Alisa Miller: 1913

Quinta-feira, 1º de maio

TALVEZ MINHA MÃE PENSE QUE MINHAS CARTAS se destinam a enganá-la em relação ao que ela se refere como "curiosidades que é melhor não saciar". Ela pergunta insistentemente sobre o clima quente; no entanto, segue reclamando mesmo depois de eu ter comentado que entramos no inverno. Em sua última carta, ela escreveu:

"O Sr. O'Brien tem nos informado sobre as infinitas doenças que infestam esse lugar: insetos que ainda não foram nomeados, dizem que uma picada de qualquer um deles pode levar à morte ou coisa pior. Ele tem sido tão detalhista em cada relato de suas outras viagens, querida. Portanto, não há serventia nenhuma em perguntar nada a ele, nem questionar as declarações dele, de tão firmes que são. Esse calor infame, inclemente, capaz de catalisar essas pestilências, não te inspira a voltar para casa, Alisa? Já faz muito tempo, e seu pai sente imensamente a sua falta."

Todas as cartas dela estão repletas de preocupação e outras coisas não ditas. Todas elas indicam que ela me acha uma tola esperançosa.

Ela pergunta tudo, menos "Você tem certeza de que esse homem quer se casar com você?". Meu pai expressa um sentimento semelhante, embora de modo mais sutil e com um tom mais delicado.

Ele escreveu: "Pedi informações sobre esse Sr. Abram van Zijl. De acordo com o que o meu homem pôde descobrir, não há má reputação associada a esse nome. Ele é respeitável, querida. Ouso confessar que sua mãe aprova. Se é minha bênção que quer, saiba que a tem. Contudo, saiba que, no papel de seu pai, é meu dever questionar as intenções dele em relação a você.

"Até o momento, pelo que sei dele e estou convencido de sua boa vontade, devo cumprir meu dever com o maior esforço possível sem estragar suas núpcias iminentes. Espero que você confie em mim em relação a essa questão como tem feito em todas as outras. E, por favor, querida, escreva com mais frequência. Sua mãe se preocupa."

Como sempre, ambos estão ansiosos para revelar a tristeza exagerada um do outro, mas nenhum dos dois admite a própria. De qualquer maneira, não importa, uma vez que eles estão vindo para cá. Eles garantiram suas passagens no *Cisne Negro*. É uma embarcação rápida; dependendo do tempo bom e da habilidade do capitão, daremos boas-vindas aos meus pais em uma quinzena ou menos.

Imagino que minha mãe desempenhará de maneira esplêndida o papel de levemente desaprovadora. Ela vai querer ser persuadida a aceitar Bram. Ela encontrará defeitos que pode consertar, coisas com as quais se preocupar, pelas quais se lamentar e então desprezar levianamente como desimportantes num esquema mais amplo das coisas. É claro, eu também desempenharei meu papel de noiva apaixonada e rebelde de maneira esplêndida. Preciso ter o cuidado de não exagerar, uma vez que estou muito velha para esses jogos. Mas as tradições devem ser observadas, pelo menos algumas delas. E sempre quis tanto ser incomodada desse jeito por esse tipo de frivolidade.

Assim que ela for convencida da minha devoção a Bram, mas, o mais importante, da dele por mim, espero que minha mãe assuma totalmente as rédeas dos preparativos do casamento. Bem, eu digo que é um casamento, mas isso é muita generosidade. Haverá uma cerimônia, mas nada luxuosa, nada tradicional. Meus pais não vão se importar por ser algo pequeno, o casamento deles foi muito simples, ou assim ouvi dizer. Meu pai era um novo-rico, minha mãe era filha de um fazendeiro pobre — a sociedade tradicional não anunciaria um casamento como o deles nos portões do céu.

No entanto, sei que eles ficarão felizes. Esse é um triunfo doméstico que eles começaram a desacreditar que aconteceria. Sei que também ficarão tristes porque eu e Bram vamos nos estabelecer aqui. Ficarei muito longe deles. Isso vai partir o coração deles. Mas estou feliz aqui. Feliz de verdade.

[Entrada do diário com um trecho perdido]

[Data exata desconhecida]

... DE LIVROS QUE IURI MANDOU para mim. Estou muito interessada no que ele pensa sobre a revolução. Ela pode ser executada? Esse novo mundo poderia se sustentar? A era das monarquias está realmente chegando ao fim?

De qualquer maneira, Bram e eu planejamos visitar as florestas da Índia em algum momento do ano que vem. Ele quer viajar para conhecer os povos no norte da África do Sul depois disso. Ele está bem fascinado pelo povo que vive próximo à fronteira com a Rodésia do Sul. Ele fala de rainhas da chuva, montanhas-fantasma e coisas estranhas. Há mágica lá, é o que ele diz.

Nós nos sentamos embaixo do salgueiro-chorão perto dos vinhedos. O sol do meio-dia brilhava forte, impiedoso. Os raios se infiltravam pela folhagem da copa, e de vez em quando eu via os olhos dele brilharem. Uma brisa soprou com um ritmo silencioso que não ouvimos, ela cochichava com as folhas que dançavam ao nosso redor.

Nesses momentos, em que a felicidade dele é maior que a tristeza, me sinto feliz de ser lembrada de como ele realmente é.

Suavemente, ele passou a mão sobre a minha. Se eu fosse pressionada a tal, poderia recitar as cores de todas as flores que desabrochavam naquele momento, o canto de cada pássaro que voava acima de nós, a majestade das montanhas Boland flutuando na névoa, deslizando em algum lugar no horizonte.

Ele tem me dado mais do que percebe, tudo isso enquanto perde a família. Eles se comprometeram, em diferentes graus, com a ideia de que Bram está sofrendo de alguma forma profunda de loucura. Acham que sou um sintoma disso. A cura escolhida por eles é evitá-lo. Nenhum dos seus amigos e familiares prometeu viajar para o casamento. A irmã mais velha dele talvez venha, mas parece que o marido dela pode tomar a presença dela como uma afronta pessoal.

Quanto aos pais dele, a mãe escolheu esse momento para se lembrar de que uma vez, em Windhoek, um africano quase roubou a bolsa dela. O pai dele repentinamente ficou consternado com esse incidente e, por sua vez, também se lembrou de crimes antigos (e menos específicos) cometidos contra ele por africanos. Talvez seja uma ironia que nosso casamento iminente possa remendar o longo distanciamento entre os pais de Bram. Eu me inclino a acreditar nisso. Tem sido uma história tão cheia de reviravoltas, que um desfecho imprevisível como esse é adequado, de certa forma.

O único amigo que Bram ainda tem é um homem chamado Johannes Joubert, que encontrei brevemente. Ele parecia um tanto contrariado pela perspectiva de me ter como uma espécie de cunhada. Mas, diferente da família de Bram, ele está aqui na Cidade do Cabo. Portanto, não pode fingir uma doença que o impeça de cruzar o mar, ou um compromisso anterior ao qual ele deve comparecer. E é claro, há também o Sr. Ivanov.

Tudo isso entristece Bram, eu sei: de repente se ver despojado de laços que imaginou perenes. Parte o coração dele. Isso me enche de medo, pois agora eu me pergunto, assim como minha mãe: ele realmente quer se casar comigo?

Um casamento comigo vai separá-lo daquele outro mundo que ele reivindica com orgulho. Ele chegou a uma encruzilhada e deve escolher um caminho. Seguir um é se esquivar do outro, negar a si mesmo sejam quais forem os frutos que o futuro reserva. Não é fácil para ele; diferente de mim, seu coração não foi endurecido pela rejeição. Ele nunca engoliu a amargura de uma decepção iminente. E agora, com apenas vinte e sete anos, ele está velho demais, inflexível demais, é tarde e ainda assim ele precisa se adaptar à mágoa, à decepção e à quase solidão.

Estamos muito próximos em tudo isso. Também estou à beira de um precipício primordial na *minha* jornada. Aprendi que na África do Sul, meu novo lar, a divisão de raças e classes é uma questão, entre diversos fatores, de geografia e alianças coloniais. Suponho que alguém precise viajar pelo restante do mundo antes de afirmar que isso é uma verdade absoluta. Mas, pelo que pude observar, é verdade pelo menos no Caribe, na Grã-Bretanha, em grande parte das Américas e ao sul da África.

Veja bem, para os empregados do meu pai, eu era a filha do senhor. Dada minha raça, isso provocava confusão. No entanto, com o tempo, todo mundo se acostumou com isso. Eu me transformei numa anomalia que as pessoas tratavam com certo tipo de educação discreta, um desprezo indiferente. Contudo, na África do Sul, sou de uma espécie diferente. Sou negra, então, quando as pessoas me veem, presumem imediatamente que sou daqui, que meus pais certamente são daqui. Porém, quando falo, me declaro imediatamente como algo totalmente diferente. Além disso, um dos fatores é a minha classe, que faz com que eu fique ainda mais separada da grande maioria dos sul-africanos nativos.

Desde então reavaliei minha condição de pessoa sem lar. Mais precisamente, como disse ao Sr. Ivanov uma vez, nem a Inglaterra nem a Jamaica foram lares para mim. Olhando em retrospecto, agora vejo que, de certa forma, a Jamaica *era* o meu lar, embora na infância não parecesse o caso. Havia os sussurros sobre a África, uma terra distante com a qual alguns de nós ousávamos sonhar. Parecia um lugar místico, abundante em corpos e rostos negros que se pareciam com o meu, mas andavam por aí com um orgulho que *eu* não tinha. Essa África, da qual ouvia falar, era o lugar ao qual eu pertencia. A África não era só um sonho, não era só um lugar, era um paraíso.

Quando uma pessoa escravizada morria, sua alma voltava para a África porque pertencia àquele lugar. Quando a alma alcançava a África, ela era recebida pelos ancestrais no reino espiritual. Uma vez que a alma era acolhida, ela esperava pelas demais almas de escravizados sequestrados para que eles também pudessem ser recebidos de volta ao lar. Cada alma cumpria esse dever até renascer mais pura, várias vezes, porque a vida é um fluxo que segue indefinidamente em vários corpos. Assim, uma mãe que morre pode retornar como sua filha, um escravizado perdido poderia redimir sua vida brutalizada; mas antes a alma tinha que retornar à África. Ela tinha que ser lavada lá, tinha que tocar o céu, o lar, o paraíso. A África era o paraíso.

Meu pai sonhava em retornar vivo, assim ele poderia agradecer aos ancestrais que pacientemente esperaram por ele. Ele queria dizer: "Muito obrigado por não me tirarem da minha mãe quando ela implorou a vocês. Eu vivi da melhor maneira possível, mas agora preciso de um novo nome. Não quero mais ser Vintecinco. Preciso de uma nova alma."

No fim, ele morreu antes de conseguir retornar, só sua alma voltou. Seu corpo foi enterrado no exílio. Embora ele não tenha me legado seu sonho, eu o herdei de algum jeito. Sonhei voltar à África. Sonhei voltar em vida. Sonhei com o retorno como se eu, e não meus ancestrais, tivesse sido roubada daqui. Nunca pensei muito em aonde, dentro da África, eu iria, qual grande nação reivindicaria uma criança órfã.

Com tudo isso, suponho que a Jamaica deva ser meu lar. Afinal de contas, foi a terra onde nasci, não é essa a maior afirmação do patriotismo? Qualquer que seja a resposta, sei que não posso me relacionar com o Caribe assim como meu pai adotivo: nenhuma terra, nenhuma propriedade, nem mesmo meu nome. Contudo, em minha ingenuidade imaginei que poderia reivindicar a África. Ela me deu minha pele e o que um capataz de fazenda uma vez chamou de barbárie, obediência e analfabetismo inerentes. Entendi que essas eram as coisas que a África tinha me dado. Ao longo do tempo, cruzando os mares, a África tinha me alcançado e me marcado como Sua.

Aquela marca me isolou mais nitidamente do que qualquer outra característica. Meus companheiros me viam primeiro como africana, depois como semelhante ou nem isso. Pertencer à África significa que eu não poderia pertencer ao mundo ou a qualquer outra parte dele. Muitas vezes ouvi as palavras "volte para a selva", porque para as demais pessoas a África não é um sonho ou o paraíso. É uma selva. É só um lugar.

Para mim é apenas outro lugar que não me pertence, ao qual não pertenço. Nunca consegui reivindicá-la do jeito que outros conseguem: não por sua história, nem por parentesco, nem pela identidade. Além disso, africanos que nunca foram sequestrados, cujas histórias de pertencimento a esse local soam mais altas que meus simples murmúrios, eles não experienciam a África da mesma forma que Bram e seus amigos.

A partir do meu descontentamento, concluo que não posso agradá-los e pertencer a um lugar com dois pesos e duas medidas. Eles são ligados pela revolta, reivindicam uma África que é familiar para eles. E certamente ambos, ingleses e holandeses, percebem que a governança deles não pode ser sustentada aqui. Conforme tento fazer amizade com o povo dessa terra, aprendo suas histórias não contadas e desaprendo aquelas dos meus livros, acho que começo a compreender a postura do Sr. Ivanov em relação às vantagens de uma Irlanda independente. Não consigo aceitar a benevolência colonial professada por Rudyard Kipling. Tenho testemunhado a evidência da falsidade dele em todo lugar que tem me adotado brevemente e a contragosto.

Diário da Sra. Alisa van Zijl: 1927

Quarta-feira, 30 de março

COMECEI A ACERTAR MINHAS CONTAS COM este lugar, e, enquanto junto minhas coisas para nossa possível jornada, encontrei esse diário, que aparentemente mantive de 1912 a 1915. É da época da minha partida da Inglaterra até quando eu e Bram conhecemos Gloria. Nunca preenchi o diário até o fim por um motivo ou outro e comecei um novo em 1916.

Não sei dizer se a confusão e a ansiedade provocadas pela Grande Guerra são as culpadas pelo meu esquecimento, uma vez que pareço ter começado outro levianamente em 1917, sem a menor explicação em nenhum diário sobre a mudança repentina. Pode ser o caso de simplesmente ter guardado em algum lugar inusitado e só o estou encontrando agora. Isso é possível, porque andei procurando onde coloquei os outros diários que mantive antes de 1912, pois parece que os descartei imprudentemente. É muito preocupante. Agora me parece um hábito que adquiri: começar histórias e não as concluir. É no mínimo correto que eu encerre este aqui, que o complete. Parece um fim adequado para minha estada aqui.

Outra coisa que encontrei enquanto vasculhava meu entorno, embaixo da mala que usei quando vim para a África, foi a Bíblia que minha mãe me deu quando eu era criança. Estava enterrada entre outras relíquias negligenciadas como rascunhos de histórias sobre os filhos do Deus Céu.

Eu me lembro daquela história, sempre quis expandi-la. A Bíblia, no entanto, era tão velha, tão esquecida, que fiquei chocada ao me lembrar de que tinha uma. Suponho que, dada minha criação devota, ao remexer os rascunhos da minha vida, era certo encontrar os deuses que deixei enterrados há muito tempo.

Então ali, segurando a Bíblia, me dei conta de que quatorze anos se passaram desde que deixei a Inglaterra. Minha juventude passou. Agora, amargurada pelas minhas falhas, próxima da meia-idade, me pergunto: como esse tempo foi embora? O que realizei na minha vida?

Não é fácil olhar para uma vida e descobrir que pouco pode ser recuperado dela. Quando viajei para cá, quando escrevi este diário, tinha tantas ideias, tanto vigor, tanta esperança. Mal posso acreditar que já tive sonhos tão simples como viajar para a Índia, ver um samurai, encontrar um lar, encontrar a África — o paraíso.

Ah, o paraíso! Um sonho instável que se desfez quando o toquei com a ponta dos dedos. Quando o vislumbrei, ele evaporou, como um fantasma invocado por alguém. Eu era tão fácil de agradar. O gosto era o suficiente para me acalmar, e os anos me tiraram isso até que uma Bíblia zombou de mim a ponto de me trazer de volta à vida. Por que não vamos todos para a África Ocidental? Certamente o paraíso está lá, não? Com certeza eu deveria ter me esforçado mais para alcançar o paraíso, mesmo que só mais um pouco. Então, sem dúvidas, depois de me esforçar um pouco mais, os anos teriam passado mais devagar, suavemente, e o tempo não me pareceria tão pesado.

De qualquer maneira, Bram sugeriu deixarmos a África do Sul. Jamaica, Inglaterra, União Soviética... ele diz que podemos ir para qualquer lugar que eu quiser. Poderíamos visitar Iuri; seria interessante ver a nova Rússia. Tudo o que tenho a fazer é dizer uma palavra e partimos. Eu poderia finalmente ir para a África Ocidental... suponho que poderia terminar outra coisa que comecei. Isso seria significativo.

No entanto, por outro lado, não seria outro exercício de futilidade? As nações da África Ocidental não estão envolvidas nas suas próprias sagas coloniais? A questão da minha identidade africana não é tão simples quanto minha pele. Eu me engajei nessa questão e percebi que estava equivocada. Então, se eu for para a África Ocidental agora, encontraria um lar?

É bem frustrante porque a Europa já me rejeitou, assim como eu a rejeito totalmente. Não posso dizer que sou inglesa ou britânica. Mas a África não me reconhece. Significa que a situação vale tanto para o sul quanto para o oeste deste continente. E se eu, uma mulher preta feito carvão e ainda assim profundamente iniciada nos modos europeus, não consigo encontrar um povo que me aceite por completo, qual será o destino das minhas filhas mestiças? Não consigo pertencer a lugar nenhum porque este lugar está no meu sangue. No entanto, não consigo pertencer a este lugar porque meu sangue não é o suficiente.

Se eu, uma mulher preta feito carvão e ainda assim profundamente iniciada nos modos europeus, preciso dançar entre essas contradições, o que vai acontecer com minhas filhas? Elas só herdaram metade da pele do pai. O que vai acontecer com elas? O mundo está cheio de lugares nos quais elas devem estar, onde devem se sentar, aonde devem ir, mas o mais importante é aonde não devem. Lugares grandes e pequenos... tantos lugares espalhados por todo o mundo, em todos os cantos, e essas menininhas precisam aprender e se lembrar dessas regras.

Eu as amaldiçoei com minha pele. Eu as transformei em fugitivas com minha pele. Fui egoísta ao trazê-las para um mundo cheio de homens que se sentam em salões e decidem quem pode, ou não, uma coisa ou outra, que moldam o mundo de acordo com suas vontades. É um lugar complicado, não é fácil de entender. Entretanto, o fundamental que nos trouxe até aqui é muito rudimentar, até mesmo uma criança poderia oferecer uma análise acertada. Não posso me declarar especialista no assunto, mas me arriscaria a afirmar que as civilizações mais fortes sempre usam a mesma estratégia para enfraquecer ainda mais suas equivalentes mais frágeis. Pode começar com algo simples, feito os campos, campos que representam um modo de vida, terras simples. Gloria me contou sobre isso uma vez.

Começa com um campo que não pertence mais a um povo. Então as pessoas fogem e se espalham para ter o que comer. Então o campo se torna obsoleto, o clã evolui, eles evoluem bem demais, tão bem, na verdade, que agora precisam entrar nos salões onde os homens se sentam para tomar decisões. Então a tomada da posse do campo também precisa evoluir. Outra coisa precisa ser tomada.

Assim, o senso de identidade dos errantes, dos recém-chegados aos salões, essa coisa tão simples deve ser tomada deles. Não foi para isso que os homens construíram os salões, para começo de conversa? A tomada do campo não tinha o objetivo de evitar tudo isso? Bem, não importa que a causa não possa ser definida; afinal de contas, a evolução fundamental é a insistência nos erros, a persistência em polir os erros à perfeição, em explorá-los para contrariar os resultados imprevistos, indesejáveis. Se o clã evoluir mais uma vez, outra coisa precisa ser tirada, tomada, levada e retirada outra vez, e por aí vai.

Bram diz que não deveríamos nos preocupar porque somos casados e temos documentos para atestar isso. Ele diz que a Lei da Imoralidade é um exercício de frivolidade por parte do Parlamento, que é abstrato demais para realmente afetar nossas vidas. Isso me parece negação. O governo sul-africano pode certamente ser acusado de várias atrocidades, mas não de frivolidade. Pode não ser muita coisa, mas é uma organização minuciosa. Não existe algo como uma lei abstrata elaborada para não ter efeito na vida das pessoas. Ele no mínimo deveria suspeitar disso, uma vez que ficou tão assustado quanto eu quando descobriu que a lei tinha sido aprovada. Ele deveria saber que algo tão simples quanto a tomada de um campo, um dia, termina com uma mulher exilada nas terras sem uso de seu povo. Afinal de contas, foi assim que conhecemos Gloria.

Então pode ser que esse seja só o começo. Isso é a fundação de algo muito maior. É de se pensar que algo pode começar com uma coisa tão simples quanto uma terra. Então pode rolar, espiralar e evoluir até que um dia uma menina nasce em um país onde ela não pode ser cidadã.

Mas suponho que posso me consolar com o fato de que *somos* casados. Posso acertar minhas contas com este lugar me despedindo dele. É estranho, eu não tinha percebido que havia começado a pensar nele como um lar e devo dizer que me entristece ter que deixá-lo agora.

Quarta-feira, 6 de abril

CHOVEU DURANTE A NOITE. ATÉ OS céus lamentam a amargura da minha vida, assim parece. O vento deixa o ar gelado e o dia está cinzento; no entanto, me sento embaixo do salgueiro-chorão para afastar minhas desgraças.

Agora mesmo, a brisa esfria e mais nuvens se juntam. Não sou uma mulher que busca significados nas coincidências, mas me pareceu, ao menos brevemente, que meu humor mudou, oscilou, recuou e reemergiu com a mudança fugaz dos ventos, que o mundo chorou porque também o fiz, porque o curvei ao meu desejo.

Desde que encontrei este diário, fui consumida por ele. Até mais do que isso, tive que repensar algumas coisas sobre meu passado. É ao mesmo tempo uma bênção e uma maldição. Por um lado, não confio mais na minha memória, então este diário tem uma boa serventia. Por exemplo, eu me lembrava do meu tempo a bordo do *Cisne Negro* de um jeito muito diferente, não recordava metade do que dissemos e minhas lembranças eram uma simplificação ou uma distorção.

Em contrapartida, sinto muito arrependimento por ter me esquecido de tantas coisas. Eu me ressenti de Bram por tanto tempo, tanto, me parece, que me esqueci de quanto o amo. Gostaria de dizer que me ressinto dele por causa das liberdades que ele aproveita aqui e que me foram negadas. Gostaria de dizer que ele se tornou cruel, porque isso deixaria mais fácil ainda eu me ressentir dele. Gostaria de dizer que ele me traiu. Gostaria de dizer muitas coisas, mas não posso, não seria verdade. Não sei quando isso aconteceu: em algum ponto do nosso casamento passei a me ressentir dele.

Nós nos afastamos e eu simplesmente não sabia mais como ser livre com ele. Bem, não é exatamente isso que quero dizer, mas é o melhor que posso fazer na tentativa de explicar como me sinto. Devo concluir que minha memória tem sido poluída pelo tempo e pelos meus fracassos.

Sou tão grata por ter reencontrado meus pensamentos outra vez. Isso me deu um pouco de paz. Me sinto mais tranquila em relação ao que preciso fazer agora. Pode parecer insensível ou caótico para quem não me conhece, mas sei que fui até onde podia. Eu me segurei por muito tempo, até demais, mas estou cansada. Bram me deu um alívio, mas agora estou exausta.

Eu me tornei um fardo para ele. Até ele acredita nos rumores. Ele acredita que traí nosso casamento com Iuri. Embora eu não tenha feito isso, poderia implorar pelo perdão dele, pois sinto que preciso me arrepender de *algum* crime, qualquer um, não importa qual. Eu poderia implorar e Bram me perdoaria. Ele sempre me perdoa. Sempre.

Mas essa doença me devora, não vai me deixar em paz. Posso amar Bram livremente nos meus breves momentos de sobriedade, mas logo a escuridão vai devorar minha mente e meu coração e até meu sorriso. Vai devorar, e devorar, e devorar, e envenenar o coração dele. Ele vai me odiar outra vez, e o ódio vai me levar às raias da loucura outra vez. Com o tempo minha tristeza vai sangrar mais intensa e profundamente no meu coração e esse amor vai murchar, brotar novamente e murchar. Nossa tragédia continuará assim.

Não pude poupar minhas filhas do fardo da minha pele, mas devo poupá-las *disso* — eis algo que devo fazer. Não devo deixá-las para trás. Não posso evitar. Elas poderiam sobreviver a uma tragédia, mas não a duas ao mesmo tempo.

Parte meu coração porque não quero ser fraca. No entanto, a escuridão consumindo meu coração cresce sem parar, novas sementes germinam, pois ela as alimenta. Renovadas, elas crescem para repetir sua sequência de ataques. Ah, como isso me assusta: esse estado de viver por viver. Como minha futilidade rapidamente flui numa escuridão tão incansável em seu trabalho — profunda, aprofundando-se na minha pele até que nada reste. Deve ser fácil para quem não me conhece presumir que minha decisão é simples como a morte em si. A verdade é que não quero morrer. Só quero que a dor pare. Quero descansar.

Minha mãe me disse uma vez que tirar a própria vida é um pecado imperdoável. Supus, depois de refletir durante muito tempo sobre o tema, que precisava ver as escrituras por conta própria. Procurei pelo versículo que condenava o suicídio. Depois de algumas horas, me dei conta de que nunca apreciei a Bíblia como um livro muito elaborado. É enorme, e achei muito cansativo (e impossível) encontrar o versículo que buscava.

Procurei também por um versículo que condenasse o divórcio, mas, depois de duas horas e nenhuma iluminação, concluí que abandonar a religião na minha juventude foi um erro mais grave do que eu imaginava. Assim, derrotada pela minha própria apatia, mergulho num diário antigo que um dia abandonei.

Tinha a esperança de um dia dar os diários que mantive ao longo dos anos aos meus pais, para fazê-los entender como cheguei aqui. Mas resolvi que a longevidade artificial das minhas desventuras deve acabar aqui, com minha morte. Devo levá-los comigo. Devo levar tudo o que puder comigo.

Outra coisa que vem me consumindo: tenho tentado me lembrar do rosto do meu pai, da voz dele, das histórias que ele contou antes de morrer, do brilho de seu sorriso que só se comparava à majestade do sol, de sua pele escura que reluzia sob a luz, do jeito como ele mancava com a perna esquerda, de suas costas curvadas quase corcundas enquanto ele andava pela plantação, do cheiro de suor emanando dele — até das coisas mais banais tento me lembrar. Das linhas nos cantos dos olhos quando ele sorria, pois tinha envelhecido e o sol havia queimado bastante a pele dele. Essas coisas, acho, marcaram o começo. Mas, veja bem, essas coisas, eu as perdi para o tempo.

[Anotação na entrada de quarta-feira, 6 de abril]

GLORIA ME FEZ UMA PERGUNTA MUITO estranha hoje. Ela perguntou se algum dos meus pais falecidos morreu com assuntos inacabados. "Ou uma avó, um avô, qualquer um do seu clã de quem você tenha ouvido falar", disse ela. Falei para ela que não conseguia pensar em nada; em algum momento ela assentiu pensativa, mordeu o lábio inferior e se retirou para a cozinha.

Achei que fosse apenas uma curiosidade passageira da parte dela, mas, agora que pensei a respeito, quando ela chegou aqui, às vezes ela fazia esse tipo de pergunta estranha; por exemplo, se eu já tinha pensado em talvez dar o nome de alguma avó ou antepassada às meninas.

De qualquer maneira, fiquei pensando nisso o dia inteiro e percebi que meu pai nunca me contou as outras histórias que prometeu. Além disso, ele nunca retornou à África. Esses não parecem ser exemplos de assuntos inacabados para mim, apesar de tudo. Apenas me parecem coisas que meu pai nunca conseguiu fazer, do mesmo jeito que eu nunca verei um samurai nem irei para a África Ocidental.

O que está me incomodando, agora que pensei um pouco mais a respeito, é que da última vez que tive um sonho com as mãos de sombra e as serpentes foi pouco antes de partir da Inglaterra. Tive outros sonhos assustadores desde então (como aquele com o cão raivoso e outro com um píton me engolindo). São recorrentes, é claro, como todos os meus sonhos. Mas o sonho com as sombras em si, a última vez que o tive foi entre janeiro e 27 de março de 1912. Reparei nesse fato por causa deste diário. É engraçado, quando me casei com Bram achei que ele poderia ter sido a cura; percebo agora que fui ingênua e equivocada.

Parece bobagem, mas agora me pergunto se algo simples como prometer uma história para uma criança e não contá-la, querer voltar para a terra dos seus ancestrais e fracassar nisso, se isso poderia ser tão potente a ponto de assombrar as gerações seguintes. Ao vir para cá, herdei sem intenção algo bem mais profundo do que compreendo? Cumpri algum destino cósmico que eu nem mesma sabia e ao qual estava me curvando? Além disso, se cumpri um destino, é lógico assumir que posso ter falhado em cumprir outro. É de fato mais assustador, para ser honesta. Sinto arrepios por todo o corpo quando começo a pensar nessas possibilidades.

Não sei o que nada disso significa, mas, agora que estou perto do fim, sinto que é importante compreender por que e quando os sonhos começaram, por que pararam e o que significavam. Ah, como eu gostaria de poder falar com Bram sobre essas coisas.

Seria tão útil se eu tivesse meus diários mais antigos. Assim poderia começar pelo início e ver se há algo que perdi. Meus próprios assuntos inacabados.

O livrinho preto

As palavras de Alisa terminaram ali. Abruptamente. Incompletas. Alongando-se com profecias de mau agouro.

Abram concluiu que ele deveria tê-las deixado intocadas, preservadas no passado. Alisa também pertencia ao passado. No entanto, como a marca que a África legou a ela, seu veneno e sua beleza e seu perfume se estenderam pelo tempo para tocá-lo. Ela era como um fantasma que se recusava a deixá-lo, como uma doença que não podia ser curada, não pelos remédios que ele conhecia, certamente não pelo tempo, porque o tempo se dobrou para alcançá-lo. Ele não podia mudar o destino que já tinha passado, nem a ordem do tempo. Era apenas um homem.

Mesmo na morte, ela queria transmitir seus medos a ele. Ela queria infectá-lo com sua inconstância. Agora, ele teria que viver o resto de sua vida se perguntando pelos assuntos inacabados dela, sobre alguma maldição cruel que ela pudesse ter lançado sem querer. Ah, Alisa, por que ela simplesmente não podia repousar no túmulo? Ela causou sua destruição com tanta eficiência. Não poderia deixá-lo em paz agora?

Houve um tempo em que ela gostava de contar a ele sobre a infância. Ela falava do calor do verão que banhava a pele dela de suor, sobre o sabor das mangas muito maduras e de um tempero estrangeiro salpicado sobre a pouca comida que o pai dava a ela. "Gosto de pensar que fui feliz", tinha dito ela. "Gosto de pensar que não sonhei aquelas coisas." Mas, é claro, as marés viraram e no fim ela nem conseguia contar a ele algo tão simples quanto os detalhes de um sonho. Ela havia ancorado tudo dentro de si até se familiarizar com as sombras que a assombravam.

O livrinho preto tinha tricotados os ressentimentos dela de forma tão intrincada uns nos outros que, ao fim da primeira leitura, ele se sentiu vencido pelo arrependimento. Pensou: "No que a minha vida se transformou?" Ele desejou que as paredes ecoassem esse grito, que ampliassem sua presença estoica, o abraçassem e disputassem a futilidade decisiva narrada por Alisa de forma tão trágica. Contudo, as paredes não fizeram isso, pois o grito era silencioso e a sala estava cheia dos suvenires da juventude de Johannes.

Não havia espaço para o luto. Não havia nada a se ganhar com a autopiedade nem com o arrependimento. Ele fechou o livro.

PARTE CINCO

FILHOS DO DEUS CÉU

Marula

O SOL TINHA PASSADO DO ÁPICE. Por uma questão de decência, Abram enfim se levantou da cama. Foi até a janela e olhou para fora, onde uma árvore de marula se despedia de suas folhas, assim como de seus últimos frutos.

Dido tinha ido com seus companheiros até o rio, onde aparentemente havia macacos brincalhões para ver. Quando eles não estavam encantados pelos mistérios do rio, Dido e seus amigos, dois meninos da fazenda chamados Justice e Maleka, gostavam de se sentar embaixo da árvore de marula e catar os frutos caídos. O sabor era doce; Dido declarou não se lembrar de ter provado algo mais suculento.

Josephina tinha dito a eles que, uma vez fermentados e destilados, os frutos produziam uma bebida alcoólica. "Como se chama essa bebida?", perguntou Abram. No fim, havia duas respostas. Era chamada *maroela mampoer* em africânder e algo totalmente diferente (que Abram esqueceu) na língua de Josephina. Ela deu um sorriso tímido e olhou para as mãos, como se ali algum espetáculo fascinante acontecesse por si só.

— Faço para o patrão Joubert quando os frutos estão maduros — comentou ela em africânder. — Se quiser, também posso fazer para o senhor. Vou falar para as crianças catarem as frutas. — E, assim, ela dobrou o joelho direito numa breve reverência e rapidamente retomou as tarefas.

Desde então as crianças passavam as manhãs enchendo baldes de marula. Esquecida da natureza alcoólica da bebida prometida, Dido disse ao pai:

— Temos que pedir para a Srta. Josephina que mostre como ela faz. Vou catar mais frutas para a gente levar. Assim a gente pode beber em qualquer lugar aonde for.

Abram riu.

— É como vinho. Crianças não podem beber.

Dido refletiu e fez uma careta.

— A Srta. Josephina é como você, não é? Só que ela não vende o vinho que faz, mas dá de presente para as pessoas que ama. A gente devia falar para ela vender essa bebida? Se ela fizesse isso, não precisaria morar numa cabana pequena com o marido.

— Sim — respondeu ele, espantando com um sorriso as coisas que ainda não podia explicar a ela. Coisas como a impossibilidade de Josephina de se aventurar nos negócios. Isso partiria o coração dela.

Em sua inocência, Dido saltitou até a árvore para saborear os frutos antes de começar a tarefa. Abram agora andava até a árvore recolhendo as marulas verdes do chão. Eram amargas, e ele as preferia maduras, amarelas. Pelo que aprendeu, quando a polpa da fruta acabava, os caroços eram colocados no sol para secar. No inverno eles eram quebrados para produzir castanhas, plantados para criar mais árvores, guardados, ou as crianças cavavam buracos no chão para brincar com eles: os caroços eram colocados e retirados de buracos, como peças de xadrez eram movidas em um tabuleiro, pelo menos foi o que Abram supôs.

Ele se agachou para pegar os frutos que ainda não tinham apodrecido por causa da negligência. Concentrado no que fazia, não viu Josephina se aproximar.

— Boa tarde, Sr. van Zijl — cumprimentou ela.

Embora a voz dela fosse mais suave do que nunca e seus modos gentis, a presença dela o surpreendeu.

— Boa tarde para você também, Josephina — respondeu ele, levantando-se.

— Posso servir a sua comida agora?

— Obrigado, Josephina, agora não.

— Devo guardar sua refeição para depois?

— Sim, faça isso. Obrigado.

Ele esperava que ela o deixasse entregue ao ócio, como ela sempre fazia após desejar bom-dia ou servir a comida dele. Ela não o fez. Em vez disso, ficou brincando com as mãos enquanto olhava ao redor. Ela disse:

— Devo perguntar se o patrão Joubert quer a sua companhia?

Abram sorriu para ela. Ela deve ter sentido o desconforto dele na companhia de Johannes. Ele se perguntou, pelo jeito como ela balançava a cabeça, se estava dando uma bronca em si mesma pela franqueza não solicitada em relação ao empregador dela.

— O norte do Transvaal não é um lugar de tesouros, senhor — disse ela abruptamente. — Ninguém vem para cá. Todo mundo vai embora. Vão para Johannesburgo, onde dizem que o ouro chega a sujar as ruas. Vão para o Cabo e para Natal ver o mar. Vão daqui para o norte, para Uganda, para outros lugares. Todo mundo vai embora. Aqui não é um lugar para viajantes. Nós, que ficamos aqui, só sabemos das notícias das vacas e dos campos e das colheitas que tiramos deles. É por isso que o patrão Joubert passa o tempo com muitos livros. Não tenho o dom de ler muitas línguas. Mas sei que as histórias dos livros não são as histórias dos vivos. O senhor é um homem vivo e... às vezes, senhor, é melhor ouvir as coisas do mundo dos vivos. Posso ver com ele, senhor, se quer a sua companhia?

— Obrigado, Josephina, melhor não.

Ela se recolheu submissa, curvando a cabeça e brincando com as mãos, como costumava fazer.

— Devo retornar ao meu trabalho — respondeu ela, virando-se para sair.

— Posso perguntar uma coisa? — disse Abram, interrompendo-a.

— Sim, senhor — respondeu ela, voltando-se para encará-lo.

— Você sabe se John... — Abram de repente se viu sem palavras. Ele não sabia como fazer a pergunta sem revelar o segredo de Johannes, se é que ainda era segredo. Ele pigarreou, dando-se um instante para organizar os pensamentos. — Ele cortejou alguma dama das fazendas próximas?

Pela primeira vez desde que se conheceram, Josephina olhou Abram nos olhos. Os olhos dela pareciam desesperados, os lábios estavam pressionados, como se, pela vontade de seus ossos, ela pudesse engolir qualquer segredo entre os dois agora. Ele poderia dizer a ela que não importava, que ela poderia seguir seu caminho, mas isso prenderia a mente dele no perpétuo estado de ignorância tão lamentado por Alisa. Assim, ele permitiu que o silêncio entre os dois chegasse ao fim naturalmente.

Josephina estava de pé perto dos limites da sombra da árvore. Para responder a ele, ela abandonou o calor do sol e se aproximou. De tempos em tempos os galhos se balançavam e com eles as folhas, algumas suave, outras dramaticamente, como se abandonassem a segurança da árvore para pairarem em direção à terra lá embaixo.

— Pelo que sei, senhor, não houve nenhum cortejo — disse Josephina.

— Então você também sabe que John escolheu seu isolamento. Sei que você tem boa vontade, Josephina. Quer salvá-lo do que acha que é a solidão dele. John é consumido pelo ódio que guarda no coração. Ele odeia tudo e todos. Ele se odeia, mesmo quando não deveria. Ele se atreve a não abrir mão do ódio pelo medo de que isso faça dele menos homem. Não é uma coisa fácil amar um homem assim, Josephina, que chafurda eternamente na própria amargura, como ele faz.

— Pode ser assim. — Josephine deu um sorriso sem dentes. Mesmo com a idade avançada, ela parecia muito uma criança. A postura tímida dela aumentava essa impressão, o jeito como ela inclinava a cabeça para a esquerda, por ser surda de um ouvido, fazia com que parecesse constantemente curiosa.

Ela prosseguiu:

— Mas, senhor, este não é um lugar para viajantes. Envelheci tendo apenas as colheitas para marcar os anos que passaram. Até meus inimigos se transformaram em amigos. Eu os vejo no nascer do sol, no pôr do sol, e no inverno dizemos uns aos outros "o ar está gelado, gelado demais". Os ventos se agitam e nós dizemos uns aos outros "o vento está cortante, cruel". Você passa a vida odiando a cara de alguém, mas chega uma manhã em que procura por aquele rosto para dizer: "Ah, a terra secou. Esse calor e essa poeira, isso faz mal para minha pele, vou te falar, isso envenena o meu sangue. Precisamos de chuva, precisamos de chuva agora." Chega o momento em que você olha para aquele rosto e sabe, de coração, que não pode mais odiá-lo. Um inimigo se torna um amigo num lugar deste. Se eles falecerem, você acorda de manhã e descobre que não pode cantar suas tristezas para ninguém. Eles pesam no seu coração. Não é fácil odiar um homem, chafurdar eternamente na própria amargura, como ele faz.

Ela deu de ombros, talvez se rendendo a alguma futilidade que não sabia muito bem como explicar, então deu uma risada desconfortável.

— Senhor, este lugar é o meu lar. Mesmo quando não quero, preciso amar isso aqui. Não tenho outro lar. Pertenço a este lugar. Se as pessoas aqui chafurdam na amargura, todos nós sentimos isso, envenena a todos.

O brilho bonito nos olhos dela de repente escureceu e o sorriso foi engolido pelas marcas da idade. Uma tristeza repentina que não estava lá antes se revelou em seu rosto. Por um instante, ela o lembrou de Alisa.

— Devo voltar para os meus afazeres, senhor — concluiu ela.

— Se você quiser, Josephina, por favor, veja se o patrão Joubert quer a minha companhia.

— Farei isso, senhor — disse ela, virando-se para ir embora. — Vou ver com ele.

Com o sol deslizando em direção ao oeste, Abram pensou que seria bom pelo menos aparar a barba, se ajeitar e guardar o diário de Alisa no fundo da mala.

Órion, o caçador,
era engolido pelo horizonte

DIZER QUE JOHANNES JOUBERT ERA COMEDIDO em perdoar quem, aos olhos dele, tinha ultrapassado seus princípios, era uma injustiça severa com a sua teimosia. O homem estava convencido de sua razão em tudo. Para Abram, o tempo o instaurou em um senso de martírio indignado.

— A venda da sua propriedade está avançando às mil maravilhas, velho amigo. Em breve você estará livre.

É claro que aquilo não era verdade. Abram duvidava de que um dia ele se sentiria desvencilhado da Cidade do Cabo. O lugar foi seu lar durante duas décadas. Dido tinha nascido lá, assim como Emilia. E, apesar do ódio no fim, também tinha sido o lar de Alisa. No entanto, por uma questão de educação, ele respondeu se recostando um pouco mais na cadeira, dando um gole na xícara de chá e dizendo:

— Esse homem, Alfred Aaron de Pass, ele tem a intenção de continuar com a vinícola. Ele quer restaurar o casarão.

— Sim — respondeu Johannes, pausando para dar um trago no cachimbo. — Devo dizer que foi imprudência deixar sua fortuna totalmente sob os cuidados de nativos durante esse tempo. A estada do Sr. de Pass em Windhoek pode ser estendida. Não se sabe o tipo de caos que seus empregados podem provocar.

— Confio nos meus trabalhadores — reconheceu Abram.

— É claro que sim. — Johannes acenou para espantar a fumaça de perto do rosto. — Mas, de qualquer maneira — ele tossiu —, você não está cansado dessa espera interminável?

— Não. Eu sabia que poderia demorar. O que me incomoda é o temor de ser pego. Isso me deixa ansioso.

Ele deu outro gole no chá. Josephina tinha servido sua xícara há algum tempo, tempo demais, ele julgou. Enquanto Abram escutava Johannes discorrer apaixonadamente sobre as maravilhas em andamento nos seus vastos campos de tomate, o chá esfriou. Era uma mistura de ervas rooibos, que Josephina garantiu ser diferente da variedade tomada no Cabo, tanto no cheiro quanto no sabor. Ele ficou contente ao descobrir que Josephina estava certa. No entanto, Johannes não gostava de chá e Abram foi deixado para dar conta de um bule grande sozinho; por conta da gentileza, ele se viu compelido a tomar tudo.

Ele percebeu que, de tempos em tempos, podia usar o chá para organizar os pensamentos. Talvez esse fosse o motivo pelo qual Josephina insistiu para que ele se atentasse para o sabor. Caso quisesse, ela poderia empacotar um pouco para que ele levasse na viagem. No momento, depois de aliviar a garganta, ele disse:

— Você sabe, John, que nosso desentendimento foi infeliz desde o início. Não acha que chegou a hora de acabar com isso? Vim até você como um homem despido das minhas convicções, e você me recebeu apesar das suas. Só isso já não prova a inutilidade dessa animosidade que já dura tantos anos?

Johannes não respondeu imediatamente. O silêncio que se seguiu estava carregado com as coisas que nenhum dos homens era capaz de dizer. Era um tipo familiar de silêncio, longo, perturbador e salpicado de saudade. Abram decidiu que era o momento adequado para abandonar a conversa e se recolher a seus aposentos. Dido com certeza estava voltando do rio e ele queria ouvir os relatos alegres dela.

— John — começou ele dando o último gole no chá e pousando a xícara no pires sobre a mesa diante de si —, devo voltar para minha filha. Boa noite.

— Não, não — respondeu Johannes, erguendo a palma da mão livre. — Por favor, sente-se. Não tive a intenção de ofender. Você simplesmente me pegou desprevenido.

Abram se sentou. Entretanto, ao descobrir que ele e Johannes não tinham mais nada a dizer, ele permitiu que o silêncio, o crepúsculo e o chá o embalassem até sentir uma pontada de contentamento. Era um sentimento bem-vindo. Desde o momento em que descobriu o diário de Alisa, ele tinha sido consumido por pensamentos a respeito dela, pela culpa e por tudo o mais que sangrava do coração dele.

Sem a menor cerimônia, Johannes interrompeu o embalo.

— Você me permite um momento de impertinência, velho amigo?

Abram sorriu para si mesmo.

— Pergunte, John.

Johannes olhou para o horizonte, onde, naquele momento, o céu estava iluminado pela cerimônia do pôr do sol. Sob o último brilho do sol, um vaqueiro guiava um rebanho de gado para casa. Era um homem muito magro. Estava sem camisa. Ele carregava uma vara na mão direita, melhor para guiar o gado para onde ele queria.

Conforme o boiadeiro e seu gado se aproximavam, levantavam poeira no ar. Uma, duas, três, e mais vacas mugiam e os sinos ao redor de seus pescoços tilintavam a cada passo dado. O som que faziam era a canção do verão. Rapidamente, o sol se escondeu atrás do vaqueiro enquanto ele secava o suor da testa e marchava em direção à sua casa para matar a sede, ou assim Abram supunha.

— Quão longe essas vacas precisam ir para pastar? — perguntou ele a Johannes.

— Walter, o vaqueiro, as leva até o *veld* perto do lago.

— O que você acha mais fácil de cuidar, do gado ou dos campos de tomate?

Antes da resposta, Johannes deu um suspiro profundo.

— Não tem nada fácil neste lugar. Tem anos com bons verões e anos de seca. Os anos bons parecem mais curtos. Os anos de seca nos lembram que nada sobrevive aqui a não ser o calor e a poeira. *Você* amava a sua vinícola?

Abram manteve o olhar no progresso de Walter: ele estava pegando uma encruzilhada na estrada, afastando-se da casa e seguindo a rota que levava aos aposentos dos trabalhadores. Com um assobio e um grito para chamar os animais desviados, cujos nomes ele conhecia, e com o brandir de sua vara, o gado respondia e se virava junto, seguindo o vaqueiro até a casa dele.

— Eu gostava das histórias contadas pelos empregados. Gostava da beleza dos campos. O vinho em si não tinha nada de especial, não chegava nem perto da bebida boa que vem das adegas do estado de Groot Constantia. Mas era um legado que eu esperava que minhas filhas refinariam com o tempo e um pouco mais de paixão pelo negócio. Eu me destacava cuidando das finanças, embora nem *isso* fosse algo que eu possa afirmar que amei. Era necessário, mas não era amor.

— E ainda assim você levou adiante.

— Como você continua nesse lugar de calor e poeira, como todos aqui fazem.

— Talvez devêssemos ir para as minas de ouro em Johannesburgo.

— Só o barulho já nos enlouqueceria.

— Talvez, mas agora vamos ter que viver sem saber se seria assim.

— Posso muito bem fazer isso — admitiu Abram.

— Voltando à minha impertinência, Bram, posso perguntar por que você nunca se divorciou de Alisa? O que fez você suportar a amargura dela durante todos esses anos?

Naquele momento, Walter e seu rebanho tinham desaparecido no fim de sua jornada. O único lembrete de sua passagem era a poeira que eles levantaram e suas pegadas. A poeira dançava no brilho do crepúsculo como os últimos raios de sol, morrendo e se diluindo e bruxuleando numa resiliência desesperada. Achando a cena tediosa, Abram disse por fim:

— Eu amava Alisa.

Embora tenham sido poucos, houve dias em que ela amava as filhas. Dias em que ela ficava sob as estrelas e ria no meio da noite, então dizia para ele: "Eu não queria que as coisas fossem assim." Abram sentia lágrimas ligeiras nos olhos.

— Eu amava Alisa — repetiu ele.

Johannes se virou para remexer o conteúdo da gaveta perto de seu assento. Quando ele se virou novamente, segurava um pacote fechado de tabaco. Ele retirou as cinzas, encheu o cachimbo outra vez com o fumo fresco que tinha acabado de abrir e acendeu dando uma tossida e balançando a mão.

— E ela? — perguntou ele tragando o cachimbo. — Por que ela nunca partiu?

— Ela poderia ter se divorciado de mim, é claro. E talvez ela quisesse fazer isso. Mas, depois disso, para onde ela iria?

A escuridão da noite os envolvia, mas Abram ainda conseguia ver que a contemplação tinha se instalado nos olhos de Johannes.

— Vocês estavam atados.

— Sim — concluiu Abram. Havia mais a dizer, é claro. A tristeza de Alisa era como uma doença. Vinha em ciclos, como as estações ou as fases da lua. Hoje ela está feliz e saltitante. Amanhã ela se recusa a sair da escuridão do quarto. Então, Abram a amava e a odiava em ciclos. Na armadilha da própria loucura, ela o amava e odiava. Era mais fácil entendê-la pensando nesses termos, era o que ele deveria ter dito a Johannes. No entanto, aquelas coisas pertenciam a ele e Alisa, e também a Dido, que carregava a dor da mãe na própria pele, no coração e num livrinho preto com a lombada queimada. Não era certo dividir aquelas coisas com Johannes. Elas eram sagradas. Johannes as contaminaria com ódio.

Bateram à porta e Josephina entrou trazendo uma lamparina que ela colocou no parapeito da janela.

— Sua comida está servida, patrão. A sua também, senhor — anunciou ela.

— Obrigado, Josephina — responderam eles em uníssono.

— Dido já voltou? — perguntou Abram.

— Sim, senhor. Não faz muito tempo. — Ela abaixou os joelhos numa leve reverência antes de sair da sala.

— Bom — disse Johannes e se levantou, tirou o cachimbo da boca e o segurou no ar —, espero receber outro telegrama amanhã. A situação toda estará resolvida antes do fim da semana. Talvez você vá embora de acordo com o planejado. Se não temos mais nenhum assunto a tratar, Bram, preciso jantar.

Abram também se levantou.

— Obrigado pela ajuda, John. — E com essa resposta ele seguiu para a cozinha.

— Ah, papai! Você está bonito outra vez! — exclamou Dido ao vê-lo.

Abram deu uma risadinha.

— Você acha?

— Sim! — Ela sorriu. A pele dela tinha manchas de um tom mais escuro em alguns lugares, pareciam remendos; eram pó e lama, ele percebeu. Ela costumava voltar para casa coberta de poeira. Com frequência, Abram tinha que convencê-la a tomar banho, pois, depois de jantar, ela logo caía no sono. Toda vez ela implorava:

— Por favor, papai, deixa eu descansar um pouquinho e tomo banho quando eu acordar.

— Quando terminar de comer, por favor, vá direto para o banho, ou a água vai esfriar — disse Abram. Ele se sentou ao lado dela, fez cócegas no sovaco e continuou: — A água gelada vai espetar sua pele aqui e aqui, aqui, aqui e aqui e você vai congelar.

Dido sorriu, contorcendo o corpo para se proteger, e tentou escapar do alcance dele se sacudindo. A risada atrapalhava seus movimentos, então Abram encontrava mais pele pronta para receber cócegas, alongando assim o frenesi de risadas.

— Por favor, papai, para! Vou tomar banho, prometo!

— Tudo bem — respondeu ele, pegando os talheres que Josephina colocou para ele. — Mas, se você não cumprir sua promessa, vou me lembrar de espantar seu sono com as cócegas.

— Você não faria isso.

— Você ousaria me desafiar? — perguntou ele sem conseguir manter o sorriso no rosto e a risada na voz.

Com um sorriso largo, que mostrava quase todos os dentes, ela balançou a cabeça.

— Não.

— Que bom. Então me conte, o que você fez hoje?

Ela mergulhou numa história sobre Mamolapi, uma deusa da água que diziam ser ao mesmo tempo peixe e mulher.

— Feito uma sereia?

— Sim. Mas Mamolapi vive no rio, não no mar. Ela tem muitos filhos, mas todos foram roubados dela. Ela está sempre procurando por eles, sabia? Se ela vê algo que se parece com água, algo como uma casa com telhas de metal corrugado sem pintar, que reflete a luz do sol, então Mamolapi a destrói porque acredita que os moradores dali roubaram seus filhos e os esconderam na água falsa...

Ele escutou a história de Mamolapi se transformar numa outra de um homem monstro chamado Mphukudu, que era alto e pálido e fazia as pessoas desaparecerem e ninguém as via de novo; então ela contou a tragédia de uma menina e sua irmã insolente, cujos nomes Abram jamais conseguirá se lembrar. As histórias prosseguiam emendadas uma na outra, com a espontaneidade sem esforço que só Dido conseguia alcançar.

Como sempre, as palavras dela fluíam uma na outra, sem regras de sintaxe e pontuação, sem impedimentos. Ela falava tudo como uma única e longa palavra, pausando somente para recuperar o fôlego. Talvez como a mãe dela, Dido pensasse que aqueles que a escutavam um dia não a ouviriam mais, então precisava manter os ouvintes intrigados enquanto tinha a oportunidade.

Abram escutava enquanto as lendas que ela recitava se fundiam com a imaginação dela.

— É tudo muito fascinante. — Ela fez uma pausa para confirmar se ele estava atento. — Deixa eu te contar o que mais a Mamolapi é capaz de fazer.

Ele fez que sim com a cabeça, enquanto ela voltava as mãos e os olhos para a comida, então insistia que, antes de continuar a falar o que sabia sobre Mamolapi, ela precisava, *precisava* explicar a ele as variadas formas de diferenciar se algumas espécies de gafanhotos são comestíveis ou não.

— Tem um formigueiro lá na margem do rio que não é um formigueiro de verdade, mas um cupinzeiro. Justice falou que é lá perto que se pegam os gafanhotos mais saborosos. Amanhã a gente vai lá e ele vai me mostrar como apanhar os gafanhotos. Ele disse que é fácil e que ele consegue pegar um macaco. Mas isso é mentira. Nem Maleka consegue pegar um macaco. E Maleka tem pernas bem ligeiras, sabe? — Decidindo que estava cansada demais para continuar, como se a interrupção do bocejo fosse um apoio, ela concluiu: — Papai, acho que estou muito cansada agora. Tenho que tomar banho. Tudo bem se a gente continuar amanhã?

— Pelo que sei, as histórias nunca apodrecem.

— Prometo não me esquecer de nada que não te contei. — Ela escorregou para fora da cadeira, beijou o rosto dele e saltitou a caminho do banho. — Boa noite! — desejou ela enquanto sua pequena silhueta desaparecia além da porta da cozinha.

— Boa noite!

E assim Abram foi abandonado em um silêncio quebrado pelo cricrilar intermitente dos grilos em algum lugar na escuridão. Ele terminou com gosto sua refeição de frango assado com batatas. Então foi lá fora, para a escuridão interrompida pelo canto das corujas escondidas nos arredores e o brilho das estrelas distantes. As estações estavam mudando, o mundo estava girando outra vez e as estrelas surgiam e se alinhavam com o movimento.

Abram parou perto da árvore de marula, observou e escutou as coisas da noite. Elas ganhavam vida nas sombras. Elas zumbiam, uivavam e cantavam seu sofrimento, suas dores, suas alegrias e seus segredos. Timidamente, elas se moviam furtivas, rastejavam, se escondiam e cantavam mais um pouco da canção da noite. Ainda que as estrelas brilhassem lá no alto e a lua cruzasse o céu de um horizonte ao outro, seguindo o sol, mas sem revelar as criaturas que se disfarçavam, se arrastavam e se escondiam.

A fumaça subia de onde os empregados construíram suas cabanas. Ela carregava o cheiro de temperos, raízes e outras coisas comestíveis nas panelas deles. Abram se perguntou se os trabalhadores também escutavam as coisas da noite e ouviam uma canção, ou se não tinham interesse nesses mistérios triviais.

Aquilo não fazia diferença para ele. Ele queria capturar o clima e o ritmo que percorriam o local. Ele queria inalar os segredos, entrelaçados cuidadosamente pelos eternos sobreviventes do tempo, dados e tomados, devolvidos novamente aos descendentes da terra. Ele fechava os olhos e escutava o ressoar suave de um sino de vaca cujo pastor ainda não tinha descansado, uma mulher chamando as crianças para jantar, a movimentação e a alegria da busca de cada um pela sobrevivência.

Eram coisas simples, os sintomas da vida, memórias da juventude dele ecoando. Eram bonitas, fugazes e escapavam dele. Os pensamentos de Abram voltaram ao diário de Alisa. Ela o fazia se sentir incapacitado. Era verdade que ele a odiava. Contudo, o que aquelas páginas chamuscadas e borradas não diziam — pois aquelas histórias foram roubadas pelo fogo que a levou — era que ele a amou. Mesmo no fim, ele a amou. No entanto, ela se foi. Ele não podia dizer essas coisas a ela. Ela se foi.

Seguro sob o manto da escuridão, Abram não resistiu às lágrimas que brotavam. De olhos fechados, ele ergueu as mãos para o céu.

— Me perdoe, Alisa — murmurou. — Eu não queria que as coisas fossem assim.

As lágrimas correram livremente. Fluíam impacientes, marcando o seu rosto com calor e sal. Por um tempo, bem mais que um instante, ele ficou perto da árvore e deixou que as lágrimas escorressem até secar, vindas de seu coração ferido.

Havia dor, dor e mais dor. Seu coração sangrava, sangrava e sangrava mais um pouco. Parecia interminável, e Abram tentava capturar as coisas fugidias de sua juventude. Elas escapavam dele. Elas se moviam velozes e ininterruptas pela noite, afastando-se da memória — flutuando fora do alcance dele e do revoar das criaturas que rastejavam, se disfarçavam e se escondiam.

Ele não conseguia capturá-las. Não conseguia revivê-las nem empacotá-las debaixo das roupas e dos papéis que ele separou para sua jornada. Respirou fundo, e sentiu que as lágrimas não rolariam mais. Ele baixou as mãos e secou os rastros das cascatas do rosto. Logo sentiu que alguém o observava. Quando olhou em volta, não encontrou ninguém. Seu coração acelerou. Quando olhou em volta outra vez, viu Dido de pé na soleira dos aposentos deles.

Ela correu na direção dele e foi recebida sendo erguida nos braços, ganhando colo. Embora estivesse cansada, pois repousou a cabeça na curva do pescoço do pai e bocejou, tinha ficado acordada.

Juntos, os dois encararam a noite silenciosamente, observando enquanto Órion, o caçador, era engolido pelo horizonte, e o Cruzeiro do Sul anunciava a chegada iminente dos meses mais frios. Conforme as horas avançavam e o ar se tornava mais e mais gelado, Abram pôs a filha no chão e lhe deu a mão, juntos eles seguiram para a cabana para repousar seus ossos cansados.

A lenda da Rainha da Chuva

BRAM E A GAROTA ESTAVAM PERTO da janela. Johannes passou por grandes aborrecimentos para garantir o traje atual da criança: uma camisa branca, uma jaqueta e calças de um tom bem próximo da pele dela. Se não a conhecesse, ele teria pensado estar diante de um garoto. Ela sorriu quando ele entrou na sala, tenso, mas, de alguma forma, gracioso.

— Bom dia — cumprimentou ele.

Bram e a garota responderam em uníssono. Então Bram se lançou imediatamente na gratidão e na despedida:

— Como dizem por aí, então é isso. Você tem sido um amigo de verdade, John, um amigo de verdade mesmo. Agora devemos agradecer e seguir o nosso caminho.

Johannes sentiu uma necessidade repentina de seu cachimbo. Foi até a gaveta e o pegou. Acendeu como sempre fazia, com muita paciência. Sentia os olhos dos convidados fixados nele, talvez espantados ou com repulsa. Não se importava. Tudo o que queria era o alívio daquela primeira tragada. Assim que conseguiu, disse a Bram:

— Estou feliz por ter ajudado, velho amigo. Acredito que a passagem pela fronteira tenha sido garantida, o homem estará à espera de vocês.

— Ah, sim. Gloria e as freiras têm sido muito prestativas, assim como você, é claro.

— Suponho que já tenha decidido para onde vão.

— Ainda não. — Ele envolveu o ombro da menina com o braço e parecia a Johannes que a incitava a dizer algo.

A garota disse, de seu jeito melodioso:

— Muito obrigada, Sr. Joubert. O senhor tem sido um amigo, muito gentil...

Johannes riu, chocado.

— Gentil, foi isso mesmo que você disse?

— Bom — prosseguiu ela com a voz ligeiramente afetada, trêmula —, o senhor me contou a história da Rainha da Chuva. O senhor contou bem. Isso me deixou contente.

A garota parecia falar honestamente. Johannes ficava estranhamente encantado por isso.

— Pelo que me lembro, chegamos ao fim da história com algum tipo de impasse. Posso perguntar se seus pensamentos a respeito do tema mudaram?

— Bem, ainda não sei. Posso fazer uma pergunta? — Ao falar, ela pisava no pé esquerdo com o direito e inclinava a cabeça em direção a Bram. Poderia ser aprovação o que ela queria, Johannes nunca entendeu, tudo o que via era um interesse crescente do outro homem na conversa.

— Pode — respondeu Johannes depois de mais uma tragada no cachimbo.

— O chefe chegou a ver a filha dele outra vez?

— Vocês estão com tempo, velho amigo? Seria melhor se vocês se sentassem.

Bram fez que sim com a cabeça e ambos se sentaram, com a garota ocupando o colo do pai.

— Não se alongue muito, não quero perder o trem — alertou Bram.

Johannes assumiu seu lugar perto da gaveta, cruzou a perna esquerda sobre a direita e pousou a mão livre no colo, então pigarreou.

— Não se preocupe, meu amigo. — E se voltou para a garota. — Onde paramos?

— Você me disse que a magia da rainha não podia acompanhá-la até o vale do pai dela. Que o pai da rainha estava se aproximando da morte. Foi então que a gente, hum... é... chegou ao nosso impasse. Você me perguntou se eu entendi a história.

— Ah, sim, eu me lembro — comentou Johannes. — Presumo que eu deva retomar daqui. Depois que conheci o chefe, fui embora do vale dele. Segui para o sul, onde a filha dele governava. Cheguei a um lugar muito parecido com o dele. A riqueza deles era calculada pelos rebanhos, as cabanas eram construídas com lama e esterco e o povo era simples. Contudo, os campos deles eram fartos. Eu me encontrei com o chefe daquele lugar. Ele era um homem mais jovem que tinha nascido num ano que ficou marcado por uma colheita próspera. As pessoas diziam que ele era abençoado por causa disso. Ele me convidou para a cabana dele, e lá perguntei sobre a Rainha da Chuva. "Agora estou viajando para conhecê-la", expliquei a ele. O jovem chefe me perguntou o que eu sabia sobre a rainha. Orgulhoso, contei a ele a história que me foi contada pelo chefe mais velho ao norte. "Veja só, meu bom homem, sei várias coisas sobre ela. Só queria vê-la com os meus próprios olhos, testemunhar as maravilhas."

"O chefe deu boas risadas. Devo confessar que por um instante pensei que ele fosse louco. Então, tão abruptamente quanto caiu na risada, ele parou de rir, bateu com o cajado no chão e me entregou uma moeda. Era um florim que, pelas inscrições, foi cunhado em 1849. Tinha a efígie coroada da rainha Vitória de um lado e quatro escudos do outro.

"O chefe apontou para a rainha Vitória e disse: 'Tenho escutado muitas histórias sobre essa mulher. De homens como você, missionários e caçadores. Tenho ouvido que essa mulher, que está a mares de distância e não me conhece, trabalhou incansavelmente para me tirar da miséria, da ignorância e da barbárie. Diga, meu visitante, você já conheceu essa mulher? Foi ela quem confiou a você essa missão?'

"Naquele momento, fui convencido de que o povo deveria dizer que o chefe era louco em vez de abençoado. Agradeci a ele a hospitalidade e pedi autorização para sair. Mas, em resposta, ele bateu com o cajado no chão e disse: 'Conseguirei um guia que leve você ao clã das Chuvas, se é isso que quer.' Vendo a gentileza renovada dele, expressei meu arrependimento por ter me ofendido tão facilmente. 'Não sou inglês, ser confundido com um é uma ofensa para mim.'

"Depois disso nos sentamos e conversamos por um longo tempo. Descobri que ele era um homem de riso fácil. Quando chegou a hora, me despedi dele. E, uma semana depois, cheguei ao fim da minha jornada, o território do clã da Chuva. A Rainha da Chuva me recebeu em sua corte com muita graça. Naturalmente, perguntei sobre o talento dela para chamar as chuvas. Com a mesma naturalidade, suponho, ela sorriu com educação e me disse que isso era um segredo destinado apenas ao povo dela. Então perguntei se não sentia saudades do pai, de sua terra, de seu povo, de tudo o que ela era antes de ser alçada ao trono.

"Ela me perguntou: 'Qual pai? Qual terra? Qual povo? Em resumo, qual relato da minha tragédia trouxe você até aqui?' Chocado, me perguntei se o trauma do sequestro fez com que, nos anos seguintes, ela tivesse esquecido sua vida anterior. Mas então ela disse: 'De qual vida você está falando?' Diante disso, narrei a história que me foi contada pelo velho chefe. A rainha balançou a cabeça pensativa. Então o silêncio entre nós cresceu, um silêncio longo e preenchido pela minha dúvida crescente em relação a toda aquela história.

"Ela me olhou com pena, como se transmitisse uma sabedoria profunda com seus olhos. A calma dela perante a minha confusão me inquietava, e a esperança dela, de que eu captaria a mensagem silenciosa, me assustava. Então nos mantivemos sentados, intocados pelos acontecimentos do mundo, pelo que me pareceu uma era.

"Logo o momento acabou, e foi então, naquele silêncio estranho, que fui erguido do esquecimento de muitos anos. Então, quando ela percebeu a verdadeira mudança no meu rosto, ela sorriu deliberadamente, a primeira vez que vi uma expressão assim no rosto dela. Era adorável de se ver, adorável e tão rara quanto o dom dela. Ainda encantado pelo mistério da rainha, enfim balancei a cabeça em sinal de entendimento.

"Então fui embora do vale. Na minha jornada para casa, cruzei as montanhas governadas pelo jovem chefe. Agradeci a ele sua sabedoria, segui em direção ao velho chefe e agradeci a ele também. Foi assim que acabou... pelo que me consta."

Ao terminar, Johannes percebeu que a garota e Bram estavam bem envolvidos com a história dele.

— Essa sua jornada, John, foi antes ou depois de eu ter casado com Alisa?

— Foi depois.

— Foi lá que você encontrou Josephina?

— Foi.

— Por quê?

Depois que Johannes e Bram romperam, Bram viajou com a esposa para o norte. Johannes decidiu segui-los e também foi para o norte. Ele precisava muito compreender como Bram era capaz de trair com tanta facilidade uma amizade que tinha suportado tanto, uma amizade que havia sobrevivido a uma guerra, às diferenças políticas, religiosas, de ideologia e muito mais. Tudo que Bram tinha feito, Johannes tentou fazer, pois, se ele pudesse compreendê-lo por um segundo sequer, a dor de perdê-lo se tornaria suportável.

Johannes se embrenhou na África. Descobriu que a amava. Tentou caçar. Descobriu que não gostava nem um pouco disso. Então se envolveu com o vinho, com a história, com os negócios e com as muitas coisas nas quais seu amigo tinha se envolvido. Ao longo dessas inúmeras imersões, ele encontrou inúmeros nativos que viria a empregar, assim como Abram tinha contratado nativos. Então, quando cansou de imergir, ele voltou à tona e ao seu eu, refletiu sobre sua dor e percebeu que seu coração ainda não estava partido o suficiente. Ele precisava de mais dor. Percebeu, enfim, que era um homem que amava outro homem. Um homem que, embora amasse outro homem, ainda entendia que isso era uma depravação.

Neste ponto, como Johannes nunca tinha suas convicções abaladas, resolveu se envolver em uma empreitada totalmente original. Ele decidiu se exilar no Transvaal e se empenhou em passar o resto da vida se arrependendo. Não podia dizer nada disso a Bram, é claro. Como a pessoa que acabou com a amizade entre eles, Bram não entenderia.

Entretanto, mesmo com essa decisão, Johannes sentiu o arrependimento de muitos anos lavá-lo, fazê-lo passar frio, deixá-lo despido e solitário como o céu sem nuvens. Ele inalou profundamente uma lufada e disse, simplesmente:

— Porque eu quis. — Ele queria dizer mais. Sentia-se um homem à beira de uma revelação. Ela estava ao alcance, mas, como um tolo ou um covarde, ele a deixava escapar. Ela não se aproximaria outra vez, ele sabia. Mas não havia nada que pudesse fazer em relação a isso. Desesperado, com medo e na esperança de manter Bram eternamente ancorado no desentendimento dos dois, acrescentou: — As coisas não são sempre tão simples quanto você as faz parecer, Bram. Devemos obedecer a certas regras se queremos nos lançar num século de modernidade, com a possibilidade de sobrevivermos como uma nação independente e de pessoas civilizadas. O mundo está dividido, não por pessoas como eu e você e não pelos legisladores. É dividido pela natureza.

"É uma divisão necessária que existe entre um pai e um filho, e *deve* existir entre um patrão e seu subordinado. Embora sejamos abençoados com uma inteligência superior e várias formas de civilização, somos uma raça à beira da extinção. É nosso dever afastar os menos afortunados que nós de sua barbárie, de seu primitivismo, de sua heresia e de todas as formas de depravação. Se você tivesse viajado por todo o continente, teria visto isso.

"Embora deva se fazer contato, pois de outro jeito não poderíamos realizar a tarefa magnânima que nos foi confiada, ele deve ser controlado nos mínimos detalhes. Num mundo em que as divisões são demolidas, onde os subordinados podem se misturar com seus superiores como iguais, como podemos prosperar? Diga, velho amigo? Não se pode ser as duas coisas ao mesmo tempo. Alguém é líder ou é seguidor, é civilizado ou não, desempenhar os dois papéis levaria ao fracasso. Você deveria ter me escutado, Bram. Você deveria ter me ouvido desde o início. Não podem existir duas Europas no mundo. A África precisa ser salva da homogeneidade."

Então deu uma tragada no cachimbo enquanto esperava pela réplica.

No entanto, como era esperado, Bram se limitou a balançar a cabeça e disse:

— Então devo me retirar dessa batalha sabendo que até você, John, que me amou tanto, me abandonou no fim. E tenho a esperança de que, da próxima vez que nos encontrarmos, ainda sejamos amigos. Adeus.

Assim, Bram se levantou e pegou a garota pela mão. Ela aparentemente ainda estava intrigada com a discussão agora concluída quando disse:

— Compreendo, Sr. Joubert. Acho que teria entendido se você tivesse me contado a história inteira da primeira vez. É uma boa história, um pouco triste, mas acho que gostei dela. Muito obrigada por contá-la. — Ela deu um sorriso tão reluzente, tão puro, que Johannes gostou dela por um instante.

— O que você acha que entendeu?

Não foi a menina quem respondeu, mas o pai.

— É bem simples. A rainha é, a um só tempo, um mito e uma verdade. O velho chefe não era o pai dela, mas a história contada era verdadeira. Ela pertencia a todos os povos e a nenhum deles. Você, um mero viajante, e por isso estrangeiro às verdades deles, queria apenas as verdades simples. Mas nada é puro nas lendas, e os segredos eram deles, para serem guardados e não entregues a você. Era você quem deveria ter escutado. Foi você quem não entendeu.

— Tudo isso faz muito sentido. Mas quero ouvir o que a garota acha — respondeu Johannes.

A testa dela estava franzida de tanto pensar. Enfim, ela decidiu:

— Acho que meu pai tem razão.

— É isso o que você pensa? — perguntou Johannes, sorrindo.

— É, eu acho — murmurou ela.

— Então, Dido, suponho que, no fim, vemos as coisas como queremos vê-las. Você diz que uma coisa pode ser verdadeira e falsa ao mesmo tempo? Eu digo que não. Quem de nós está certo e quem está errado?

— E isso importa?

— Importa. Isso importa.

Esse foi o fim. Apesar da promessa anterior de Bram, de um possível reencontro, Johannes sabia que também era o fim da amizade deles. Da próxima vez que se vissem, não seria como homens vivos, mas como fantasmas que assombravam ou vagavam sem objetivo. Ou talvez a religião estivesse certa e existisse um paraíso. Em algum lugar além deste mundo, lá existia outro mundo melhor. E lá, entre as estrelas, eles poderiam se encontrar novamente.

Ele sentia que não precisava dizer mais nada. No entanto, também sentia que não era capaz, pois a epifania iminente tinha escapado veloz, rápido, muito rápido para as profundezas que ele jamais ousaria explorar. Ele pigarreou.

— Adeus — despediu-se ele.

— Adeus — responderam Bram e a garota.

E, simples assim, Johannes ficou de fora do tempo.

Fazendo a curva em direção à poeira

Os olhos de Abram brilhavam com lágrimas que nunca tocaram seu rosto. Ele tinha se estabelecido na África do Sul num período oportuno da juventude. Ele amava o país. Um dia deixou o contentamento para trás, levando apenas a filha e as coisas escolhidas que não foram destruídas pelo incêndio de Alisa.

Fugir de um lugar era como arrancar o coração com suas raízes e plantá-lo sem o menor cuidado numa terra salgada, onde nada crescia. Era como ele se sentia no momento. Ia até o carro de mãos dadas com a filha. O motorista estava a postos com um sorriso para cumprimentá-los e garantir que era bom na condução. Josephina abraçou Dido; então, afastando-a para lamentar o quanto a pele da menina tinha escurecido, acrescentou:

— Vou sentir saudades, Dido. Jamais vou me esquecer de você.

— Também vou sentir saudades.

— Não fique triste agora — continuou Josephina. — Não me deixe com o coração doído. Não envenene o seu caminho com lágrimas.

A cena foi interrompida pelos dois meninos, Justice e Maleka, que chegaram abruptamente, ofegantes da corrida. Josephina disse:

— Está vendo quanto você é amada, Dido? Vê quanta alegria você nos trouxe e a dor que a sua partida provoca?

A expressão no rosto de Josephina ficou nebulosa. Ela curvou a cabeça, tímida.

— Que o caminho da sua viagem seja suave, senhor.

Maleka e Justice, que tinham ficado sem palavras por causa do medo que tinham de Abram e por causa da tristeza, simplesmente acenaram e disseram:

— Boa viagem.

— Fiquem bem. — Dido acenou também.

Então Abram e Dido finalmente embarcaram no carro. Assim que a porta do automóvel fechou, Abram sussurrou:

— Adeus, John. Vou sentir a sua falta.

Entretanto, Johannes estava atrás da janela do escritório, fumando seu cachimbo e exalando fumaça nas vidraças, manchando o vidro, embaçando a visão e irritando ainda mais a garganta. Ele não conseguiria ouvir Abram. Rapidamente, o carro avançou fazendo a curva em direção à poeira da estrada sem dar atenção à fazenda.

À direita, ficava o cupinzeiro sobre o qual Dido contou e mais adiante era o campo onde os gafanhotos mais gordos podiam ser encontrados. Além daquele campo, de acordo com ela, havia árvores sem nome onde vivia um homem tão alto que não podia ser visto. Diziam que ele era capaz de alcançar as nuvens.

— É um homem-fantasma, sabia? — disse ela voltando um olhar agitado naquela direção, como se estivesse com medo da presença do espectro. — A pele dele é cinzenta por causa da morte, seus olhos pretos de maldade e seus dentes vermelhos de sangue. Ele devora crianças. Maleka me disse para não chegar perto daquele lugar. Disse para eu nem olhar para lá. — Imediatamente ela afastou o olhar daquele lugar infame, para evitar que o homem-fantasma sentisse a desobediência dela e lançasse seu mau-olhado nela.

Os macacos do rio eram um grupo de símios que vivia nas árvores e nas cavernas próximas do rio. Isso era bem na base da montanha, perto de uma encruzilhada na qual, caso se virasse à direita em vez de à esquerda e se andasse um pouco em direção ao jacarandá solitário que florescia atrasado todo ano, como todas as coisas daquele lugar — se seguisse por aquele caminho, ele levaria você até um baobá sagrado.

Um homem estava parado perto do baobá. Na opinião dele, a árvore parecia virada de ponta-cabeça. Os galhos finos, em forma de garras, apontavam para o céu como raízes. O homem tinha aquele tipo de língua preguiçosa que se esforçava para pronunciar palavras com sons guturais. Pessoalmente, ele preferia outra palavra para descrever os galhos e, por isso, encontrou a palavra. Uma árvore era algo complicado por muitos outros motivos.

Por exemplo, não se pode ficar *atrás* de uma árvore — e aquele homem tinha começado muitos debates a respeito disso — porque árvores não têm frente, para começo de conversa. Contudo, naquele momento, talvez ele precisasse admitir que talvez *estivesse* atrás de uma árvore.

Um carro veio do sul, levantando um rastro de poeira que vinha desde a fazenda de Joubert. Em geral um grupo de umas cinco crianças vinha de lá. Elas sempre viravam à direita e seguiam o caminho até o rio, onde ficava a promessa dos famosos macacos do rio. No entanto, naquela manhã, o homem esperava um carro que tinha um homem branco e uma menina mestiça como passageiros. Pelo menos foi isso que o telegrafista disse.

— Ah! — exclamou ele quando viu o carro. Precisava deixar o vale rapidamente. Tinha que alertar o oficial da fronteira o mais rápido possível.

NAQUELE MESMO INSTANTE, DUAS CRIANÇAS SEGUIAM em direção ao cupinzeiro para apanhar gafanhotos. Uma delas, o menino mais jovem, viu o homem parado atrás da árvore. O garoto ficou assustado. Ficou paralisado por um instante.

O irmão mais velho estava irritado porque isso sempre acontecia quando a mãe lhe dava alguma tarefa nos campos: o caçula sempre ficava para trás.

— Vamos, ei! — disse ele, batendo palmas.

O menino que tinha visto o homem alto e pálido finalmente despertou do susto. Ele indicou com um aceno de cabeça o baobá e avisou ao irmão:

— Mphukudu estava se escondendo atrás do *moboyo* bem ali.

Quando o mais velho olhou, o homem já havia desaparecido e o caçula já não tinha certeza do que tinha visto. Um pássaro voou rumo ao céu como se tivesse seu sono perturbado por uma presença sinistra. Então outro pássaro o seguiu e logo o silêncio da savana estava cheio de seres fugindo de algo que os meninos não conseguiam ver.

Agora, com medo, os meninos correram ligeiro de volta para casa. Quando eles contaram a história de por que voltaram sem apanhar nenhum gafanhoto sequer, a mãe deles bateu as palmas das mãos apenas uma vez acima da cabeça. Ela fez um muxoxo e disse:

— Vocês sabem, quando as outras mulheres receberam seus filhos, a mim foi dado um castigo. Quais dos meus ancestrais ofendi, hein? Por favor, me digam, para que eu possa encontrar uma vaca e sacrificá-la antes de ficar louca.

Infelizmente, ninguém encontrou uma vaca para a mãe. Ela foi obrigada a ir até a casa dos vizinhos e pedir alguns vegetais que eles cultivavam numa pequena horta no quintal.

— Não eram seus filhos perto do cupinzeiro hoje? — perguntou a vizinha. A mãe se viu obrigada a reviver sua punição e contar a história dos filhos. Quando terminou, a vizinha riu muito.

— Ah, seus filhos não sabem que Mphukudu é só uma história que os mais velhos contam para assustar as crianças para elas não se afastarem muito de casa?

A mãe disse que sim, os filhos dela já deveriam saber disso. Eles deveriam saber, né? Mas, quando as outras mulheres receberam seus filhos, ela, aparentemente, por ter ofendido algum ancestral implacável, recebeu um castigo. Deu de ombros diante da derrota e seguiu para a horta.

LONGE DALI, A UMA DISTÂNCIA CADA VEZ maior de onde a mulher coletava folhas que não estivessem amargas demais por causa do verão, Abram e Dido estavam no cinturão tropical, nas encostas enevoadas. A neblina era tão densa que não era fácil ver ao longe tanto na frente quanto atrás. Samson, o homem que dirigia o carro, assegurava que esse tipo de clima era muito comum nas montanhas. Eles não tinham com o que se preocupar, disse ele. Ele tinha dirigido por ali muitas vezes.

O que preocupava Abram não era a neblina, mas as curvas fechadas da estrada. Eram várias e repentinas, frequentes, e o carro parecia estar balançando à beira de um precipício. Nesses momentos, Samson ficava calado e concentrado. Abram, lembrando-se das profecias agourentas de Alisa, ficava ansioso. Dido estava empoleirada na janela tentando ver o quanto eles se aproximavam da beira do precipício.

— As árvores são tão altas e as folhas tão grossas — disse ela.

— Não parece que é outono, nem se parece com a Cidade do Cabo — murmurou Abram, concordando.

Assim que Samson conseguiu tirá-los das curvas e da neblina, Abram suspirou aliviado enquanto Dido escorria no assento decepcionada. Eles agora passavam por árvores mais finas, baixas, todas perdendo folhagem por causa do início do outono. Há quanto tempo elas viviam ali?, perguntou-se ele. Com quanta força as suas raízes se embrenham e marcam o interior da terra, ou apodrecem com o passar do tempo? Se fossem arrancadas com raízes e tudo, se fossem plantadas em terras distantes, suas raízes se infiltrariam e marcariam e apodreceriam com a mesma facilidade? As folhagens delas ficavam mais modestas conforme a exuberância do vale desaparecia atrás deles. A extensão árida da savana abria os braços com cada vez mais amplidão.

Havia também cães e coelhos selvagens, pássaros que não voam e serpentes e cervos voluntariosos. Eles eram solitários e selvagens e vagavam de um lugar ao outro, caçando ou sendo caçados ou simplesmente descansando suas peles do calor de um sol implacável. Havia esses oásis de vida em meio à infertilidade. Para Abram, parecia que nas regiões secas as coisas vivas morriam mais rapidamente: as folhas eram amarronzadas, como se os ventos cortantes do outono já estivessem afiados. Ou talvez o verão as tivesse queimado com mais intensidade.

Os animais dali se escondiam. Eles emprestavam as planícies para as pessoas migrantes que se deslocavam de lá para cá — para longe de algo, em direção a outro lugar. Alguns usavam sapatos, outros não; mas cada um rapidamente escapava da pobreza pisando firme.

Carregavam suas posses preservadas em bolsas plásticas ou de papel, amarradas em cordas ou enroladas ou empilhadas. As mulheres levavam as crianças nas costas e pilhas na cabeça, enquanto seguiam os homens, que carregavam pacotes nas mãos. As roupas que eles vestiam pendiam em seus corpos. O sol batia na pele deles até que o suor e o sal brotassem dos poros nos trajes surrados.

Para o sul eles seguiam. Abram imaginava que os homens embarcariam em trens a caminho das minas. As mulheres os seguiriam. Ou haveria uma fazenda próxima onde receberam uma promessa de trabalho. Mas havia anos que o norte do Transvaal não era gentil com eles. Poderiam pensar que as minas seriam mais prósperas.

Ele imaginou as batidas dos pés deles, os lugares áridos onde nasceram, então tentava vê-los nas terras salgadas que agora eles buscavam. Ele se perguntava sobre os tesouros que levavam consigo; se eram de fato tesouros e não fardos. E ele se perguntava se eles imaginavam algo a respeito dele.

Sentiriam pena dele, que, diferentemente deles, seguia para o norte? Alguns esticavam o pescoço para espiar dentro do carro enquanto o veículo passava por eles. Porém, uma vez que sua curiosidade era satisfeita, cada vez mais para o sul eles seguiam, passando pelos baobás e pelas montanhas, sem jamais olhar para trás para mirar o homem branco triste que segurava uma criança negra nos braços. Logo as hordas diminuíam e os que ficavam para trás podiam ser vistos. Eles não levavam pertences, nem eram seguidos por mulheres e crianças. Eles andavam num ritmo mais veloz e desapareciam mais rápido no horizonte, a leveza de suas vidas ajudava a fuga.

Ligeiros, velozes até demais, eles desapareciam a distância.

A folha do salgueiro-chorão

A FOLHA, SECANDO COM A VIRADA das estações e recém-caída do galho mais alto, pairou gentilmente na brisa. Pousou sobre o tapete formado pela reunião de suas semelhantes no chão.

A guardadora do salgueiro tinha partido. Ela foi levada pelas chamas. A peregrinação dela acabou. Houve outra guardadora que recitava os nomes das estrelas, como os povos do sul faziam. Embora *ela* ainda estivesse viva, como avisou o vento, também tinha sido afastada de seu posto, levada pela estrada a lugares desconhecidos.

Um chamado ecoava dela. Era uma voz de criança. Implorava pelo refúgio de um povo sem nome em algum lugar no mundo. O vento das vozes cantantes escutou aquele chamado. Por acaso ele passava pela velha montanha na borda do continente. Por ser o vento das vozes cantantes, foi compelido a acolher a voz da criança antes de seguir seu rumo. Então o vento carregou o eco naquela direção, daquela montanha até a próxima, por céus, vales e rios e árvores, as folhas caindo e outras coisas apodrecendo, retrocedendo no tempo, voltando outra vez.

Os ouvidos que a voz buscava estavam espalhados por aí. Estavam aqui e ali, embaixo dessa terra e de outra, em todos os cantos e em lugar nenhum, em todos os deuses e em nenhum, no nada, em tudo. O vento sabia disso e carregou a voz para cá e para lá e de volta novamente.

Pacientemente, o vento ressoou a voz-criança em todos os lugares e tempos existentes. Ele acolheu as vozes que retornavam com seus ecos. Ele as ouvia, cada rumor e lenda, os nomes dados a pessoas sem nome, em algum recanto do mundo. Ele lufava mais forte e levantava a folha, separando-a do restante. Um redemoinho se ergueu da empena da ala leste. Havia cinzas entranhadas na areia dali. O redemoinho desentranhou as cinzas da terra e as carregou para o norte e para o oeste, e para o norte e para o oeste outra vez, até um lugar que já foi conhecido por muitos nomes, mas agora era chamado de África Ocidental. Os rumores falavam de pessoas que tinham sido ligadas àquela terra. Há séculos, elas foram roubadas e espalhadas pelas marés do Atlântico. Perderam o nome de seus Ancestrais. Um povo órfão, eram eles. Entretanto, os ossos dos Ancestrais ainda dormem nos rochedos da terra natal.

Foi para lá que o vento viajou. Ele recolheu as cinzas e o redemoinho. Juntos eles rodopiaram entre as dunas no deserto, pelas trilhas nas montanhas e pelas ondas de vento, vagando de um lugar a outro. Aqui e ali, o vento abria caminho. Entre sopros suaves e sussurros anunciava sua passagem e todos os outros ventos ouviam. Algumas marés imploravam pelas cinzas e prometiam ao vento entregar aquele tesouro a outros berços. O vento agradecia e se afastava rodopiando.

Enfim as cinzas alcançaram o lugar distante onde as almas enlutadas dos Ancestrais as esperavam. Havia aquele lugar, um castelo de onde era possível observar a imensidão do mar. Ela era interminável, como a jornada. Alguém teve a ideia de chamá-lo "A Porta do Não Retorno". Acreditava-se que, uma vez que alguém passasse por aquela porta, jamais retornaria.

Mas não é possível nomear um lugar, assim disse o vento. Um lugar pertence a si mesmo. Se você escutar, ele vai sussurrar o próprio nome, seus deuses e seu passado para você. É algo eterno, e as pessoas são tão passageiras, morrem tão rápido. Então como as pessoas podem nomear lugares? Povos que não têm um rio não podem ter um deus-rio, povos que não conhecem águias não podem ter uma deusa-águia. Mas você já conheceu um povo que tenha ouvido falar dos filhos do Deus Céu, um povo que não conte alguma versão de como o céu passou a existir? Os san sabiam de tudo isso, disse o vento, mas outras pessoas não escutavam os san havia muito tempo.

Então através daquele portão, a porta do não retorno, o vento deslizou carregando uma história que as pessoas agora apenas sussurram. O vento passou por ali e espiralou e rodopiou para convocar os antepassados daquele lugar.

Uma brisa emergiu do mar dando boas-vindas ao vento. As vozes entrelaçadas antes indefinidas em seu chamado passaram a clamar mais alto, com palavras e canções sagradas. Elas varreram as cinzas do vento. Rodopiaram e assobiaram até o vento compreender que tinha chegado ao fim de sua jornada, a tarefa estava concluída. A voz-criança enfim estava em casa.

Os ecos se erguiam e recuavam num ritmo. Risadas irrompiam em cantos e canções e uma algazarra de segredos que a folha não podia conhecer. Alegre com o seu retorno, eles chamavam o nome da voz-criança por todos os lugares e tempos existentes, através do sussurro dos ventos, ao redor do mundo, aqui e ali, de volta ao ponto de partida. Lá em cima da montanha na beira do continente, eles encontraram as almas roubadas pelo fogo. Acharam a criança que foi roubada junto com ela. "Sejam bem-vindas ao lar", disseram eles, ou assim disse o vento.

E a folha do salgueiro-chorão, agora murcha pelo esforço, pela poeira e pelas espirais da estrada, pairou gentilmente até tocar o chão. E ali, ela descansou.

Agradecimentos

Escrever este livro levou muitos anos, cidades e aeroportos. Foi um processo muito solitário, mas de jeito nenhum fiz isso sozinha. Gostaria de expressar minha mais sincera gratidão às pessoas sem as quais não seria possível nem tão recompensador:

Bridget Impey, Nadia Goetham e toda a equipe da Jacana por me beliscarem enquanto eu vivia meu sonho. Xuejun Jian, por enlouquecer comigo, por sonhar esses sonhos impossíveis, se você não tivesse me hospedado em minhas visitas à Cidade do Cabo, eu não teria escrito isso. Agradeço a Xolile Mtembu por ler o primeiro rascunho, porque eu tinha desistido e você me deu esperança outra vez. E à minha família, eu acho, mesmo que ainda me façam lavar a louça — seus nomes e todo o seu amor estão escritos ao longo deste livro.

Este livro foi composto na tipografia Adobe Caslon Pro,
em corpo 12/16,5, e impresso em
papel off-white no Sistema Cameron da
Divisão Gráfica da Distribuidora Record.